Fetzenleben

Fetzenleben

Alexander Tuschinski

Roman

Bibliografische Information der Deutschen Nationalbibliothek: Die Deutsche Nationalbibliothek verzeichnet diese Publikation in der Deutschen Nationalbibliografie; detaillierte bibliografische Daten sind im Internet über http://dnb.dnb.de abrufbar.

Alexander Tuschinski, „Fetzenleben"

© 2018 Alexander Tuschinski

Alle Rechte vorbehalten.

Herstellung und Verlag: BoD – Books on Demand, Norderstedt

Alle Zeichnungen von Alexander Tuschinski

Autorenfoto auf Rückumschlag und Seite 5: Christopher M. Allport

ISBN 978-3-7460-2495-0

Der Autor

Alexander Tuschinski, geboren 1988, studierte „Audiovisuelle Medien" an der Hochschule der Medien in Stuttgart und anschließend Geschichte und Germanistik an der Universität Stuttgart. Seine Filme wurden auf zahlreichen internationalen Festivals prämiert. Sein neuester Spielfilm *Timeless* mit u. a. Helmut Berger, Harry Lennix und Angus Macfadyen hatte 2016 Weltpremiere in Paris und 2017 US-Premiere in Los Angeles.

Vorwort

Zum Leben – ‚glücklichen' Leben – braucht man Ziele, Illusionen. Zu tief nachgedacht, und jedes Ziel wird zur Illusion, zur Ablenkung vor sinnloser Leere. Viele sehen den *Sinn* darin, in der Gesellschaft zu *funktionieren*, wollen ein Rädchen im Getriebe sein – auch wenn das ganze Getriebe ins Leere dreht. So sehr Teil des Getriebes werden, dass Drehen zum Selbstzweck wird; die Leere des Raums im Quietschen und Getöse um einen nicht wahrnehmbar; sie unsichtbar werden lassen; vergessen, zumindest zeitweise. Bis man von der Achse rutscht und stehen bleibt; das Konstrukt im leeren Raum sieht. Aus dem Leben fällt.

Scardanelli.

Sicht

Immer sie... Immer das Gleiche. Immer die gleiche Reihung... Reihenhaus, Reihendenken, Reihenleben, REIHENGRAB! Scheiße; zum Kotzen! Abends ein Bier, soll von der Leere der Existenz ablenken, versickert darin; Geist betäubt, um zu vergessen, dass sie nicht leben; nur existieren, mit dem Ziel, ersetzbar zu werden. Gleiche Gespräche und gleiche Menschen Tag für Tag, im Strom des Nichts die Zeit ermorden! Sich selbst individuell vorkommend; Ohrring, geweitete Ohrlöcher, Tattoo; sich selbst belügen, gekaufte Accessoires des konformen non-Konformismus. Verschlingen das Leben, verdauen es nicht, verurteilen und versauern; nennen es „Leben". Alles „in Maßen", „vernünftiges Maß", Leidenschaften seien Unvernunft, Geist schlägt keine Flammen, versauert im Energiesparmodus, bis er sanft ins Nichts ausblendet. Es ihnen ins Gesicht schreien; nützt nichts, sie stimmen zu, die Spießer sind immer die anderen, erkennen sich nicht. „Leben". Geordnet, am Stück, nie zerborsten; Fototapete aus dem Katalog, aus mehreren Mustern „individuell" vorgefertigt ausgesucht; nicht aus Fetzen vernäht, mit Lumpen geflickt; entstanden, erlebt.

Keine Fetzenleben.

Absicht

Niemand wird die Absicht erraten. Wer kann ins Innere schauen? Ich sage niemandem die Absicht, also existiert sie nicht. Gefühle, subjektiv, was auch immer. Niemand wird mich richten, niemand kann meine wahre Absicht nachweisen.

Ich werde ihr sagen, dass sie mir viel bedeutet. Immer wieder. Es ist wahr – in dem Moment. Niemand weiß, dass ich weiß, dass es weiß Gott in dem Moment zu wissen ist, dass es nicht dauern wird. Sie weiß es nicht.

Ein Plan funktioniert. Sie sind wie ein Strategiespiel für mich. Strategie, Schach, Matt! Sie ist noch nicht gefallen, und schon weiß ich, dass sie mich nicht sättigen wird. Noch küsse ich sie erst, doch befriedigt sie mich schon nicht mehr, den Gedanken bei der Nächsten. Meine Absicht kennt sie nicht. Oder doch. Sie kennt eine Absicht. Alle, die fragen, kennen eine Absicht. Eine ehrbare. Gefühlvolle. Gelogene! Oder wahre? Alle denken, sie sei wahr, bis auf mich; alle denken, ich hätte sie geliebt, bis auf mich – Demokratie, die Mehrheit hat Recht? Was man nicht sagt, existiert auch nicht? Wird meine innere Motivation von allem Gerede erdrückt, unter den Teppich gekehrt, durch Ehrbares ersetzt? Ehrbar? Liebe? Wessen Ehre? Wer „ehrt" das? Ich ehre meine Instinkte, meine Triebe, keine Normen! Normen, Ideen, Bullshit!

Satt werde ich so nicht. Satt werde ich nie. Der Durst des Verdursteten. Salzwasser zum Trinken. Mit jedem Kuss wird der Hunger größer. Die Langeweile der Eroberung. Rasiert. Ist sie rasiert? Kaum weiß ich es, ist sie langweilig, der Rest ist Routine.

Meine Absicht war ehrbar. Denkt sie. Es hat danach einfach nicht gepasst. Ich fühle mich schlecht, es klappt doch nicht, Schuldgefühle. Denkt sie. Denken sie. Denken alle. Bis auf mich. Was ist die Absicht? Meine Absicht ist das nicht; die Worte werden zur Absicht, die Gedanken verwischen, und mein Geist bleibt verborgen – in ihrem Körper.

Aufsicht

Sie schaut zu mir auf. Hin. Auf! Wer schaut schon zu mir? Von unten!? Weiß sie, wo ich bin? Was ich tue? Sie liebt mich – sagt sie. Sagen sie. Sagen alle. Alle? Wer das? Wer sind alle? Die Freunde? Die Familie? Leute, Menschen, Gestalten?! Sie kennen mich nicht. Sie kennt mich nicht. Wir kennen uns nicht. Ich kenne mich, aber niemand weiß es. Sie ändert sich für mich, doch kaum ändert sie sich, ist es mir nicht genug. Sie weiß es. Sie tut es trotzdem. Warum? Wieso sich ändern? Für mich? Sie kennt mich nicht. Ich kenne mich, aber niemand weiß, was ich sehe. Ändere dich nicht, will ich rufen. Ändere mich! Will ich schreien. Doch halte ich sie fest, flüster' ihr zu: „Sag, dass du mir gehörst!" Sie küsst mich. Sie kennt mich. Nicht!

Männer! Männlich! Stehen, gehen, marschieren, schlagen, masturbieren... Der Geruch der Geschlechter lässt mich kotzen. Sie weiß es nicht. Ich halte sie fest, sie kennt mich nicht. Ich kenne mich, doch wer weiß Rat? Niemand kennt mich! Ich mich doch auch nur scheinbar.

Onanieren, masturbieren, persiflieren, austarieren. Wieso immer der gleiche Scheiß? Ich hasse sie. Ich will sie zerstören. Aber sie liebt mich, will mich verhören. Warum das?! Ich lüge. Oder nicht? Die Lüge wird zur Wahrheit, die Absicht bleibt verborgen, für immer, in Ewigkeit, Amen!? Sonntagsschule... Hat sie besucht. Nichts ist geblieben. Ich habe den Mantel zerrissen. Sie zerrissen. Die Kleider zerrissen. Ihr Leben zerrissen. Sie liebt es. Ich hasse es. Ich hasse sie. Das Leben, die „Liebe", die, die ich mag.

Futragieren, Akten schmieren, der Scheiß des Lebens. Ich sei anders. Denkt sie. Nein, denke ich. Sie schaut hinauf. Ich schau herab. Doch die Rollen sind vertauscht. Ich ziehe sie runter, während sie in den Himmel blickt. Darunter das nichts, sie sieht es nicht. Gefangen im Dunkel der Körper.

Einsicht

Sie will mich haben, sie will spielen. Spielchen hasst der Mann, Spielchen liebt der Mann, sagt sie. Ahnung?! Nie! Sie hat keine Ahnung! Sie ist 19, ein Kind im Geist, wer

will sie haben?! Gefickt hat sie viel, der Geist wurde ge-
fickt, von der Konvention. Ich ficke die Konvention! Das
Wort so vulgär. Vulgär! Ficken! Du bist kein guter Bürger.
Man sagt so was nicht. MAN!? Die Konvention ist vulgär!
Sie macht aus ihr ein Monster! Aus euch Monster. Schiebt
den Geist in Schablonen, schabt die Kanten ab, fickt sie!
Spielchen. Ich liebe sie nicht. Ich liebe sie. Aber nicht ihre
Spielchen.

Ihr werdet Monster. Ich bin es nicht.
Ihr seht mich als Monster. Hört ihr es nicht?!
Hört ihr den Geist entweichen,
den euch das Leben nimmt?
Lässt sie Spielchen spielen, das dumme, große Kind!?

Sie meint, mich eifersüchtig zu machen. Eifersucht. Scheiße! Ich kenne das Wort nicht. Sie ist mir egal. Ihr Geist ist
mir egal. Schon zerfranst. Die glatten Kanten ausgefranst,
aber immer noch in Form. Ihr Körper zählt nicht. „Ich
habe ihn heute gesehen." Egal. Sie ist mir egal. Er ist mir
egal. Es sind nur Körper. Die Geister austauschbar, zu
Reden eine Qual. Reden. Nicht mit ihr. Reden nie als Ziel.
Der Körper ist das Ziel. Besitzen. Jetzt. Hier. Nie mehr.
Vergessen! Jetzt! Hier! Absicht nicht zu definieren. Ist sie
es? Will ich in sie? Ja, aber ich habe Angst, was ich da finde. AIDS? HIV? Geist voller öder Leere!? Sie stöhnt. Und
ich will, dass sie nie mehr redet. Reden. Schweigen. Verstehen. Vergehen.

Inter-Sicht

Was wollen sie alle? Mit Standard-Gedanken? Ein Leben wie das andere leben, jeder gleich, zum Feiern ein Bier. Der Geist liegt in Bändern aus Stahl, gesprengt jeden Freitag. Rituale des Geistes, der Brunft, der Geschlechtsreigen liegt in der Luft. Ich brauche sie. Die Rituale. Ein Raubtier in der Herde. Wolf im Schafspelz. Auf der Lauer, auf der Mauer, so mancher Schauer. Überfällt sie. Sie lieben ihn. Er liebt, dass sie ihn lieben. Voller Abscheu liebt er, liebe ich, lieben wir, das Leben, die Luft, den Mond. Ein Shot, zwei Shots, hey! Sie trinken aus, er schüttet weg, wir schütten weg, wow, was er da verträgt! Sie bewundern ihn! Es verwundert ihn. Sie ist rasiert. Ganz sicher. Wie die anderen. Internet-Porno-Trend! Der Körper aus Plastik, der Geist aus Acryl, nimmt alles auf. Magnetton, Lichtton, der Film des Lebens von Michael Bay. Glattgebügelt, Hollywoodreif, Product-Placement. Sie müssen weinen. Das Internet hat genug dafür. Sentimental. Ein Mädchen singt vor Jury, das neue Genie, schnell geteilt. Generation Shot, Wodka, Tequila, *tranquila*? Ich will mich erschießen, sie erschießen mit Shots. Klick klick, die Seiten geteilt. Eine Frau mit Krücke? Traurig geklicke. Schau, das sind die fünf Tipps, die dein Leben verändern; klick klick, doch sorry, du hast kein Leben. Mein Freund. 500 hast du. Freunde. Sie saufen sich einen an, um zu vergessen, dass sie nicht existieren. Wer existiert? Du? In Social Media. Ein Bild mit Fremden auf einer Party. Klick klick, dem Shot gefällt's.

Probier 'nen Shot. Betont locker. Die Nerdfrau spricht „Ich vögel selten" und zeigt ihr Tatoo. Ich kotze sie aus. Ihr Kern, verdeckt von Gefallen der Anderen. Sie will gefallen. Gefällt mir klicken. Jetzt. Für sie. Tattoo im Netz. Klick klick, zwei Shots sind weg.

Ich schlender' herum. Ein leichter Flirt. Ihr Freund in der Nähe, zu dicht zum Sehen. Sie gibt mir ihre Nummer. Hat ein neues Smartphone, aber niemand ruft an. Ich rufe an. Jetzt. Nie. Der Freund kommt zurück, Kamera, Klick klick, du bist online, verlinken, Freundschaftsanfrage, Kotzen.

Gerüche dringen in meinen Körper. Kotze. Scheiße. Party im Dreck. Eine Herde ohne Führer. Führer aus ihresgleichen gesucht? Besser keinen finden. In der Herde untertauchen, nicht existieren, beobachten, nüchtern bleiben, berühren. Frauen finden, Frauen lieben, verachten, vergessen, nie betrachten. Zu genau gesehen, das Muster erkannt, eine wie die andere, einer wie der andere, alle besoffen voller Durst nach Gefühl. Falsches Gefühl. Gefühl aus dem Baukasten. Zusammenstecken. Dekonstruieren. Auseinandernehmen. Zerschmettern! Hohle Existenz zerschlagen. Erschrecken, über sich, über die Welt. Die Welt lieben, heimgehen, weinen, trinken, aber Wasser, vergessen, aber wie, Wein in Wasser, Wasser in Wein, weinen zu lachen? Klick klick. Schauen, sie betrachten, Shot um Shot vergehen.

Sucht

August ist ein verlorener Monat, ganz verloren. Er soll vorbeigehen; jeder Tag ist nur dafür gut, das Ende des Monats näher zu bringen. Sie sagt, sie brauche Bedenkzeit, will sich ab Anfang September melden; vorerst aber noch nicht. Vorerst. „Ab" Anfang September.

Warten; sich zerreißen; Nachrichten immer wieder lesen, Briefe schreiben, zerreißen, zusammenkleben, aufs Telefon starren, überlegen; waren Worte falsch? Keine *Instant-Success-Formel.*

Das letzte Mal vor Monaten persönlich gesprochen, seitdem nur schriftlich. Alles nachlesbar, alles überprüfbar, der Monat zur Textanalyse. Schlafmangel. Nicht können. Sie lieben, ohne sie nicht leben können; sie hassen, warum tut sie mir das an; sie tut nichts, das tut sie mir an!

Nichts Greifbares, keine Kommunikation, nichts. Herzklopfen vor nichts; nichts passiert; Erwartungen; Spannung lässt nicht nach.

Die „ordentliche" Frau, seit Monaten ordnet sie Gedanken; alle, die nicht sie betreffen, sortiert sie auf den Stapel „egal". Egal, égalité, ich bin ihr gleich wie alle anderen. Hat sie einen, der ihr nicht egal ist? Hab seitdem viele gehalten, viele gefickt, viele geküsst, Komplimente, Gedanken bei ihr, nie untreu geworden. Sie? Hasse den Gedanken, ihr Körper bei jemand Anderem. Wut: Was, wenn sie seitdem hatte?! Ich war der erste, will der einzige bleiben. Hass steigt auf. Ich liebte sie. Bis zu diesem Brief nie gesagt. Warum konnte sie es nicht vorher ahnen? Wieso nicht?! Jede Minute, die ich an sie denke, mich quäle, sie normal weiterlebt ohne sich zu melden – Folter. Hasse sie, hasse den Gedanken, dass sie einen anderen hatte. Beruhige mich. Ich weiß es nicht. Aber kann es vermuten. Weiterleben, weiter viele lieben, es vorgeben, doch nur sie lieben, die anderen bloß wollen; nach außen wie immer - in Gedanken verloren. Der August ist ein verlorener Monat.

Aussicht

Bla bla bla... „Gestern war toll..." Bla bla bla.... „Das macht Spaß." Ihre Reden eine Wand aus Schaum, egal. Ihre Augen schauen mich an, ich schaue durch sie durch. Egal. Wen interessiert's?! Mich nicht! Warum auch?

Bla bla bla... Geduldsprobe. Geduld. Dulde sie. Du duldest sie. Ich nicht. Der Weg zu ihr ist lang. Ewig. Nie mehr zu ihr! Wir gehen. Wir laufen. Wir rennen. Ich will entkommen. Ihren Körper, nicht ihr Gerede, will ich, brauche ich, hole ich mir, jetzt! Bla... Sie redet nach allem, Gesicht eine Maske, Körper eine Farce, nach Konvention gestrickt. Will anfassen, nicht hören, nicht sehen. Nicht austauschen, eintauchen zwischen ihre Beine. Bla bla ba... Was machst du? Interessiert mich nicht. Ich will sie warnen. Vor mir warnen. Ich zerschlage ihr Kartenhaus im Geist. Mache sie zur Bestie. Zerstören. Nein! Nie mit mir! „Interessant!" Höre ich mich sagen. Warum?! Ich hasse sie. Ich brauche sie. Ich liebe sie. Warum nicht?! Was ist Liebe? Warum braucht sie Liebe? Ich brauche sie. Sie stillt meinen Hunger. Sie ist mein Fastfood... Bla Bla Bla... Ist das die Vorspeise? Ich will den Hauptgang. Wie Fastfood. Morgen vergessen, aber im Fettpolster der Seele gespeichert. Will sie wegtrainieren, sie bleibt, sie akkumulieren sich. Akkus laden. Sie laden. Sie mit Ideen beladen. Sie befreien aus der Maske. Dahinter nur ödes Land. Sie zerschlagen, den Wind beladen mit ihrer Freiheit. Freiheit. Sie ist frei. Ich bin frei. Wir sind frei.

Ihre Treppe, sie labert, ich lächel.... Bla Bla Bla... Der Wind erzählt. Winde wehen durch ihr Hirn, tragen Fernsehwellen rein, formen Gedankenbrei zu Mus. Ich hasse sie. Ich liebe sie. Ich brauche sie. Heute Nacht. Ich liebe sie. Ich denke es und weiß, dass ich es nicht denke. Ihr Zimmer. Klein. Nett. Nett! So würden sie sagen; die Eltern, die Geschwister, die Gesellschaft; nicht ich. Ich sage es trotzdem. Weg mit dir! Weg mit mir! Ich will schreien, verführe sie aber. „Du bedeutest mir viel." „Mehr als die Anderen." „Das ist nie vorher passiert." Passiert werden die Gedanken, die Logik, eine Philosophie des Sex erstelle ich um sie rumzukriegen. Die Worte meine ich nicht, aber sie kontrollieren mich. Worte führen zu Sex, Sex führt zu Gedanken, und die sollen niemals raus. Ich will weg. Aus dem Weg. Auf den Weg. Gebe ich ihr etwas auf den Weg? Sollte sie einen Weg haben; einen Weg gehen...?

Übersicht

25. So viele. So wenige. Es gibt mehr als drei Milliarden. 25 sind wenig. Aber für mich alle. So viele Lügen, so viele Küsse, so viele Gefühle, so viele Genüsse, so viele Worte, so viele Taten, so viele Feste, so viel geraten... Alles und nichts. Alle und nichts. Er beneidet mich. Ich schreie ihn an. Er hat noch nie. Er sei doch kein Mann!

Er ist der wahre Mann, hat sich nie betrogen;
den Geist nie geschändet, sich selbst nie belogen!

Warum auch soll er es tun? Ich tu es ja schon. Er soll was
,richtiges' machen; ich sei voll Hohn?! Nein mein Freund,
will ich sagen, schlage ihn aber ins Gesicht. Er soll doch
verrecken, erbärmlicher Wicht! Ich richte ihn auf, und red'
auf ihn ein; und geht er dann los, stell' ich ihm ein Bein.
Ich will sie für mich, nicht für ihn, er darf sie nicht kriegen.
Niemand. Darf sie kriegen. Warum zählen sie denn überhaupt? Fragt er mich. Ich weiß keine Antwort. Warum
wolle er? „Mal probieren." Ich sage ihm wie es ist. Es
reicht ihm nicht. Sie sind nicht so spektakulär. Eine wie die
andere. Ich denke in Kategorien. Sie ist wie Lara, sie ist wie
Mia, sie ist wie Katja, sie ist wie Pia... Jeweils die erste bildet die Kategorie, alle weiteren folgen als Allegorie. Warum nur?! Ich weiß es nicht. Er schaut mich an. Und reibt
sein Gesicht. Niemand soll sie sehen! Es schlägt auf ihn
ein. Doch bin ich es nicht – die Welt ist gemein!

Unisicht

Ich hasse sie. Warum kann sie nicht still sein? Ihre Worte
voller Idiotie. Wir liegen in ihrem Zimmer in ihrer WG...
Studentenleben... Das kann sie nicht; einfach leben...
Schon oft gedacht, ich wiederhole mich. Wiederholen
werde ich das hier sicher nicht. „Ist das OK, wenn es ein-

fach so ist, nicht zur Beziehung führt", fragt sie. Ich ziehe meine Hand weg. „Danke. Man macht das nur, wenn es mit dem Ziel geschieht, eine Beziehung einzugehen." Lächeln und Zuhören. Die nervt. Nerven liegen blank. Blank ist sie, kein Geld, Studentin, aber ihr Hintern ist's noch nicht, Kleidung drüber, mein gezwungenes Zuhören hält ihn bedeckt? Mann. Wann ist ein Mann ein Mann? Grönemeyers Text? Nein, er ist's, wenn er tut, nicht zuhört. Aber bei ihr? Begann mit Zuneigung, wollte tun, und ihr reden ließ mich zurückweichen. Sie theoretisiert, als ob sie alles wüsste, und turnt nur ab. Bin akklimatisiert; nichts außer Einschlafen vor Langeweile möglich.

„Und ich finde, man braucht einen Partner, der einem zuhört, Verständnis hat..."

Gesellschaftsfloskeln! Sie bietet getrocknete Feigen aus der Tüte an. Ohrfeigen! Das hat sie verdient! Ich esse eine aus Langeweile. Hand auf ihren Oberschenkel. „Würdest du bitte deine Hand da wegnehmen?" Ich tu es. „Danke". Warum bedankt sie sich? Bei mir? Braucht einen, der sie packt und dem es egal ist, was sie sagt. Nicht mich. Respektiere „Nein", bin kein Mann? Primitive Urgestalten haben Erfolg bei ihr; moralisch hochwertige Reden, während grobe Gestalten sie an anderen Tagen ficken. Selbstbild? Moralisch. Mein Bild: Dumm. Außer ihren Brüsten und dem weiter unten hält mich nichts hier.

Frustrierend. Wieso lassen Männer sich so viel gefallen? Brüste und alles drumherum. Bildung egal. Unlogische Schallblasen, Frust. Rede mit ihr. Philosophisch. Eine Philosophie des Anfassens; erläutere mit vielen alten Philosophennamen, warum es wichtig ist, unverbindlich rumzumachen. Sie horcht auf. Alte Namen schlagen jungen Mann vor ihr. Ich egal. Wenn Voltaire es sagt, zählt's, auch wenn ich's ihm nur in den Mund lege. Autorität des alten Wissens. Es ist interessant, sobald ein Werk älter ist. Der Moment, in dem es nicht mehr aktuell, diskutierbar, modifizierbar ist; in dem es ein Museumsstück wird, der Sphäre der Bearbeitungen entzogen wird. Griffiths „Intolerance"; er schnitt den Film jahrzehntelang um, aber wehe, heute schneidet jemand daran. Ein Schrank aus dem Biedermeier; damals schnell modifiziert, ein Gebrauchsstück, aber wehe dem, der heute etwas daran für den Gebrauch ändert; ein Banause! Die Worte, die ich gerade für sie konstruiere; sie würde sie nicht respektieren, wenn sie wüsste, dass sie gerade erst entstehen, modifizierbar, diskutierbar sind. Aber mit künstlicher Patina schluckt sie sie unter Fake-Firnis. Eher sich selbst hinterfragen als das Alte. Voltaire, Kant, Hegel, keine Menschen mehr; Worte gewinnen im Alter wohl neue, nicht hinterfragbare Weisheit. Für Leute wie sie. Kant dreht sich im Grab um, während ich seine Begründung für Affären erfinde. Die Studentin lauscht, versteht nicht alles, aber genug. Das selbstgefällige, überforderte Gesicht, merken, dass sie nichts kapiert, aber denkt, sie sei intelligent. Zum reinschlagen! Arrogantes

Lächeln! Nach draußen nett scheinen, willst sie ja rumkriegen. Die Schlüsselwörter zählen, ich betone sie gut, dass sie sie versteht. „Warum ‚zur Beziehung führen'? Was ist besser an einem Typ, der dich anlügt, mit dir bumst, und nach einer Woche Schluss macht? Lieber mich, ich bin ehrlich, alles einfach, ohne Lügen, ehrliche Emotionen, wenn auch nicht große romantische Wörter." Kriege ich sie rum?

„Man macht das eben nicht..."

MAN! MACHT! DAS NICHT!? Ich raste gleich aus! Hegel in meinem Kopf tobt: Warum hast du ihr so viel von mir erzählt, nur dass sie das dann übergeht, und wieder zurück zu ihrer blanken Gesellschaftsmeinung geht? Vergiss die! „Muss los", sage ich. „Hat Spaß gemacht", sagt sie. „Naja", murmel ich, pack mein Zeug, hau ab aus ihrem Zimmer. Im Flur steht ihre Mitbewohnerin, sieht mich aus dem Zimmer kommen, lächelt verschmitzt. Was die wohl denkt? Da drin ist nichts gelaufen. Kant, Hegel, Voltaire und meine anderen Wingmen können es bezeugen. Auch wenn sie gerade abgelenkt sind, und sich im Gehen einen Dreier mit den beiden Mädchen ausmalen...

Dreisicht

Dreier gehabt. Schon oft. Dreier geliebt. Schon oft. Von zweien gehasst. Schon oft. Oft getan — schroff geliebt. Gehasst, das alles; den Dreier — die Gesellschaft? Gesellschaft – mehr als zwei sind eine Gesellschaft? Die eine, dann die andere, dann beide. Beiden gefallen, niemand gefällt's. Mir egal, ihnen egal, uns egal. „Uns"? Unseres? Uns? Ihres wohl kaum. Dreiklang erklingt. Dreiklang gebrochen; Beethovens Eroica – Dreiklangbrechung, Hauptmotiv, pseudonitellektuelles Geschwätz. Eroica, Erotica, kindisches Wortspiel. Kindisch. Man macht es nicht. Sowas nicht. Man. Wir. Verantwortungsvoll. Spiel nicht. Spiel mit Worten, Spiel mit Menschen – nicht? Sie sagt, sie macht so was nicht, Dreier. Dreiklang darf nicht klingen; Sagt sie, tut sie doch, wie immer, heuchelt ihnen was vor. Uns was vor. Geht konform. Nicht wie Beethoven. Beethoven begehrt auf. Bleibt noch verhaftet in Konvention. Revolution, die gefällt. Allgemein. Sie tut es. Nach innen. Nicht nach außen. Dreier, so wie viele.

Wie viele haben Dreier; wer? Swinger – wer ist ein Swinger? Jeder und niemand? Tänzer durch spießige Revolutionen? Wer gibt es zu? Sie müssen einen Begriff finden. „Swinger". „Leben" sollte es heißen. Jeder braucht seine Schubladen, seine Kategorien, schwimmt in ihnen, geht sonst unter; kleine Boote auf lebendem Nass. Lernt schwimmen! Ins Wasser gehen, baden gehen, zu dritt?

Von zweien geliebt – von zweien gehasst – ich liebe sie beide, sie lieben mich beide, hassen mich; hassen uns, hassen sich; danach hasst jeder sich... Ich hasse sie nicht; liebe sie – kaum, aber doch. Schwimmen in Booten auf dem Glück, sehen es, fühlen es nie; man darf nicht rein.

Der Kopf eine Ansammlung von rechteckigen Kästen, Gedanken, die nicht reinpassen, werden geschreddert; es wird sich verheddert im Leben; die Rechtecke geben Struktur – im Chaos. Umschlungen von Chaos. Versunken in Melasse von Chaos. Eingeschlossen, Rechtecke sinken ein; Illusion rauszukommen, aber schirmen nur ab. Beethovens Dritte. Eroica. Anfang des Finales. Chaos. Wird zu Stille. Wird zu Pizzicato-Streichern. Dreier. Stille. Stille umhüllt das Thema. Wer spricht darüber? Exhibitionisten, komische Menschen, wir nicht. Sie nicht. „Wir" ficken nicht. „Man" tut es nicht. Tun nichts. Alles in Ordnung. Leben nur nach außen. In Ordnung. Die Ordnung nach außen. Die Melasse im Inneren, die Kästen nach Außen, Umkehrung; Kontrapunkt der Fuge. Nach innen Orgien. Nicht nach außen. Wir doch nicht. Ich doch nicht. Ordnet die Gedanken. Gedanken aus der Flasche, verpackt, gefiltert, abgepackt, nicht aus der Quelle; Angst wovor? Muss gefiltert sein. Ist sicherer. Vertrauen ihnen, Filter! Für sie. Beide hassen. Beide hassen nicht mich, sie hassen nur Melasse. Sie hassen sich. Zu nah an der Quelle gewesen, die Firma will das nicht, „trinkt nur von uns", „zahlt uns". Jetzt. Bar. Wir lieben euch alle. Man tut eben, was wir sagen. Alles andere gefährlich. Sie zahlen und vergessen mich. Alle. Vergessen, frei zu sein. Vergessen, zu leben.

Workaholic – Arbeitssucht.

Sie soll heute nicht zu mir kommen. Sie hat Geburtstag, morgen, ich sage, ich packe die Geschenke ein, sie soll nicht heute kommen. Sie kommt nicht, ich packe eine Andere aus; Lauf der Dinge. Wieso sollte sie es wissen? Soll glücklich sein, die andere ist auch Glücklich, das Glück ist mit dem Tüchtigen, der den ganzen Tag packt – ein und aus. Tüchtig anpacken, den Beruf erledigen; Berufung, kein Job. Arbeit ist es trotzdem. „Lass mich!", schrei ich!

Nicht selbst gewählt, von außen aufgedrückt; zerdrückt mich. Keine Zeit für mich; sie kontrollieren mich! Ich will wegstoßen, umwerfen, abhauen! Ihre Existenz zerdrückt, das Leben ohne sie leicht. Leichtigkeit ohne Sinn. Nehmen dem Leben die Schwere, sagen sie; rauben die Leichtigkeit. Was gibt Sinn? Wenn die Droge nicht mehr existiert, gibt es für den Süchtigen nur noch den Entzug, nichts mehr! Zerstöre die Droge; verbrennen, ausradieren, spurlos vernichten!

Ich verachte sie, sie stehlen mein Leben – sind mein Leben geworden, verdienen es nicht. Sie sind Dreck – sie mögen es. „Schlampe!" – „Oh, ja!", oft erlebt! Einer, der sie wie Dreck behandelt, ein Macho, nicht schüchtern, sie lieben ihn! Liebe – Dummheit – Sucht!

Keine Macht den Drogen? Blumen, die dich töten, hübsch geschmückt um die Bienenherren zu begeilen und ihr Gift zu tarnen. Ich ernte sie wider Willen; Berufung. Berufung: Kennenlernen; nicht durchziehen, Kennenlernen nicht Mittel zum jahrelangen, beziehungsweisen Zweck. Nur kennenlernen, ficken, wieder von Neuem das Ganze.

Jede Schlacht gleicht der anderen; keine Mutter aller Schlachten; kein *war to end wars*! Angriff auf die Stellung; Taktiken probieren; erstürmen; spielsüchtig. Ein Gewinn zählt nicht mehr, immer nur die Nächste in Sicht. Verdienen um des Verdienens willen. Das gewonnene Geld nicht in schöne Dinge investieren, sondern auftürmen; hinter sich horten; nie draufschauen.

Erinnerungen an die Vorherigen – keine Zeit dafür, die Nächste ruft. Manchmal Erinnerungen, selten, Sehnsucht nach den Alten, vorherigen, aber schnell durch neue überdeckt, nie wieder ausgegraben. Schatz an Erinnerungen, nichtmal mit Zinsen angelegt, nur verbuddelt; nie ein Inventar angelegt.

Fotzen vor meinem Auge. Vulgär, oder? Lieben es, wenn ich das so sage. „Zeig mir deine geile Fotze!" Wortinventar, dass sie sich einmal frei fühlen, ein Mal schlecht behandelt, lieben es! Galerie von lauter Fotzen vor innerem Auge. Abstellen, jetzt! Zu vulgär! Muss nicht alles sehen, was ich gesehen habe; erdrückt davon. Mein Vermögen macht nicht glücklich.

Teile sie in Kategorien ein, meist korrekt. Der Geist ist kein Geheimnis; Schamhaar das spannendste, sieht nicht jeder; kann meist nicht raten, wie sie es gestaltet. Das rauszufinden – Lebensziel. Sobald ich's weiß, ist sie egal. Bezahlung: Erinnerung und Wissen um Haar untenrum. Wird sowieso verbuddelt, auf Bezahlung kommt es nicht an...

Bezahlung in Klicks, für sie aktuell. Foto online, auf einem Stein räkeln im Kleid, philosophischer Spruch dazu, like like like. Sie lieben sie. Ich tue so als ob. Will sie, hasse sie, verachte sie. Sie will *attention*. Von Männern, von allen, Energievampir, bekommt sie von mir, saugt mich aus. Klick klick, gebe sie ihr. Schafft mich, Arbeit, brauche Freizeit, fülle sie mit Arbeit. Gehe online. Neues Bild, pseudo-weiser Spruch auf ihrer Pinnwand, von vielen likes geschmückt. Ich like mit, like sie nicht echt, der Kunde hat immer Recht, Augen zu und durch. Durchdrehen. Sie ist krank. Krankenpfleger, voller Geduld, die Patientin immer geduldig behandeln. Attention-Defizit, Diagnose. Spielt mit Männern; denkt sie, ich spiele mit ihr.

Jeder meint das eine, sagt das andere; ich meine das eine nur stärker als sie, sage das andere besser; spiele sie aus, sie hat ausgespielt. „Lösche alle Bilder aus dem Netz!" Will sehen, dass ich sie kontrolliere, wird sie nie machen. Suchtmittel. Weg mit Computern, weg mit Technik, weg mit der Sucht; sie wird in sich zusammenfallen; furchtbar. Ihr Spiel weg, beschränkt auf ihr Haus, wer gibt ihr Aufmerksamkeit? Wird zur tratschenden Matrone irgendwann, Art der Attention egal.

Schüttle mich bei der Vorstellung. Schüttelfrost, Gedanken kalt. Nur an sich denken, kann sie, kann ich, können wir, Gemeinsamkeit, Liebe für immer? Immer dreckiger Scheiß, Liebe, Gelaber, Leben... Ausgelebt, Vermögen nicht gespart, nicht ausgegeben, nicht vererbt – verloren. Nichts gekauft, keine Momente der Erinnerung, der Flucht von ihnen gekauft. Ich kaufe ihr etwas, ein Geschenk. Aber nicht vom Ersparten.

Denksucht

Leerer August; halbleerer September; Warten auf die nächste Hälfte. Kurze SMS geschickt; Empfangsbestätigung erhalten. Automatisch. *Sie* hat sie. Hat sie sie gelesen? Warten. Außer Warten kein Leben. Anrufen? Wird nicht abgehoben, einmal, zweimal, zu oft, nicht aufdringlich sein. Warten, abwarten, Geist betäuben mit Leben nach außen. Leben, um zu vergessen.

Untersicht

Ich will sie. Nach mir darf keiner sie haben. Vor mir auch nicht. Sie liebte mich. Ich liebte sie nicht. Wer liebte sie denn?! Ich etwa!? Dachte sie. Dachte ich. Dachten wir. Sie machte Schluss. Schluss womit? Mit uns? Wir leben weiter. Für immer bis zum Tod. Schluss mit dem Kennen? Nein, ich kenne sie, und sie meint, mich zu kennen. *Kennen.* Was ich ihr zeigte. *Quod est demonstrandum.* Nur das Innere kam nie hervor. Ich baute ein Inneres, konstruierte es sorgfältig und Detailliert wie ein Rentner ein Modellschiff baut. Sie sah es und kaufte es ab. Maßstab 1:200. Ein Ausschnitt. In 1:1000. Das Ganze. Sie sah es als Original. Das Original interessiert nicht. Der Maßstab interessiert nicht. Details interessieren, Details aus Plastik, billig geklebt. Wer kennt mich!? Sie kannte vor mir keinen. Nicht im wörtlichen Sinne, nicht im biblischen Sinne, nicht im vernünftigen Sinne, nicht in weiterem Sinne. Sinne verdreht, Worte verdreht; „hast du das nicht gesagt?" „Nein, ein Missverständnis", das hat mir manchen Tag gerettet. Kam nie von mir los, was ich auch tat. Sie wollte mich. Ich wollte sie. Sprechen egal. Sie wollte mich. Wer wollte sich lossagen? Sie sich von mir?! Hat sie nie ganz. Wissen, dass sie mich noch will. Ich will sie nicht. Nicht mehr. Ich liebe sie. Was heißt Liebe? Schon gesagt. Manchmal. Nie. Worte sind Dreck. Zerstöre sie. Nimm eine Thompson, 50 Schuss im Magazin, zerschieß' die Worte, baller sie weg, in Stücke zerspringen sie im Klang der fallenden Hülsen! Egoshooter des Lebens. Zerschieße die Liebe, zerballer' die „Gefühle". Wahre? Falsche? Wer weiß was?! Alle weg! Spritzfeuer auf Regungen, Mähfeuer aufs Leben. Zerschlagen. Zerschießen. Sie treffen dich. Die Splitter. Ein Cumshot Liebe ins

Gesicht. Weg damit! In Splitter hacken. Liebe. Gesicht. Geist. Sich in Staub zersetzen.

Ein Wunsch unausgesprochen. Was bleibt von ihr? Was bleibt von mir?! „Schluss"? Und jetzt? Schluss heißt Ende. Dies ist kein Ende. Erde sprengen. Ein Fetzen in der Galaxie. In Jahrmillionen hat man uns vergessen. Plattitüden. Den Text zerschlagen. Schrapnelle zerreißen Leben, zerreißen Gefühle aber nicht. Gefühle bleiben in der Luft. Du bist weg, der Schmerz bleibt. Sie zu verachten fehlt der Mut. Sie zu vergessen die Kälte. Niemand soll sie haben. Niemand nach mir. Ich zerfetze meinen Geist. *Comfortably Numb*; Pink Floyd? Ja, so geht's. Nie mehr fühlen. In der Sonne vergehen. Sol Invictus. Christus begegnen?! Das Weltall geißeln. Sich geißeln. Jetzt vergehen. Sie nie mehr zu sehen. Wen juckt's? Hat sie einen neuen? Wen juckt's? In einem Jahrhundert hat man alle vergessen. Wen juckt's? Der Neue? Falls vorhanden, ist er egal. Falls nicht, bedeutet er die Welt. Die Welt, die von der Sonne verschlungen wird.

Eifersucht

Niemand kann sie haben. Andere zu dumm für sie. Wenn ich ein Pärchen sehe, verachte ich die Frau und beneide den Mann. Wie kann sie sich mit ihm einlassen, wenn so etwas tolles wie ich auf der Welt ist? Jede eine Jungfrau, bis sie mich kennenlernt, Traumwelt. Träume seltsam: Neulich von einer „Liebe" aus der Grundschulzeit geträumt. Sie lacht mich aus. Kommen lachend zusammen, sie inzwischen Model. Schwitzend aufgewacht, sie hat sicher auch schon gebumst; kein Steifer beim Aufwachen, Hose trocken, eher Angst.

Sexist, bin alter Sexist? Ungerecht? Nie gewusst, warum ich so denke, nur, dass ich so denke, heimliche Perversion? Andere wären empört, wenn sie davon wüssten, und überschreien nur ihre eigenen Gelüste? Mag nichts Gebrauchtes. Willst du nicht auch immer alles original verpackt? Alle Spuren kommen von dir; Seele nutzt ab. Jede Spur eine Geschichte, Geschichten von anderen sind dumm, wer lässt sich von denen bekratzen? Jeder Kratzer stört. Kratzer Teil von Geschichte? Keine erzählenswerte. Kratzer machen das ganze erst Interessant?! Idiotie. Ein 1930er Bugatti, Neuzustand, neuwertig, Rarität, Unikat, ein Betrunkener kratzt mit dem Schlüssel ein paar Zentimeter in den Lack. Kratzer Teil der Geschichte? Nein, Kratzer Teil von Idiotie! Zerstört, Blick fällt nur noch darauf, irreparabel; Originalzustand vernichtet, Wert vernichtet; Betrachten bringt nur Ärger über Dummheit der Geschichte, verschrotten oder verrotten lassen, aus den Augen, aus dem Sinn.

Anderer kennt ihren Körper. Kein Geheimnis mehr. Andere tasten sie ab; Erregung erzeugt, erregten sie. Film im Kopf; italienischer Neo-Idiotismus – anfassen und angefasst werden. Alle auf mich warten. Eifersucht. Idioten. Der Welt entsagen.

Vorsicht

Ich habe nie geliebt. Sie nie geliebt. Oder ihn nie geliebt. Ihn? Soll das eine Bi-Story werden? Oder meint er sich selbst? Meint er nicht. Meint er doch? Keine Ahnung. Wen meint er? Egal. Liebe ist absurd. Zu wem Liebe? Zu ihr? Zu ihm? Zu ihnen? Die Welt verdient keine Liebe. Nicht das Wort. Nicht die Tat. Love is in the air. Jeder Liebt. Niemand Liebt! Ein Wort wie ein geplatztes Kondom; nervig, und beschäftigt dich. Allumfassend und doch brüchig. Wer liebt mich? Egal. Scheißegal! Leben ist ein Kampf. Rüsten für den Kampf. Sich panzern. Kevlar, Stahlhelm, Grabendolch! Weltkrieg verschwimmt mit Weltbrannt, die Liebe entbrennt im Geist, er vergeht darin. Sie soll weg von mir! Jetzt! Ich will sie nicht! Sie hält mein Feuer am Brennen! Der Krieg endet, wenn das Menschenmaterial fehlt. Menschenmaterial kommt zu mir, ich suche es, verbrauche es, werfe es ausgebrannt weg, um neues zu finden. Leise Hinweise, sie hört sie nicht. Laute Worte, sie lacht, ich bin witzig. Ich bin interessant. Sie mag es, mich zu treffen. Ich treffe sie, mein Feuer treibt mich an, ich will es löschen. So lange sie liebt, bleibe ich dran. Muss sie finden, muss sie ergründen, muss sie haben, ob ich will oder nicht.

Geh weg! Geh weg! Hau ab! Jetzt sofort!

Ohne Grund!

Sie bleibt, ich lächel, ich liebe, ich lüge. Eine Frau, ein
Wort, ein Mann, eine Tat. Anfassen?! Sie nimmt den Auf-
wand ab, sie fängt an, sie liebt. Sich selbst? Überhaupt?
Wer kann lieben? Ich nicht. Sie nicht, aber redet es sich
ein. Liebt das Bild von mir in ihrem Kopf. Wir alle sind
nur Bilder in Köpfen, und seien es auch nur unsere eigenen. Kein Bild deckt sich. Bin ich, wie sie denkt? Erfährt
sie je vom Kampf in mir? Ich halte sie und will in den
Panzergraben, den Staub auf der Panzerfaust, die ihr Haar
streichelt. Ich flüster' zu ihr und schreie Befehle. Kessel
von Halbe, kein Entkommen, Ruhrkessel, Coventry, Na-
gasaki, Buchenwald, es zerreißt die Welt, kein Entkommen!
Stimmen schreien, Gefühle schreien, Menschen schreien.
Wir lieben uns. Meinen wir. Lügt sie mich an? Der Kampf
in mir geht weiter. Ich will es wissen. Brauche sie. Muss sie
besitzen. Ihr Geist in meinem Arsenal. Sie ist ein Kriegsziel. Die oberste Heeresleitung will sie. Kriegsziel Paris,
Liebe in Paris, eine Stadt der Liebe, auf kitschigen Karten
gepriesen.

Ich liebe sie. Die Kanonen donnern, der Stoßtrupp rückt
vor, die Hand erkundet den Körper, Brüste das Nahziel,
weiter unten das Fernziel. Strategischer Gewinn unter dem
BH. Taktischer Rückzug, sie will noch nicht so weit, Hand
einen Zentimeter zurück. Kriegsziel geplant. Bitte, ich will

sie nicht erobern, die da oben wollen es, da oben im Kopf unter der Pickelhaube. Bin Teenager, bin verliebt, bin Greis, bin notgeil, alles darunter. Warum brauche ich sie? Keine Überraschungen bei ihr, sicher. Wird mich lieben, zuerst Liebe, dann Kontrolle, dann Schluss. Der gleiche Scheiß. Leben nur als Ansammlung von geilen Momenten. Geschlagenen Schlachten. Heldengedenktag. Denkmäler. Nächster Feldzug, früherer wird vergessen. Altes Regime verdammt, wie konntest du mit der? Eine Fußnote der Geschichte bleibt zurück. Tannenbergsieg. Paris 1870. Napoleon vor Moskau. Bismarck gründet das Reich. Wer braucht sie schon?

Andere Hand am Hintern, sie fasst mich an, ich liebe sie, die Kanonen donnern, der Hagel der Worte prasselt auf sie ein, sie liebt. Kriegsziele erfüllt, was dann? Sinnlos. Eroberungskrieg bringt Leid. Großes Reich lässt sich nicht verwalten. Brauche keine Kolonien in anderen Geistern. Keine Kolonie im anderen Körper. Ziehe mich zurück auf mein eigenes Gebiet, hinterlasse Machtvakuum. Hinterlasse Chaos. Verbrannte Erde. Artillerie sichert die Grenze. Durch Stacheldraht kommt niemand dran. Das Heer geht an die nächste Front. Der Krieg geht weiter. Ein Weltbrand ohne Opfer nicht vorstellbar. Millionen Opfer gegen eins. Ein Scharmützel. Doch für sie die Welt. Für mich nichts. Wir ziehen uns aus. Ein ewiger Krieg. Menschliche Natur. Ende voller Schrecken.

Hintersicht

Schau über deine Schulter, Schatz, was kommen mag. Ich sehe dich nicht. Wo bist du? Warum bist du, das ist die Frage, Liebling. Liebling, Schatz, Schlampe! Worte ohne Sinn. Sie verwenden Worte um ihre Beziehung zu ordnen. Wir sind zusammen, na und?! Jetzt offiziell? Kategorien. Sie brauchen sie. Ohne Kategorie kein Leben. Leben in Schubladen geordnet. „Ich bin ein Mensch, der gerne Lacht"... Ich wohl auch ein Mensch, der... Ein Mensch... Du bist ein Produkt. Ein Produkt, im Katalog der Gesellschaft zusammengestellt. Du kaufst, und du hast, du bist nichts! Du liest gerne, na und!? Fremde Gedanken, fremde Federn, die deinen Geist füllen. Zusammen. Jetzt. Davor waren wir nicht zusammen, wir *durften* uns nicht küssen.

Durften.

Dürfen. Interessant. Du musst in einer Schublade stecken, die es dir erlaubt. Ein Möbelstück erlaubt dir die Nähe. *Heirate mich, und ich bin glücklich.* Hans-im-Glück-Brunnen, wo wir uns trafen, Heiratsantrag im Münchner McDonalds, Glück!? Jetzt Glück, gesellschaftlich sanktioniert? Das ist Glück, das Konstrukt der anderen, davor darfst du es nicht haben?!

Ich verachte dich. Ich verachte sie.

„Ich bin ein Mensch, der kritisch denkt." Teil einer Gruppe Menschen, die kritisch denkt. Teil des Systems „kritisch denken". Ich nicht. Systeme bestimmen, wem du deine Titten zeigst, an wen du denken darfst; was *man* tut. Bei einem Candle-Light-Dinner flirten; ich will nicht Flirten, will ficken, bei Kerzenschein im Restaurant, durch wackelnden Tisch die Systeme zerrütten, die Zuschauer wachrütteln. Aufwecken, jetzt! Aber was kommt? Sie träumen Systeme und wachen im Vakuum auf. Schnell weiterschlafen, neue Systeme träumen. Freiheit eine Illusion, eins von vielen Systemen. Syntax der Freiheit ist Syntax der Schubladen deiner Gedanken. Du willst frei sein?! Vergiss dich. Vergiss mich. Vergiss alles. Schau über deine Schulter, Schatz, und sieh dich um – und vergiss, dass du je gelebt hast. Life sucks.

spaß-sicht

Die Welt ist schlecht, *so what*, was tun? Alles Humor. Alles lächerlich. Der Club – herumwackeln als Balztanz, lauter Lacher wert. Dass Menschen – Kreaturen – Gestalten – Schlafwandler – das akzeptieren ohne Lachen ist Lacher wert. Unendliches Lachen. Die Welt eine Comedy-Bühne. Poetry-Slam. Ich slamme, um sie zu kriegen. Sie liebt mich wohl, aber liebe ich sie? Comedy! Lachen vom Band! Existiert sie überhaupt?! Canned laughter, canned love!

„Gefühl" des Lachens. Ironie. Sie ist ironisch, ihre Existenz Ironie. Alles Ironie! Jeder ist ironisch, jeder ist witzig.

Spaß ist Kultur. Kultur der guten Laune, und alle lächeln mit. Ein Lächeln beginnt den Tag, hast keins? Kauf's dir jetzt! Sie will mir beweisen, dass wir uns lieben. Ich lache. Sie fragt, was ist. Ich sag was Gemeines. Sie lacht. Ironie ist was Feines! Es kracht. Sie reibt mich auf, ich lache sie an. Lachen im Geist, so lange ich kann. Jedes ihrer Worte eine Sitcom. Sie meint sie ernst, das Lachen wird lauter. Sie hat zu viele Disney-Filme gesehen, ihr Glück aus ihnen gezogen; ich könnt' es ihr bieten, es wäre gelogen.

Sie bringt mich zum Lachen, ohne es zu merken. Ein Lachen bahnt sich den Weg. Bei jedem Geknutsche halt ich's zurück, als Stöhnen kommt's raus. Sobald ich sie durchhab, wird ihr die Ironie auch klar. Die Ironie des Lebens.

Zwischensicht

Bilanz. 26 Jahre. Mit 16 ein Nerd. Bin jetzt, was ich immer sein wollte. Cool. Player. Erfolg. Künstler. Leute wollen mich kennen. Frauen sind leicht zu kriegen. Mit 17 gehofft, eine käme mal, Liebe aus der Ferne, der crush merkte es nicht. Heute hunderte, SMS ohne Ende. Geschafft. Wer? Ich? Geschafft, der Geist zerrüttet. Die Hand zittert. Illusionen verpufft. Cool, so what?

Zeitreise. 16-jährigem Ich mich gezeigt. Zuerst begeistert, dann entsetzt, dann matt. Nicht mehr ansetzen... Nichts mehr tun... Es ist zum Verrücktwerden. Jetzt hat er's gesehen, will's nicht mehr sein, bleibt in der Erde, bleibt ganz allein. Besser für ihn? Es ist ein Graus. Das Glück kam gekrochen – ich halt' es nicht aus.

Bilanz positiv. Ziele erreicht. Neue Ziele stecken. Und vorher verrecken? Wär eine Lösung, doch etwas gemein – mit 16 wollt' ich doch wie heute sein.

Erfolg brachte Ausblick, nahm dem Leben den Zauber. Davor alles mystisch. Wie an Frauen rankommen? Nicht möglich, von einer anderen Welt, für alle da außer für mich. Friendzone war noch kein Modewort, kannte es nicht, aber passte zu mir. Wenn überhaupt „friend". Eher unsichtbar für sie. Das Leben voller Mysterien. Was tun mit ihnen? Unmöglich zu ergründen. Heute sehe ich sie anders. Illusionen beraubt. Ein Blitz erhellt die Dunkelheit der Welt, ihrer Charaktere, ihrer Mechaniken, sie kotzen mich an. Alles nur mit Wasser gekocht. Alles einfacher als gedacht. Behalte das mystische Weltbild! Die Neuzeit raubt die Magie. Bleib magisch, vergiss das Blitzlichtgewitter, zurück zu Geheimnissen.

Zeitreise. 19-jährigem Ich mich gezeigt. War da auf dem Weg zu Zielen. Erste Affären, erste Projekte, erste Fans, erstes alles! Aufregung über jeden Zentimeter Dunkelheit der sich lüftet. Schatzsuche. Ausgraben. Solange man neue Geheimnisse findet, aufregend, danach verstauben die Funde vergessen in einer Ecke. Die Welt voller Geheimnisse, die Menschen nicht. Dachte, sie wären Komplex, sie waren es nicht. Hundert Schablonen, ein Charakter. Ratio 1:100. Interesse verpufft. Sie flirtet. Ich flirte zurück. Ist sie ein Charakter? Ich erkenne es nicht. Interesse abgestumpft.

16-jähriges Ich interveniert. Jede ein Charakter. Interesse für jede. Oh, schau, sie will sich ein Tattoo stechen lassen? Wie cool! 26-jähriges holt Lexikon aus Kopf hervor, Floskeln für Frauen wie sie, um ihnen zu gefallen. Werde nicht alt! Lass dem Leben Geheimnisse. Sonst frisst es dich.

Natürliche Sicht - Pastorale

Bescheuerter Hund. Hechelhechelhechel… ÖHHHH! Starrt mich an. Ich starre zurück. Hund will auf mich zugehen, Besitzerin merkt nicht die Ursache seiner Bewegung, hält ihn zurück. Hund trotzdem glücklich, Hund dumm, aber nett. Natur nett. Gehe über Wiesen des Parks. Gezähmte Natur. Ordentlich angerichtet für den Menschen zum Genuss. Liebe die Natur, liebe das Leben, liebe die Wonne der Natur. Tauben gurren, drehen sich, wollen Taubenfrauen beeindrucken. Sind Gurrer nett? „Ratten der Lüfte!" Frauenstimme in der Luft. Hundebesitzerin hat gemerkt, wohin mein Blick schweift, und will Konversation. Ich starre sie an. Verachtung in ihrer Stimme gegen Gurrer. Ich hechel sie an, sie geht verstört weg. Hunde sind nett. Ich bin verstörend. Natur ist nett, Menschen verstörend.

Pollen blasen durch die Luft, in Gesichter, in Bäume, in Kleider, in Tiere, sie bleiben hängen und drücken allem ihren Geruch auf. Die Luft ein Meer aus warmen Blütenfäden und Lichtreflexen. Augen. Sehen. Licht. Weiß nicht, ob andere Menschen die Farbe gleich wahrnehmen. Haben uns nur geeinigt, dass das, wie wir die Lichtwellenlänge xy bezeichnen, ein bestimmter Farbenname ist. „Blau" sieht für mich vielleicht so aus wie für den anderen Grün. Wir beide wissen nur, dass der Himmel „blau" ist, vielleicht sieht er für ihn aus, wie für mich rot, aber er weiß, dass man die Farbe ‚blau' nennt.

Pseudointellektuelles Gefasel, ist mir erstmals mit acht eingefallen, Kinderkram, vergessen, Natur genießen. Pärchen auf Wiese, knutscht, Seine Hose geschlossen, abends wohl offen. Kein Interesse. Sitze auf Bank, betrachte den See. Spiegelung lässt mich zurückschrecken. So harmlos sehe ich aus? Darauf fallen sie rein? Meine Seele ist verzerrt, ich bin allein. Inlineskater fährt vorbei, Freundin hinterher, gute Laune; wird ihnen irgendwann vergehen. Sport verbindet. Lachen. Jetzt. Lachte auch früher oft. Sinnlos, vergiss es. Alles nur gespielt. Um das Leben zu vergessen. Zurück zur Natur. Frau mit Hund nicht in Sicht, eine kommt auf die Bank zu mir, mit Proust in der Hand. Liest. Pseudo-Intellektuell. Beginne zu labern. Proust so gut, Impressionismus, in Swanns Welt, BildungsWichse, sie fährt drauf ab. Verabredung. Spontan ausgehen? Zu mir oder zu dir? Nicht genug Mut? Auf Bank sitzen. Bleib auf der Hut. Wir tauschen Nummern, ich haue ab. Geh mit nach Hause – ins trockene Grab:

Innensicht 2

Geordnet. Das ist ihre Wohnung. Geordnet. Nichts anderes. Schubladenschrank; beschriftet, eine für jeden Lebensbereich. Regale geordnet an der Wand; Sessel geordnet, Schreibtisch geordnet, Geist geordnet, nur was sein darf, darf sein. Eine Affäre, nicht mehr. Liebe Affäre? Wenn keine Beziehung, dann Affäre, sagt sie, alles geordnet, nur so kann sie. Ordnung kontrolliert sie, sie kontrolliert Ordnung.

Zieht sich aus. Körper geordnet. Schamhaar zum Rechteck rasiert. Alles frisiert. Alles trainiert. Sex nach Plan. Erst dies und dann das. Faszination Ordnung. Ordnung, Chaos, Lampen, Regale, aus dem Katalog mit System bestellt. Farben passen, aber nicht zu ihrer Haut. Körper auf mir auf und ab und ab und auf, erst Vorspiel dann Nachspiel, Hautfarbe gegen grüne Decke beißt sich. Wills ihr sagen, ihr Gestöhne überdeckt Gedanken. Was zum Teufel tu ich hier!? Ungutes Gefühl.

Danach im Bad Kondom auswaschen; es unauffällig tun, damit sie nichts merkt. Die diffuse Angst, sie fischt es aus dem Müll und macht sich schwanger. *Die* doch nicht, Ordnung! Müll! Ein Leben im Müll! Chaos zulassen! Sie kann es nicht! Ihr zeigen, was Chaos ist! Leben auf den Kopf stellen, ihren Kopf öffnen, durchrühren, schließen! Geht nicht. Nur beim Sex fällt die Fassade, danach sofort wieder drauf. Fassade enthüllt reinen Trieb, ohne Kontrolle, danach als sei nichts; asexuell. Verdammt! Ich brauche sie wieder! Wieder Sex? Nie im Leben! Nicht mit ihr! Sitzen nackt vor dem Computer, schauen Internet-Filme, ich muss los; Kleidung – meine auf Haufen, ihre gefaltet. Selbst in der Lust regiert noch lange die Ordnung.

Aufatmen. Chaos der Luft . Draußen. Pastorale. Chaos regiert. Recht des Stärkeren. In ihrem Bett zerspringt die Fassade, ihre Wohnung das Refugium der Ordnung. Gewissen. Schlechtes Gewissen. Lass ihr die Illusion. Böse Gedanken: Zerhau ihre Illusion mit 'nem Hammer, zieh sie runter ins Leben, zerbersten sollen ihre Ordner, ihre Ordnung, ihr Geist; Vogel singt, ich lösche ihre Nummer. Weg mit ihr. Aus meinem Leben, Ordnung ist das halbe Leben, Ordnung frisst das ganze Leben; Ordnung killt den Geist. Der Geist ist Chaos, der Sinn ein Phantom.

Entschwindsucht

Oktober. Kein Wort.

Allsicht

Ein Punkt im Universum. Klein. Blau. Umkreist die Sonne. Flieg, flieg, ignorier den Rest. Du bist nichts. Du bist alles. Du bist der Mittelpunkt des Unviersums. Rede es dir nur ein, mach schon. Du bist nichts. Cool bist du, ja? Ich nicht? Die Fassade willst du, das dahinter nicht. Viel Schein, nichts dahinter, Plattitüde, jeder versteht sie, sie bezieht sich auf viele, auf alle, auf die Welt. Du willst scheinen. Die beeindrucken, die nicht wissen. Wissen vergeht, sie wissen nichts, wissen alles, bleiben dumm.

Such mich, such mich schon, finden wirst du mich nicht. Meine Liebe, finde du dich erstmal. Hinter hundert schmutzigen Lagen Firnis findest du glattgebügelte Gedanken, die durch ständiges modisches Übertünchen trüb und tiefsinnig wirken. Das Universum will dich verschlingen, aber mich nicht. Ich liebe dich, das ist klar, ich liebe alle, ich will alle. Die Suche hat ein Ende. Du bist der Mittelpunkt, ich nichts. Eine Welt der Gedanken umgibt dich, von Tausend tausendmal gedacht, von Tausend tausendmal intellektuell und individuell gesehen, holen sich einen runter auf ihr Denkvermögen. Schluss. Klinke mich aus. Du kriegst mich nicht. Ich krieg dich nicht? Denkst du. Will dich nicht. Geh weg. Ich gehe nach Hause. Verkrieche mich. Vergesse die Welt. Die Welt soll langsam vorbeigehen. Gedanken kriechen vorbei, die Fassade besteht, das Chaos regiert im Schnellkochtopf des Zimmers. In meiner Welt. In meiner eigenen Welt. Niemals erdacht, niemals erreicht, meine Welt im Universum verloren. Morgen auch noch ein Tag, wer sagt so was? Morgen steh ich auf und änder' mich, Gedanken rasen. Fernseher einschalten, Werbung läuft. Lächelnde Frau zeigt Kaffee. Mund. Hatte schon sicher anderes im Mund, vielleicht von 'nem Produzenten, um in die Werbung zu kommen? Ekel, Schönheit vergeht, Ekel bleibt, Ekel. Kaffee putscht auf, Ekel bleibt, Kotzen bleibt, Kotze die Botschaft aus. Jetzt. Gleich. In einem Schwall.

Die Wände reflektieren Fernseh-Licht. Sie werfen es auf mich. Der Hall des Lichts betäubt. Kaufen, marsch, mampf mampf, Verpflegung aus der Gulaschkanone, dann auf in den Kampf. Konsum; das Geld Munition, kämpf' gegeneinander, sei lauter, schriller, Aufmerksamkeit kriegen. Zappe weg, Werbung Ziel verfehlt, neue Werbung schaltet ein; Auto auf Straße, fährt, abgefahren, der Zug des Lebens abgefahren, kaufe was und steig wieder ein. Ich liebe dich, Zug, ich liebe dich, Frau, steig ein in meinen Zug, jetzt. Nicht jetzt, ich brauche deinen Kaffee nicht, putsch mich nicht auf, was hast du da im Mund, ich will das nicht sehen! IHHHH! Der Zug hält mit Quietschen, Produzent steigt ein, ich steige aus, in mein Zimmer, zappe weg, Realityshow. Schreien, brüllen, Assis. Sendezeit füllen, möglichst billig, Vorwand um Werbung zu zeigen. Fernseh-Fast-Food. Fast-Food. Quickies und One-Night-Stands – sexuelles Fastfood. Ich hasse es. Widert mich an. Eklig. Lange Affären liebe ich, sind Sinfonien. Die schweren besonders. Allegro, Adagio, Scherzo, Finale – Presto! Genuss über Zeit. Was bleibt sonst im Leben? Fülle das Leben mit Genuss, es bleibt ja nichts. Zeit zum Tod überbrücken, Realityshow des Lebens, Fülle die Zeit zwischen Geburt und Tod möglichst einfach, effizient. Vorgezeichnete Leben, Schule, Uni, Arbeit, Rente, Tod. Möglichst einfach gefüllt. Manchmal weggezappt vor Finale; Krankheit, Unfall, Krieg. Vergiss es, schalt' nicht erst ein. Gefangen im Leben, was tun? So what? Vögeln, schreiben, genießen, vergessen? Saufen, Fressen, vergessen, vermessen? Idioten sehen, der Idiot selber sein? Der Dropout, der hinter die Fassade blickt und im Echo der Klischees ertrinkt? Lieber auf der Fassade der Ordnung tanzen. Ignorieren. Die Leute wollen mich runterziehen. Ich zieh sie hoch. Ich vergesse sie jetzt. Sofort. Gleich. Der Fernseher läuft. Zappen. Doku zu Tieren. Doku zu Krieg. Doku zu Panzern. Keine zum Sieg. Sieg übers Leben, was ist das? Siegreiches Leben? Kontrolle haben? Lieben? Leute lieben dich, du kontrollierst ihre Gefühle? Ist das der Sieg? Du liebst Leute, sie kontrollieren dich? Es gibt keine Gewinner, das Leben ist für Verlierer. Ausschalten. Den Fernseher. Nicht das Leben. Danach folgt Dunkelheit. Auch wenn es ankotzt, besser eingeschaltet als die Dunkelheit danach. Der Fernseher. Das Leben.

Schlafen. Morgen erwachen. Sie treffen, sich ärgern, bumsen, vergessen. Das Leben vergessen, die Sorgen vergessen, saufen, fressen, vermessen!

Unisicht II

Er studiert. Promoviert. Dekliniert Verben gehoben beim sprechen, gehobene Sprache, gehobene Gedanken, gehobener Geist. Spreche mit ihm. Er mag mich – belehren, bekehren, durch Aufmerksamkeit beehren. Ich hasse ihn. Denkt, er wisse alles, kann alles, was er gelernt hat; die Wahrheit der Welt. Du teilst die Systeme in seinem Gedankenkreisel nicht? Mag er dich, will er ergründen, wieso du so denkst, um dich auf den rechten Pfad zu führen. Hasst er dich, macht er Witze, über die die intellektuelle Unterschicht lacht. Unterschicht, Oberschicht, Mittelschicht, Angesicht. Fratzen allesamt, Schichtgedanken ekelhaft, der Charakter in seiner Rolle verhaftet. Er widert mich an, warum hängt er so ab? Wissen ist Macht, nichts wissen macht nichts, alter Graffiti-Spruch, hier aktuell. Alles immer intellektuell. Eliten hängen Fahnen in den Wind. Politisch Korrekt, die Zeiten ändern sich, und ihn, und mich; konstant nur ständiges Allwissen, im Wandel nie hinterfragt, hintergafft, hingerafft.

Lass uns reden, diskutieren, Aug' in Aug', auf allen Vieren; konjugieren, deklinieren, promovieren, sich verlieren.

Ein Idiot, wer schlechtes denkt. Und ein Mensch, der sich verrenkt.

Höre zu, nicke, egal, Frauen das Thema, er mag die eine, jeder hat sie zu mögen, er hat studiert, er weiß worauf es ankommt, alles köchelt geordnet in seinem Kopf, brodelt in der siedenden Kugel. Er weiß alles. Wie alle leben sollen. Was man für ihr Glück verbieten muss. Wieder Schubladen, er will nur, dass seine gilt. Seine Ordnung übertragen. Ich will schreien. Schlagen. ORDNUNG ZERTRETEN! Alternativlos den Staub aufkehren. Worte Scheiße! Schwälle von Gedankenströmen ergießen sich aus ihm und hüllen ihn in eine Kruste. Eklig! Ekelpaket! Paketpost versendet Gedanken an Liebe, doch der Zoll lässt sie nicht durch, seine Gedanken blockieren. Denke an Ficken zur Ablenkung, sehe eine, will ficken. Er bemerkt sie, sagt, die gehe nicht. Niemals sie! In Ideologie verhaftet. Er! Sie! Alle! Ideologie! Alles verbieten, allen verbieten, die ultimative Ideologie, das Denken verbieten, das Leben verbieten, den Planeten verbieten; ja kein Verbot vergessen. Warum hier abhängen? Ja, ein Freund, intellektuell, brauche ihn im Portfolio der Freunde, so einer fehlte noch, genau, Portfolios füllen, Leute beeindrucken, ich bin beliebt. Freund, mein Freund, ein Dreier mit dem besten Freund? Nein, niemals, Dreier, Vierer, Fünfer, Sechser, jeder mit jedem, intellektuelles Gewichse. Gerede, jeder bestätigt den anderen, sucking each other off! Ekelhaft. Gedanken zerstören, zerreißen, zerbeißen! Vernichte den Gulag, das Leben, das Altern, das Treiben, jetzt! Alles tot, ich tot, sie tot, er sie es tot! Gedanken schon tot, abgetötet in allen Kategorien, ersetzt durch Geplapper ohne Sinn, Geschnatter und Gerinn! Taten ohne Worte, Worte ohne Taten, alles verraten!

Haue ab, hinein ins Leben, aus der Enge der Gedanken-kreisel heraus, bilde dein Leben heraus. Alles abstreifen, weg aus dem System, zurück hinein ins Leben.

Schrei-Sucht

Schreien. An-, zurück -, zusammen-schreien. Mag keiner, will keiner, tut jeder, tut jede. Sie schreit, hat was falsch gemacht; ich schreie. Will schreien; keiner will's – keiner war's. Zusammen schreit man weniger allein; schrei auf, oh Liebchen mein. Kann nicht mehr. Mehr schreien. Worte, Tränen, Taten folgen. Auseinander gehen? Gedanken folgen, kaum kontrollierbar.

Ich mag dich, Liebe, keine Schreie. Lösung einfach: Beziehung kurz halten. Der Rest sind Details. Was-s-s-s will sie? Wollen ist nicht können – kann sie sich denken? Will sie nicht mehr. Nie mehr. Schreien. Beleidigungen an den Kopf geworfen, gefangen, gedribbelt, ins Netz geschmettert, verdammt! *California Girls*.

Sunny Beaches; dachte, sie seien anders, *Glamorous Bitches*.

Beverly Hills Hotel. Drink spendiert. Für *big deal* gehalten worden. Labern, zahlen, vögeln, schreien – vor Lust? Frust? Nie gewusst? Ausführen, ausficken, berühren mit Geld und Hand. Alles bezahlen, Schreien eingeschlossen.

Nimmt Geld nur indirekt. Besser als Bezahlte. *Hollywood Girls. Desparation getting to them.*

Sie hat ihn angeschrien. Er ist 80, sie ist 27. Dritte Frau, die ersten beiden lange tot. Schrei, schrei, täglich Schrei, Leben unter Kontrolle, lässt es mit sich machen. Alle haben Respekt vor ihm – Respekt, Alter, geile Schnalle! *California Girls.* Seine erste Frau sammelte kleine Stoff-Figuren; Kitsch, Müll; Lebensinhalt. Standen heute im Regen vor dem Haus – zu Verschenken, auf dem Zettel Handschrift der Neuen. Die Neue, Neuigkeiten, hier regiere ich. Nahm die Figuren mit, stelle sie ins Regal, sage ihm nicht, dass ich sie habe. Schütze sie vor ihr, und vor ihm; wenn ich sie ihm gebe, wird sie sie endgültig wegschmeißen, mehr nicht. Er existiert nicht mehr, nur noch eine Verlängerung ihres Willens, nicht mehr. Mehr ein Werkzeug als ein Mensch. Mensch. Wille. Willenlos. Schreien. Schreit sich den Willen aus, wird gefressen. *California Girls. No Fame, but* unvergessen!

Sucht II

essen, trinken, messen, schminken, sitzen, laufen, ritzen, saufen... rauchen, spritzen, schlauchen, sitzen, ficken, schläfchen, nicken, schäfchen, zählen, heute, labern, leute? fluchen, suchen, trauern, mauern, geheim, gemein? zusammen, nie mehr, verloren, so schwer? Erleichtert, allein, das leichte, verzeih'n? beschweren, das schwere, das leichte, die leere? suchen. buchen – heute versuchen. beach in LA – travel in may. leerer september – flug im november. neues erfahren, neues erleben, fremdes gebaren, alles gegeben... reisen ist nicht – sagt mein gesicht; foltern verboten – folgen geboten, selbst nichts gesehen, alles geschehen? neues erkaufen – darin ersaufen.

hollywood I

Ankunft. Neue Welt. Angekommen im Leben? Sie arbeitet als *nanny*. Aus Midwest, High-School, nach LA, Schule des Lebens durchgefallen. Kindermädchen. Auch bei *stars*. Terminkalender voll, Lächeln beim Zeigen. Voller Moral, sie selbst, sie reibt sie mir in die Nase, schmieriger Gestank nach zuckersüßen Absichten! Ekel. Ihr Körper ist schön, sie sagt's ja selbst, muss stimmen. Immer lächeln müssen. *Awesome. Creative.* „You write a book? How creative!" *How fucked-up, stupid bitch!* Geht nicht mit jedem ins Bett; die unwichtigen Hässlichen glauben's ihr, die anderen lachen darüber. „You're successful in Germany, I bet!" Sie im

53

Glauben lassen. Erfolg macht schön. Erfolg macht interessant. Fake it till you make it. Reisen bildet, Bilder, malen, *really*, „I like painting, I'm a great painter." *Really?* Hand fährt durchs Haar. Choreographie der Verführung, Choreographie der Fälschung, alles einstudiert, nichts studiert, nichts gekonnt, *fake it.*

Sie hat Werte; bestehend aus Worten, kann man ihr einfach abkaufen; ersetzen, umbauen, Renovierung zahlen. „Money is OK, but I'm about art. Not about money." Sagt sie. Ich nicke. Gedanken aus der Retorte. Aus dem Internet. Aus Menschengruppen. *Social media feel good things.* Natürlich ist sie gläubig. Natürlich. *Jesus saves.* Gehört dazu. Kein *character*, nur *consumer*, aufgespannt in Netz aus fertigen Ideen; Systemen; SO hat *man* zu sein. Kauf deine Ideen, kauf dein Leben, konsumiere, will sie nicht mehr wirklich konsumieren, sie ekelt mich an. Ja, sie will lange Beziehungen. Keine *flings.* Sagt sie. Meint sie? Vielleicht gerade. Messed up. Will *Fame.* Ruhm? Wofür? Hofft wohl, leere, aufgespannte Hülle dadurch endlich aufzublasen, von Fäden lösen. Wird nichts. Wenn's klappt, gibt es bloß einen neuen Faden zum Aufspannen, der Geruch geht mir in die Nase.

„Of course I shave, I like it smooth." Bravo, gefragt, geantwortet; hast dich was getraut! Rasiert, barbie-girl, Frau aus der Retorte. Wie gedacht; Spannung weg. Sex? Niemals. STDs - Geschlechtskrank. Angst davor – ich. Sie – keine Ahnung. Geschlechtskrankheiten – zerfressen sie, zerfressen

mich, Bilder im Kopf, keine *awesome paintings*. *Awesome, Fantastic, Brilliant, Bullshit!* Lobesschwälle. Jede Lüge. Aus Lügen gebaut, gebaut ohne Konzept, jeder ersetzbar, jeder spielt Rollen, auch sie. Aber keine in meinem Leben. Und auch niemals in ihrem Leben; *extra* maximal – Statist. Statistisch gesehen Chance für *stardom*: 0,2%. Gerade erfunden, Zahlen lügen nie, die Naiven glauben's. Schon manches Gespräch mit erfundenen Zahlen verbessert. Sie liebt mich. Ich liebe sie. Wir lieben uns alle. *Love.* „I love this pie." Ich liebe den Kuchen, das Wetter, die Sonne, deine Titten! Tu ich nicht. Barbie Girl. Spannung weg. Wird sich operieren lassen, irgendwann, wenn genug Geld da, wenn Star, nie. In 20 Jahren trailer-park-mom, California Girl.

Muss los. German *author* muss weg. „It was awesome to meet you", strahlt ihr Gesicht. Bestrahlt wirkt sie; Gamma, Beta, Röntgen, nichts als Leere, Gefahr für uns; nicht rein. Weggehen. „See you soon." Jeder ein potentieller Weg zum Ruhm. Weitere werden folgen. Heute Abend, Morgen, ihr ganzes Leben. Suche bis zum Grab, Reihenhaus, Reihengrab, Reihenlife. Hollywood Girl.

hollywood II

Blase. Leben in der Blase. Beverly Hills, Compton, Life in a Bubble, BUBBLE BURSTS!! Explosion, zerreißen! Bussibussi Glamour, Gang-Beschuss; Verrecken! Zeit ist eine

Trennwand; er ist seit fünf Sekunden tot, er ist seit fünf Jahren tot, egal, nicht mehr und nicht weniger tot. Swimming-Pool, Pool-Party; eingeladen, cleveres Networking, jetzt hier, genervt. Rauschen der Worte; alles fantastisch, alles *awesome*, nichts gut. Schüsse in der Nacht, Flammen, Chaos, Fight, Aufstand; hinter Hecken verborgenes Nichts: Nur zwanzig Minuten Autofahrt entfernt. Chlorgeruch, *awesome celebrities* schwimmen im Pool, zuschauen, glutenfreie, vegane Snacks in der Hand. Chlor. Vielfältig konnotiert. Schwimmbad, Kindheit, Glück, *awesome*; für den Veteranen 1918 Giftgas, Grabenkrieg, Husten, Inneres aushusten; Scheiße und Blut.

Smalltalk, kleine Ideen, keine Ideen. Im Smalltalk alt werden ohne etwas zu tun. Werde xy tun. Will yz machen. Reden das Ziel. Stehe da, Grabenkämpfer, angewidert, Worte prasseln auf mich ein. Lächeln, Menschen hören, Dinge erfinden. Spiele eine Figur, erzähle von erfundenen Projekten. Projekte. Immer Projekte. Projiziert dein Erfolg auf dich? Stillstand ist Tod; Gas überrennt dich; Worte hängen dich ab. Macht mürbe, Glamour Glitzer. Abhauen, wegfahren, ausbrechen; desertieren.

Renne heraus, rein in den Mietwagen, durch die Straßen, von Lampen beleuchtet. Straßengeschwülste durchschneiden Häuserbrachen. Konglomerat. Kongo-Müller. Söldner, Kampf, in Szene gesetzt; Selbstdarsteller, Wahrheit ist krank und unspektakulär. Illusionen geraubt. Leben bleibt Leben, bleibt belanglos – Inszenierung macht den Unterschied. Werde *celebrity*, Foto überall, Medien überall, Leben immer gleich. Suchen Sinn, sinnlos, seit zehn Minuten tot, immer tot. Zertrete das Gaspedal, Lichter verschwimmen; erster Satz von Beethovens siebter Sinfonie vom MP3-Player, Energie baut sich auf. Santa Monica. Venice Beach. Stop!

Strandspaziergang, nachts; Drogenmenschen. Dropouts. Venice Beach. Hippie Girls; so genannt, individuelle Masse. Sitzen um Radio, stehen, tanzen, lachen; Angst? Stelle mich dazu; Joint geht herum, Lächeln, widerlich, nicht für mich! Du musst es probieren, um es nicht zu mögen; nie probiert, nie erfahren, Lebenserfahrung aus dem Rauch? Tu so als ob, ziehen, nicht echt, *pass it along*, Lächeln, Teil der Masse. Sie lächelt. Alternativ. Dropout. Film, Regie Tinto Brass, selten, Dropout 1970 mit Vanessa Redgrave und Franco Nero. Fast niemand kennt ihn, ich kenne ihn, ist mir im Kopf gespeichert. Erzähle ihr davon, zuhören, *stoned*, keine Leidenschaft. Lächeln, kein *drive*. Dropout, hängt ab, abgehängt; Kultura Njet, egal. Rauschen des Pazifiks; Rauschen der Köpfe. Weg hier. Lächeln, Zeitverschwendung; STDs! In Ideengerüsten gefangen wie der Rest; die Dropouts am Strand. Weiterfahren. Untertauchen, jetzt, immer, nie. Dropout. In die Hills fahren, Ende des ersten Satzes von Beethovens siebter weiterlaufen lassen. Energie zerreißt mich, Explosion; Energie, Wut; erschaffen; aus Scheiße Gold schmieden; Kunst! Per aspera ad astra, durch Nacht zum Licht? Söldner des Egos, Haufen; Energie Schaffen, niemand. In Sold des Selbstbildes gestellt. Sich selbst dienen, jammern, Ego auffüllen, vergessen werden. Musik vermischt sich mit Sirenen; Polizeiensatz, hohe Hörner Schmettern; Abbiegen in die Hollywood Hills; *Homes of the Stars*; Musik vorbei. Söldner im Sturm!

Jörg von Frundsberg führt uns an;
der die Schlacht gewann; Lerman vor Pavia...

Sturm auf die Hügel. Wer auf der Strecke bleibt, vergessen; frustriert; krepiert. Kämpfe dich vor! Dropouts fallen aus. Fallen; rollen herunter, bloß wer durchkommt kriegt den Preis, den Ruhm, die Gefallenen vergessen; kollektive Erinnerung; Heldengedenktag? Helden. Celebrities. Gefeierte? Feiern in den Hills! Cocktailparty, Geräusche, Lärm dringt zu mir. Fressen; saufen, wird verdaut, dumm gelaufen – für immer? Darauf geschissen, liegt in Kissen, sieht mich an – halte an!

Quietschen, Bremsen, Stillstand am Bordstein vor dem Haus. Straße; Villa; sie kotzt auf die Straße; ich schaue zu; stütze sie; bring sie heim. Zu viel gesoffen, Hirn zersetzt. Sie will heim. Wohin? Kentucky, Arizona, Montana, Middle of Nowhere? Oder hier – Middle of Nothing? Nichts. Leere; übertüncht mit Cocktails, Chatter und Neonlicht. Wollen unsterblich sein, sind bloß Entertainer.

Alle Blümlein standen rot;
Heiße, wie schneit der Tod; Lerman vor Pavia.

Underdressed. Passe hier nicht hin. Overdressed. Äußeres passt, Inneres nicht glamourös genug geschmückt, innen nackt. Seele nicht unter Egoschminke zugepappt, erstickt; zu nackt. Setze sie aufs Sofa; wieder raus, rein in den Wagen, weiterrasen, höher in die Hills.

Anhalten. Abgesperrt. Zaun hält dich auf der Straße; durchschauen ja, durchgehen nein. Leben in der Bahn. Stadtmoloch kotzt Lichter vor mir aus. Sie sehen hoch; sie fühlen, wie es oben ist; undurchdringlich. Chance auf Stardom: 0,2%. Der Rest im Gemetzel gefallen. Sunny California frisst sie; *palm trees; flowers; killers.*

Die Lichter zerreißen. Gefangen. In Worten, in Taten, in sich.

Und der euch dies Liedlein sang;
ward ein Landsknecht genannt; Lerman vor Pavia.

Schlachtfeld vor den Hügeln; Sturm voller Verluste. Muss mich abwenden. Ein Uhr Dreißig nachts. Zeit genug; in die Wüste. Abhauen. Weg! Nur zwei Stunden, dann Wüste, nichts, niemand zu sehen, Dunkelheit, Freiheit? Keine Freiheit. Zäune links und rechts. Unendliche Freiheit, aber hinter Zäunen. Die ganze Straße eingezäunt. Kein Easy Rider. Unbefugte bleiben draußen. Wer ist befugt? Nicht ich, nicht du, wir, ihr? Wüste gehört nicht dir, gehört nicht mir, gehört wem? Ein Insekt im Scheinwerfer – BUMM! Kollidiert mit dem Wagen. Kein Ruck im Wagen, endet sein Leben; endet seine Welt, fahre weiter, fühle mich schlecht.

Nach Randsburg. Geisterstadt. Geister? Ein paar bewohnte Häuser, sonst Leere. Erinnerungen an die Vergangenheit; *früher war alles besser.* Nicht hier, nirgendwo. Immer das Gleiche. History repeats, all the same, People are People, Smalltalk-Gewäsch. Nacht in Randsburg. Ringe unter den Augen. Durchgemacht. Sitze neben vergammeltem 50er Jahre Kühlschrank am Boden, streunender Hund schaut mich an, schaue zurück, er legt sich vor mich hin. Weiß nicht, wo er ist, für ihn ist dies die Welt; sein Horizont nicht kleiner als meiner – Wüste und kaputte Dinge.

Sonne geht auf, Bretterbuden, eingerissen, tot; im Tod noch mehr Leben als auf dem Schlachtfeld vor den Hügeln je war. Die Landschaft lebt. Die Wüste lebt. Mehr Charakter als jedes beschissene Fake-Leben, Fake-Profile, Fake People. Entweder trostlos; unwirtlich – oder Fake. Multiple Choice. Welche Wahl treffen? Im Kühlschrank liegen und Hunde beobachten. Leben konserviert – und doch vergangen, nie gewesen.

hollywood III

Beach-Boys rennen Beach-girls um, lachen; Santa Barbara, Entspannen. „You will like this". Er mag mich, mag jeden, mag alle, sich am meisten. Produzent, Burbank, *life is a game.* Tour die Westküste entlang, nicht schlecht. Zwischenstopp am Strand, Ferienhaus in den Bergen, zwei Tage *fun fun fun.* Bauchweh vom süßen Leben. Stopft dich voll, macht nicht satt. Hunger nach mehr, Fressen bis zum Platzen, Zuckerwatte stopft aus, wattierte Gefühle, nie befriedigt. Befriedigen mit Selfies, Ego vollstopfen. Lächeln in Handykamera. Sonnenbrille, Smile und Strand, Selfie. „Come on, it's fun!" Schaut mich durch sein Telefon an, markiert mich, social Network, sich virtuell einen runterholen auf sein schönes Leben, *fun fun fun,* show it off! Stress. Markieren, like, vergessen. Altert schnell, Trend, in 50 Jahren nostalgische Erinnerung, in 200 nur noch Fachleuten bekannt, live today, live in the moment. Iss dich voll, lass es unverdaut wieder raus; vergifte dich nicht daran; hinterlasse anderen Generationen giftigen, unverdaulichen Berg. Dünne Schicht Plastik zwischen Gesteinsschichten, Epoche of today, in einer Million Jahren Sediment. Giftige Gedanken unter sunny sky. Surfergirls, Surferboys, Essen im Strandcafé. Nachschlag für mich. „This is America! Think big, eat big!" Er lächelt, klick, Foto vom Teller. Nicht einmal verdaut, nicht erinnert, weggespeichert und reingeschmissen. Schaue ihn an. Lächeln zu braungebrannter Haut. Jung geblieben; Falten um die Augen; Jugend im Herzen, wie *man sie haben soll*. Muss. Sonst tot. Jugend. Alles andere verwitterte Trends of yesterday. „I know it sounds crazy... Let's try this!" Taktik. Verrückt sein, Sachen probieren; Jugend simulieren; Floskeln. Verrückte Einfälle doch nur gesellschaftlich anerkannter Kram, vielleicht etwas ungewöhnlich allenfalls. Zeigt zu zwei reizend banalen Strandschönheiten. Reize aus der Retorte, Brüste aus dem Katalog. Lächelt sie an, beginnt Gespräch; Floskeln, jugendlich, ich trinke Wasser. Nur mit Wasser gekocht. Setzen sich zu uns. Surfer-Life, lockeres Leben, alles Image, aufgekocht. Setzen sich zu uns, Selfie, *smile*, blabla, weg. *Fun fun fun*. Relaxed. Locker. Er überschaut locker das Wasser, das Meer, ich rede nicht. Schaltet in Nachdenklich-Modus, denkt, was als nachdenklich von ihm erwartet wird: „Wir erschaffen Träume für die Welt". Create Dreams. Produziert Filme, schafft Träume, gesehen durch Stereotype, ausgekocht. Good and Bad, not ugly. Die Welt träumt sunny California. Er stupst mich an. Wie waren die beiden? Gefielen sie dir? Surfer-Girls, nichts für mich. Gespräch unter Männern – Außen – Tag – Szene 1. Vorgefertigte Fragen, vorgefertigte Antworten. Erfülle die Erwartungen, er mag mich, bürste nicht gegen den Strich beim Sprechen, nur beim Denken. Navigiere in einer schmalen Bahn, die als normal und akzeptabel gesehen wird; alle Antworten außerhalb sind falsch. Antworte falsch, und du bist nicht mehr in der Gesellschaft. Du bist komisch, ungeschriebene Gesetze. Gesetzt dem Fall, dass

ich eine hier Interessante treffe, wäre es höchstwahrschein-
lich eine Studentin.

Stehe eher auf Studentinnen. Er versteht. Eher intellektuell. Ideen im Kopf. Idee kommt ihm: Abends Filmvorfüh-
rung an der Uni, irgendeine Doku, er hat eine Einladung,
Freikarten, viele Studentinnen werden da sein. „Freu dich
doch mal!" Er lächelt, ich lächele zurück, nach innen nichts
zu sehen. *Life is always the same.* Nur hier. Er weiß, wie die
Welt funktioniert, redet mehr als er hört. Und ich: Williger
Zuhörer, innerlich Zerstörer der Ideen, zerschmetter'
„Ideale", „Ideen", Trends die vergeh'n... Macht mich
fertig.

Fahren zum Ferienhaus zum Fertigmachen. Hügel, spani-
sche Landschaften, nahe beim Wald; ein schönes Haus,
groß, drei Schlafzimmer, *social life in wilderness.* Er schläft
eine Runde, ich bleibe wach; verschlafene Landschaft;
Herde wilder Truthähne schaut mich an, schaue zurück,
gehen weiter. Denken an nichts, nichts geht, Leben genau
so hohl wie seins und meins, aber keine Illusionen. Keine
Hollywood Dreams. Kein *gut* und *böse.* Nur Wahrheit. Rauschen der Blätter, wilde Natur; nicht gezähmt von Konventionen. Wer ist noch wirklich wild? Etwa er, mit seinem
Geld? Freiheit: Am Strand sitzen und tun können, was
einer wie er nun mal machen soll und kann? Frei sein,
hunderte frei, hunderte Klone laufen herum, alle frei.
Wenn es keine Klone von dir gibt, man dich nicht irgendwie kategorisieren kann, bist du nicht frei, sondern ver-

rückt, ausgestoßen; sagen sie, denken sie. Kommen nicht mit dir klar. Meinen sie. Denken sie. Wissen sie nicht. „Die beiden haben eine offene Beziehung? Natürlich will sie das nicht! Er zwingt sie dazu! Frauen können das nicht!" – „Aber sie sagt, es ist für sie OK?" – „Dann ist sie ihm hörig. Ich weiß es! Ideale sagen, dass Frauen das nicht tun. Konventionen sagen das. *Man* sagt das." Keine Kategorie für Frauen, denen es nichts ausmacht. Denken in Schablonen, bewerten danach, wie gut jemand es schafft, eine als *sympathisch* gesehene Schablone zu füllen. Sehen nicht den Menschen, sehen nur den Schattenriss. Wissen, was besser für alle ist. Wie sie sein *müssten*. Kein Platz für den Menschen, nur für die Ideale, Vorbehalte, Vorurteile. „Wie es sein muss?" Was ist der spießige Verhaltenskodex? Bibel ohne Gott? Konservativ-liberal? Leicht feministisch, aber nicht zu sehr? Leicht alternativ, aber in Maßen? Scharre auf dem Boden, schreibe darauf, male Muster mit den Händen in die Erde, Langeweile. Zeit vergeht immer, ob man will oder nicht. Moment genießen, „live today", sagt er; immer?

Heute ging ich auf den Strand
Sah Frauen, jung und schön.
Ein Paar lief lächelnd Hand in Hand
es hielt mich fest beim Geh'n.

Ein Tag voll Sonne, wunderbar
nur Lachen in der Luft
Junge Körper, braungebrannt,
rosa Nebel, grau verpufft.

Langeweile, nichts zu tun,
tun was ein jeder tut.
Morgen alles schon vergessen
für mehr fehlt uns der Mut.

Jeder Tag fließt gleich dahin
jeden Tag verkifft
verlabert und ganz ohne Sinn
das Leben rausgeschifft.

Zeit fließt ständig, immerzu,
sie merken es nicht mehr.
Ihr Leben gleicht sich jeden Tag
es rinnt gar jung und schwer.

Streiche das durch.

Es gibt sie bald nicht mehr.

Schlechte Lyrik, improvisiert, im Boden, verscharre jeden Vers unter dem nächsten. Truthähne wundern sich, scharren mit, sinnvolleres Scharren, undurchdacht, nicht pseudo-intellektuell, wahrhaftig; schauen mich an, folgen zur Haustür, bleiben draußen, verwirrt. Fragezeichen über den Köpfen. Machen Truthahn-Geräusche. Verwirrung der Gefühle. *Land of the Free.* Hunderte Möglichkeiten. Religion. Spirituell. Atheist. Agnostisch. Idealist. Kommerz. Alles kaufbar, alles wählbar, change your roles. Die Rolle wechseln, aber nur die Rolle, nicht dazwischen springen. Zwischen den einzelnen Formen, in die man den Geist pressen kann, nur dünne Metallstege, zerschneiden dich, du kannst nicht dazwischen. Etwas von mehreren? Passt nicht rein. Hast du mehrere Elemente, bist du „komisch", Freak, Original – und am Leben! Santa Barbara. Strand. Berge. Wald. Illusion.

Abend. Fahren zur Uni, schauen Film, Doku über dritte Welt. Weltweit fahren, jeder Mensch nur ein Punkt im riesigen Raum, bewegt sich; jedes Treffen statistisch gesehen unwahrscheinlicher Zufall. Jeder das Zentrum, wer will das Gegenteil beweisen? Ich ich ich. *Fun fun fun. Ich* immer der Mittelpunkt von Milliarden Universen; Billionen eher; jedes Leben ist sein Mittelpunkt, die Welt drumherum nur für seinen Konsum erschaffen. Der Käfer sieht dich als Kulisse. Du siehst mich als kleines Requisit in deinem Leben, du bist für mich Statist; wir beide sind nur Punkte, allein im großen Raum; Wege, Straßen, Orte, Zeiten, nur Hilfen, um nicht im Nichts zu versinken. Nicht zu verschwinden in der statistischen Unwahrscheinlichkeit. Ohne Regeln keine Existenz? Hilflos.

Viele sind da, der Film ist politisch korrekt, langweilig, relevant, wie immer. Ja, wir müssen helfen. Denken sie während des Films. Und noch drei Minuten danach. Betroffenheit auslösen, dann vergessen, Katharsis leitet in die After-Show-Party. Sehe sie. Hippie-Girl, nett, Anfang 20, schlank. Dreadlocks, Armbänder, Ohrringe, alles da, Uniform des Individualismus, zeigt, dass du und deine 100 Freunde individuell sind. Mein Begleiter spricht mit einer ähnlichen. Aha, es ist ihre Freundin, Lachen zu viert. Begleiter... Kenne ihn seit ein paar Tagen. Für sie gehören wir zusammen, sind zusammen in ihr Leben getreten, zwei Darsteller auf ihrer Lebensbühne, die zusammen ihren Auftritt haben. Laurel und Hardy, so wie die Mädels für mich. Nur wahrgenommen werden im Kontext. Er nur ein Requisit in meinem Leben, für sie eine absolute Konstante, Dick und Doof in der Wüste. Wüstenkrieg; El Alamein, zerstörte Oasen, Uniformen machen den Menschen aus; jeder nur die Figur, die sein Staat von ihm will. Staat oder Gruppe, oder Freundeskreis, oder Gang, alles gleich, alles presst dich in Form. Ohne Uniform, ohne Befehl: Verloren in der Wüste, was willst du dort? Verdursten? Durst nach Sinn: Dein Staat befielt – also geh! Sinnvoll! Kämpfe gegen die anderen Figuren, schieße sie aus deinem Sichtfeld, Kämpfen, Siegen oder Untergehen? Formeln, Parolen, schaffen Sinn, reißen aus dem großen Raum, geben Punkten Bahnen, gießen zufällige Bewegung im Kleinen in zufällige Bewegung im Großen um. Als Hippie. Als Soldat. Als Hipster. Als jeder. Parolen für jeden, Jargon für jeden, anarchistische Befehle für alle, gesteuert von Zwang. Du bewegst dich nach Befehl, handelst nach Befehl. Diejenigen, die dir die Befehle geben: Groß? Wodurch? Alles Struktur. Nur mit Wasser gekocht. Die „oben" bewegen sich Zufällig, und ordnen das Leben für die unten, wozu...?

Die beiden Freundinnen zeigen uns die Stadt, gehen herum, langweilig, lachen, Smalltalk. Sie haben „Spirituell" aus dem Kasten der Ideen gewählt, erzählen sie, reden über sich wie über ein faszinierendes Forschungsgebiet. „Ich bin ein Mensch der gerne xyz denkt, sieht, fühlt"; sind sich selbst das liebste Forschungsobjekt. Objektiv langweilig, Reden tausend Mal gehört, kein neuer Gedanke, nur Körper interessieren das Tier in mir. Charaktere wie tonale Musik. Keine neuen Einfälle, nur Collage von bekannten Regeln, Ideen, Fragmenten, Stilfiguren. Kann gut sein, kann langweilen, Kunst der Collage, beherrschen wenige. Postmoderne Fetzencharaktere... Beethovens siebte Sinfonie, 0815-Keyboard-Pop-Gedudel, alles nur Collagen; aber verschiedene Qualität. Modernes Leben. Langweilig. Reden maskiert Triebe, Instinkte, es lügt. So manche sagen, sie würden nicht... Niemals... Kein Sex ohne Beziehung... Fass sie an, sie werde verrückt nach dir, „zu dir oder zu mir"? Reden lügt. Danach „hat es sich so ergeben", reden lügt. Meine „Partnerin" will nach Indien, spirituell sein, Suche nach Sinn. Reden lügt! Zu oft schon erlebt, Deja-Vu mit ihr. Kann Sinn hier nicht finden, also wo anders, Logisch? Logik läuft, sucht überall, nur nicht in sich, Fetzendramaturgie des Lebens, Fetzen aneinanderreihen, nicht vernähen, gibt zerfallende Lumpen; nicht denken, konsumieren; Reise buchen, erleben, nächste erleben, vergessen. Sucht in den Kästen die in ihrer Gesellschaft vorgesehen sind. Wenn die nicht passen, geht sie in eine andere Gesellschaft. Aber immer in Kästen. Lieber den Ort wechseln als das Denken frei zu formen? Langweilig, spielt Rolle

„Individualismus", mit Dreadlocks, weil man das so eben macht. *Man...*

Laden uns ein. In ihre WG. Film schauen, kuscheln, danach auf den Strand... Haben sie das gerade wirklich gesagt?!? Kuscheln? *Cuddle*? Lügt Reden auch hier? Entspannt, habe ich hier eine gefunden, deren Lebensentwurf in einem Punkt kompatibel ist? *„I am a free spirit"*. Sagt sie. Freigeist? Frei? Freies Leben. Freiheit. Buchtitel, Zeitschriftentitel, Pornotitel; freies Leben, wir sind frei? Du bist frei. Alles frei, Land of the Free. Modewort. Freespirited girl swallows. Free-running, Free! Jeder und keiner, gefangen in der Welt. Darsteller, Schauspieler, echte Menschen? Celebritites? Gefangen. In Worten, in Taten, in sich. Worte lügen, Taten lügen, Gedanken verschüttet unter Lügen; lügen auch, Triebe wahr, aber versteckt, tot? Tote sind frei – oder nicht, gefangen in lebenden Gedanken; vergessen nie, von Archäologen ausgegraben, in Museen, wollen unvergessen sein, sind nur Entertainer. Schon wieder. Und immer wieder. *Free spirits* wollen uns Freiheit zeigen, fahren hin, lügen nicht.

Fahren mit seinem Auto zu ihrem Haus. Sie sind mit Fahrrädern vorausgefahren. Hinterher. Immer hinterher. Folgen den Vorgesetzten, folgen den Trieben, folgen den Konventionen. Jeder folgt. Wir sollten *random* fahren, das wäre ehrlicher, besser, wirklich frei! Losfahren, ohne Ziel, jede Richtung möglich. Entscheidung zu ihnen zu fahren frei? Triebe gefolgt? Konventionen gefolgt? Geist ohne

Triebe kein Geist? Per se der Geist unfrei? Oder Frei mit den Dingen, die ihn drängen? Gefickt von Gesellschaft, Konventionen, Freunden? Freunde? Was sind Freunde? Mögen sie dich? Kontrollieren sie dich? Zu viele „Freunde" die nur Kontrolle wollen, ficken den Geist, dein Leben, deine Welt.

Fick sie härter! Alle! Ich? Du? Sie? Die anderen; sie will mich jetzt, denke ich. Ich schreibe ihr; nehme das Handy meines Freundes, des Produzenten, für die SMS; kommen vorbei, noch 5 Minuten, schreibe ich. Komme wirklich vorbei, in sie? Wer weiß. Will nicht. Will doch. Körper zwingt mich. Alles zwingt mich. Unfrei. Bleibe bei mir selbst, *man soll* nicht zu ihr, Affären bringen Unglück. Unanständig. Macht man nicht. Sagten ihre Freunde immer, und sie machte Schluss und weinte heimlich jeden Tag bis an ihr spätes Ende. Den Freunden hat sie gefallen, verhielt sich gut. Unfrei. Zerschlage die Straße, zerberste die Fenster, zersplitter' die Mauern, Frei!

Bruchbude. Erschrecke über das Haus. Kontrast zu seinem, kontrastierende Schablone des Lebens. Sie erwarten uns davor, lächeln kaum, Langeweile im Gesicht, weggetreten, freuen sich, uns zu sehen? Was ist los? Steigen aus. Geruch nach Marihuana in der Luft. Das ist los. Birne wegrauchen, bis nichts mehr geht. Medical Marihuana. Kills Cancer. Sagen sie, die Welt durch Filter von Synapsenrauch gesehen, Langeweile macht Spaß. Sie bringen uns rein; am Eingang ein Schild: „Achtung, in diesem Gebäude sind Materialien verbaut, von denen bekannt ist, dass sie Krebs verursachen". Eine kalifornische Warnung. Marihuana wird Krebs killen, bevor er entsteht, sagen sie, lachen dabei nicht, es ist ihnen Ernst. Egal, ich will sie, nicht ihr Haus, nicht ihren Joint. *Joint venture*, er will auch eine. Ich will meine, auch wenn ich sie nicht will. Dienst, Pflicht, alles, Dienst am Trieb. Sobald ich mit einer ausgehe, will ich sie; wenn ich sie nicht kriegen kann, ist alles verloren. Solange die Möglichkeit besteht, ist es meine Pflicht, sie zu kriegen. Meine Pflicht gegenüber allen, die es sich wünschen würden, aber nicht schaffen. Gegenüber dem Nerd, der ich als Teenager war. Gegenüber meinem Ego. In Übung bleiben, *practice makes perfect*, der Weg ist das Ziel. Übung, nur Übung, für was? Den großen Tag? Wenn es einmal darauf ankommt? Ankommen, Hörner abgestoßen, absterben? Niemals ankommen! Erdrückt von Konventionen stoppen? Nein. Weiter üben. Der Geruch erdrückt mich. Wohnung voll von süßem Betäubungsduft. Indische Teppiche; schlechte Kunstwerke; Kunststudentinnen sind stolz, oder auch nicht, Emotionen abgestorben, Leben abgestorben, sofern es je da war. Wir setzen uns auf den Teppich; sie bieten uns einen Tee an; mein Begleiter und ich werfen uns Blicke zu. Er denkt wie ich. Business-Man, Drugs nicht in seinem Denksystem, in meinem auch nicht. Tue so, als ob ich am Tee nippe, sie sitzt mir gegenüber. Er holt sein Smartphone raus und filmt den Teppich im Sitzen, um nicht reden zu müssen. *Awkward*. Peinliche Stille.

Fühle mich mies, keine Lust; doch ein wenig Lust, aber das Tier in mir ist nicht erwacht, wieder entschlafen, erstickt unter riechendem Rauch. Weiß, dass ich sie begehren sollte, aber fühle es nicht. Sie spricht weiter mit mir, Schaumblasen umhüllen mich, Floskeln hieven mich weg vom Trieb, sie greift meine Hand, aus den Augenwinkeln sehe ich, dass die andere auf das Telefon meines Begleiters starrt. Er hat keine Lust, ich hab' keine Lust, Lust erstirbt, reiß dich zusammen! Diene deiner Lust, Pflicht erfüllen! So viele wären gerne in der Situation, von einer 20-Jährigen, schlanken, Hippie-Natural-Beauty verführt werden! Wenn du es nicht willst, so viele wollen es! Pflichterfüllung. Nicht sich selbst dienen, *ihnen* dienen, den Massen, dem Volk, allen. RATATATA! Wegballern, Bomben über dem Kopf, ducken und durch, Hand im Schlamm, Waffe in der Hand, Hand ich ihrem Haar. „You are beautiful". Sie flirtet, Marihuanageruch aus ihrem Mund haucht vorbei. Querschläger. Pfeifen der Kugel, lässt dich ducken. Mitmachen, mitmachen, vorwärts! Eingesperrt im Sperrfeuer, geht nicht voran. Stuck-Up. Das bin ich. Warum nicht mitmachen? Rausfinden, ob sie rasiert ist oder nicht? Die Motivation funktioniert nicht? Wahrscheinlich unrasiert? Ausrede suchen für Frage an sie? Oder auch nicht. Desertieren! Gefällt mir nicht. Freiheit, es nicht rechtfertigen zu müssen wie alle anderen. Angst, nur Angst. Angst vor Geschlechtskrankheit. Kondome in der Tasche, Gefahr nicht gebannt, gehst du mit der Gasmaske in die Senfgaswolke, wenn du auch zu Hause bleiben könntest? Man muss sich in keine Gefahr stürzen, die sich vermeiden lässt, so offensichtlich ist. Spaß haben, fern ab der Front des Geschlechterkampfs.

Kotze Komplimente aus, egal! Jetzt erzählt der Produzent ihrer Freundin, wie esoterisch der Teppich in der Kamera aussieht. Meine will mich küssen, erzähle, wie esoterisch ihr Gesicht aussieht. Kuss, schmeckt komisch, indisch, würzig; mitmachen, weil mein früheres Ich davon geträumt hätte, mit 15, mit 16, nicht das jetzige. Es wollte so gerne küssen. Warum? Der Kriegsgrund schon längst vergessen, es wird weitergekämpft. Heulender Stuka zerbombt Bunker, Sirene schlägt Alarm, Hand in meiner Hose. Sie will mich, mein Freund, der Produzent, ist schon gefallen, desertiert, filmt den Teppich weiter, redet dummen Kram, schaut zu seiner Gegnerin. Wozu weiterkämpfen? Desertiere auch. Fuck the Masses! Niemand braucht deinen Kampf, niemand! Dein Opfer vergessen. Ich will sie. Will siegen, Kriegsgrund egal, Kondome in der Tasche zum Platzen gespannt, ob sie denn auch zum Einsatz kommen. Das neutrale Ausland betrachtet den Teppich bekifft. Feindsender ruft von der Seite: „We should get going, don't you think?" Vergiss ihn. Propaganda. Muss weiter ran, weiter kämpfen. Nichts vergessen, niemals vergessen, immer vorwärts. Er steht in der Tür, „I am waiting outside", verschämt. Seine Begleiterin geht mit raus, Wind bläst in die Wohung, bläst Rauch aus dem Gesicht, meine bläst etwas anderes. Zweikampf. Routiniert, gelangweilt, wie der

Rest ihres Lebens; MG-Trupp baut MG 08/15 auf, gelangweilt, ist in Aktion, gelangweilt, baut es ab, sobald es
zum Einsatz kam, nichts Besonderes... Sie in meinen Horizont getreten, eine von vielen; Sex ohne Lasting Effect,
Sex als Fastfood, konsumiert, verdaut, vergessen; fällt zur
Last. Keine Sinfonie mit Spannungsbögen; einfacher Syn-
thi-Dudel-Popsong. Will mehr machen. Ekel mich jetzt.
Nicht vor ihr, vor mir. Zeit begrenzt, so wenig Zeit, und so
viel verschwendet. In dummen Gesprächen. Mit Befriedigung von Trieben. Ohne Krieg wären so viele Ressourcen
frei. Ohne primitive Triebe... Oder nicht? Ohne Krieg
würde man nicht so weit forschen. Ohne Verführung hätte
ich nie Smalltalk beherrscht. Ohne den zweiten Weltkrieg
hätte es keine solche Raketenforschung gegeben. Keine
Düsenjäger. Triebe. Gewalt und Ficken. Antrieb, jeder
junge Mann macht das meiste bloß, um Mädchen zu gefallen. Das meiste. Schrieb meine ersten Texte, um sie zu
beeindrucken. Eine. Mehrere. Alle. Erotisch wirken. Ange-
ben. Sich bilden, um mehr zu kriegen. Don Giovanni werden. Krieg und Sex, zwei Antriebe, sie sind mir zuwider.
„Sorry, I need to go". Abspritzen verweigern; nichts von
mir soll hier bleiben; Punkte entfernen sich, haben keine
Spuren hinterlassen, fliegen auf ihren Orbits weiter.
Schlachtfelder von Verdun, überwachsen, grüne Wiesen,
nur Beulen erinnern an Bombenkrater, in tausend Jahren
vergessen; hier im krebserregenden Haus erodieren nicht
Wind und Wetter das Feld, morgen schon durch Drogen
alle Erinnerungen geglättet, dann existiere ich nicht mehr

für sie, vergessen, Legende, Mythos, Gerücht. Zurück in ihren Orbit. Nichts geblieben. Sex als Fastfood. Reden lügen. Erinnerungen lügen. Gedanken lügen.

Zurück in seinem Auto, Diskussion. Essen bei Burger-Laden, Drive-in, typisch *California*, nehme *Grilled Cheese Sandwich*. Halten unter Sternen im Nationalpark. Fast-Food. Gute Verführung eine Sinfonie; Spannungsbögen, Aufbau, Auflösung; mehrere Sätze, Wechselwirkung, befriedigend. Auch später erinnerst du dich immer an Momente, sie befriedigen dich, weil das Ganze zugleich das Sichtfeld füllt. Tauchst darin ein. Heute nur billiger Popsong. Vorhersehbar, einfach, vergessen, als er wieder zum Ohr raus ist. Ohrwurm, vielleicht für einen Tag, dann ist es der nächste. Nichts Bleibendes. Wie Fast-Food gegen Luxusmenü. Er stimmt zu, trinkt Milchshake. Land of the Free. Fastfood verkauft sich besser als Luxusessen, also bewirb es, damit es jeder mag, mehr Gewinn. Luxusrestaurant, höflich, keine Manieren? Herr, der Herr ist wohl noch alleine? Keine Begleitung? Setzen Sie sich doch, hören Sie mir zu. Jeder hat alle Möglichkeiten. Jeder ist individuell - ich mag Bücher, ich mag Filme, ich bin anders, du bist anders, wir sind anders. Aus Bausteinen zusammengewürfelt, alle von anderen gemacht. Du bist anders. Sie definieren uns. Wir sind anders. Und gleich – alle gleich! Sie mag mich; nicht, was ich anders mache als andere, sondern was ich nach Regeln tue. Wie ich die Rollen in ihrem Kopf ausfülle. Erfüllung von Normen das Qualitätsmerkmal, antikes Drama, kein Geniekult des Sturm und Drang – sei nicht originell, erfülle nur möglichst gut, was erwartet wird. Orbits streben auseinander, Punkte finden nie wieder zusammen, morgen geht es weiter weg, die Mädchen bleiben hier, wir kennen nicht mal ihre Namen. Die Sterne von Santa Barbara schauen auf das Schlachtfeld darunter. Deserteure im Auto, auf der Flucht vor den Trieben, auf der Flucht vor sich, Land of the Free.

Konstantin 0

Alleine im Schlafzimmer, draußen Natur, drinnen nichts; abgestandene Luft; zwar gelüftet, aber das Gästezimmer war schon lange nicht belegt, bleibt muffig. Schlaflos. Fernseher im Schlafzimmer, alte „Goosebumps"-DVD im Regal gefunden, eingelegt; billige Kinder-Horror-Serie, lenkt nicht ab, macht nicht müde; beschäftigt die Augen, aber nicht die Gedanken. Gedanken schweifen zu Konstantin; wieso? Nach zwei ganzen Jahren, gerade hier? Leben ohne ihn wenig reizvoll; ernsthafte Gedanken statt Luftflüge; flog nach California, fand ihn nicht; finde ihn nirgends mehr außer in meinen Träumen; es war immer sein Traum gewesen, einmal her zu kommen, war nie dazu gekommen. Niemals planen und auf später aufschieben, sagte er oft, tu alles, sobald es nur geht; lernte ich von ihm erst, als er starb und all seine – unsere – Träume auf einmal dazu verdammt waren, für immer Träume zu bleiben.

Träume oft von ihm; auf dem Weg in den Traum, beim Einschlafen, bewusst an ihn denken, ihn wieder lebendig werden lassen. Wieder. Hatte sich vorgenommen, einmal mit mir her zu fliegen, Spaß zu haben, zusammen Frauen kennenzulernen, schönste Zeit des Lebens; habe nun meinen neuen Begleiter im Nebenraum, kein Ersatz. Nur gefangen in Masken; Konstantin war dagegen seine eigene Maske; individuell, wahrlich. Wahrheit denken; keine Wunschträume; frustrieren bloß. Gerade erschreckt auf dem Fernseher ein albern aussehendes Skelett ein paar Kinder; erschreckend, wie wenig ich davon mitkriege.

Konstantin. Gedanken schweifen aus dem muffigen Heute zu unserem ersten Gespräch an der Uni. Kannte ihn schon immer, immer in der Uni gesehen, kann nicht sagen, wann genau das erste Mal. Immer leicht eleganter als der Rest gekleidet, slightly overdressed, nicht zu viel; Mantel, Hut und Schal; doch nur ein Student. Nur? Nicht an seiner Rolle festmachen. Mitte 20, Jugend im Gesicht, Alter im Inneren; keine alten Regeln ernstgenommen, sondern *gelebt*. Vergiss die Regeln, sagte er immer, lachte dabei; pass dich außen an, lebe gut, bleib innen frei. Anarchist im Inneren, anständiger Bürger nach außen.

Hatte mich damals in die Mensa gesetzt, war immer meine Taktik gewesen; Frauen kennenlernen, hatte auch SIE in der Mensa kennengelernt, unter anderen. Einzeln dasitzende finden, sich dazusetzen; geschickte Rhetorik, in einem von vier Fällen ein weiteres Date vereinbart; Befriedigung nur für kurze Zeit; nichts Interessantes, kein Interesse; in der Unizeit so viele getroffen. Fachidioten. Gespräche, Themen immer gleich, bei den Fortgeschritteneren besonders; die Forschung, die Lehre... Gespräche immer gleich; kamen sich den anderen überlegen vor; Uni-Smalltalk. Die Lehre. Lehren ein leeres Leben, so wie sie es führen. Leere allerorts, am Horizont so viel wie beim Hund von Randsburg, nehmen es nicht wahr, filtern. Filter im Kopf, künstliche. Der Hund filtert Wahrnehmung nur nach Essen und netten Leuten, die er durch seine Präsenz glücklich machen kann, lag lange bei mir. Sie filtern nach vorgefertigten Meinungen, können dir ihr Fach erklären und sonst nichts; denken, sie könnten alles. Verurteilen, beurteilen, aburteilen; revidieren, austarieren, Akten schmieren?! Scheiße! Renaissance-Menschen nicht im Weltbild, Bild von Langeweile und wüster Leere, dazwischen ihr Randsburg, ruinierte Oase von Inselwissen; wozu wissen, wenn man den Kontext nicht kennt? Kontext grauer Schleier, meinen, ihn zu kennen, kennen nur gemalte Kulissen, die den Schleier des Lebens verstellen. Kenne genug von der Sorte, ziehen *SIE* vor mir weg. Ziehen, wird gezogen, Mitläuferin; weg von ihr, sie gehört nicht hierher, nach Californix, denke an Konstantin!

Erstes Gespräch im Schleier der Geschichte, war wohl angenehm, erste Erinnerung: Wir gingen zusammen von der Mensa weg, lachten, kamen an einer Gruppe Studenten vorbei. Jung, urban, dynamisch, locker, betont locker;

Hipster; doch innen spießig wie viele. Konstantin und ich wandelten an ihnen entlang; eine sprach exaltiert, lächelte, betont glücklich, betont locker, wir verstanden nur einen Satzfetzen. „Also, ich hol mir da immer einen Salat." Betonung auf „ich", immer nur „ich"; Smalltalk nur immer etwas Banales von sich selbst einwerfen, wenn der Rest banale Dinge von sich erzählt; Struktur aus Fetzen irrelevanter Details, jeden interessiert es, mit seinem eigenen anzuknüpfen... Aber Gedanken zurück zur Mensa, nicht abschweifen. Konstantin drehte seinen Kopf zu mir und sprach mit ähnlich lauter und fröhlicher Stimme wie das Hipstermädchen: „Also, ich hol mir da immer einen runter!" Weitergegangen; Gespräch hinter uns stoppte kurz, auch ich war wohl etwas schockiert, aber Konstantins Lachen steckte an. „Man muss sie eben manchmal schocken, aus ihren Standard-Themen reißen, Floskeln durchbrechen!" Durchbrochen hat Konstantin alles; Hemmungen der Mitmenschen; meine Ängste; immer fröhlich, über dem Lebensnetz geschwebt, nicht darin verheddert wie so viele. Brauchte ihn; Telefonate jeden Tag, miteinander Dinge unternehmen; sein größter Spaß: Frauen kennenlernen, wie bei mir, auch mein Hobby, doch tat ich es irgendwann fast nur noch, um Gesprächsthemen mit ihm zu haben. Seit er weg ist, seit zwei Jahren, oft Gespräche im Kopf mit ihm, sind nicht echt, hinterlassen Trauer statt Glück. Denke zurück an glückliche Tage, verschwimmen in Nebelfeldern. Sie plagen mich. Echte Erinnerungen begrenzt, erfundene dagegen Bullshit; lebt er in meinem

Kopf noch oder nur ein Re-Run? Staffeln werden wiederholt, aber keine neuen kommen nach? Erinnerungen. Konstantin, der Stehauf-Mann. Was auch kam, immer aufgestanden; nie unterkriegen lassen, immer fröhlich, etwas zu elegant angezogen für einen Studenten vielleicht; Mantel, Hut, Schal wirkten für sie wohl doch merkwürdig. Respektierten ihn aber dennoch, einnehmende Art; komische Erscheinung für die meisten vielleicht, für mich das Leben. Hielt mich am Leben; immer gelächelt, immer den Witz an den Situationen gesehen. Ein Professor machte mich fertig; Konstantin erzählte lang und breit, was für ein lächerliches Leben der Typ haben musste, spekulierte, fabulierte, machte aus jeder großen Autorität eine jämmerliche Gestalt im Kopf, immer realistisch. Auf Fakten basierende Fantasiegeschichten, wirkten umso befreiender, darüber lachen. Gelacht. Lange nicht mehr wirklich gelacht. Viele lachen ein Mal im Jahr oder nie echt; in Gesellschaft natürlich; einer macht einen „Witz"; Lachen in der Runde. Vor dem Fernseher, Lachen mit dem Programm. Lachen über das Leben? Absurdität des Lebens? Rituale; jedes Selfie ein Witz, jede aus Taktik nicht beantwortete E-Mail ein Comedyprogramm; lächerlich, witzig, Energie daraus ziehen, sich nicht in das System einfügen; das System zu Entertainment werden lassen. Für mich selbst zu lange nicht mehr. *Sie* hat meine Energie gezogen, will das nicht, kriege sie nicht wieder; wenn ich sie kriege, kriege ich irgendetwas? Gedanken zu viel bei ihr, geschwärzt, denkt sie wohl an mich?

Im Bett wälzen, Fernseher ausgeschaltet, keine „Goose-bumps"-Gänsehaut-Filme mehr sehen, höchstens solch eine selber haben bei Gedanken an Konstantin; daran, wie er mir hätte mit ihr helfen können. Helfen. Will oft aufstehen und schreien: „Konstantin, ich brauche deine Hilfe!", dass alles gut wird. Hätte auch nicht alles gut werden lassen können, war kein Übermensch, kein Gott; hätte mir aber geholfen, mich abgelenkt, meinen Kopf gesiebt, Gedanken versüßt. In Santa Barbara nicht zu solchen Gedanken verleiten lassen; Reise in die Vergangenheit vergessen, vergessen, dass er existiert hat. Nicht für immer; wäre kriminell gegen ihn, nein, nur für jetzt, später darf er wiederkommen. Rundreise muss weitergehen. Konstantin wird wieder in mein Leben kommen, California dagegen vielleicht nicht mehr; er ist da, wo immer ich auch bin, in California bin ich nur noch ein paar Tage. Bin müde. Insektengeräusche vor dem Fenster. Angst, Einbrecher? Das Haus ist gut gesichert, sagte mein Begleiter beim Reinkommen. Polizei aber nicht nahe, denke ich, wann käme jemand bei Alarm? Außer Konstantin und ihm ist niemand hier, ich weiß es. Weiß, dass ich schlafen sollte, bald Weihnachten in Sunny California; in San Francisco! Freude, Trauer vergessen, im Leben aufgehen. Draußen geht langsam die Sonne auf, nicht geschlafen? Vögel beginnen zu singen, leicht hell; Rollläden zuziehen, Kissen auf den Kopf, im Nichts versinken für ein paar Stunden; stundenweise den Kopf leeren, *become excited*! In ein paar Stunden geht es nach San Francisco!

Mut

Fliegt der Schnee mir ins Gesicht,
Schüttl' ich ihn herunter.
Wenn mein Herz im Busen spricht,
Sing ich hell und munter!

Höre nicht, was es mir sagt:
Habe keine Ohren.
Fühle nicht, was es mir klagt:
Klagen ist für Toren!

Lustig in die Welt hinein,
Gegen Wind und Wetter.
Will kein Gott auf Erden sein,
Sind wir selber Götter.

Wilhelm Müller, 1794 – 1827.

hollywood IV

Leadership qualities. Überall, immerzu. Gesucht, geboten, er hat mir davon erzählt. An jeder Uni, bei Bewerbungen, *Leadership qualities* werden gesucht. Werden geboten. Lerne *Leadership.* Führungsqualitäten. Was für eine Qualität? Anführer von Angeführten? Altes Wortspiel, spielt keine Rolle, Rolle vorgegeben: Leader! Zahle Studiengebühren, werde zum Führer. Jeder ist sein Führer, wenn jeder gegen jeden ist. Zerfleischen sich gegenseitig, sich selbst, burn-out, Ende, Tod. Führung in den Tod. Wer nicht gut führt, ein schlechter Mensch; *CEO* zu sein ist der Traum, die anderen nur verhinderte Millionäre auf dem Weg nach oben. Nicht glücklich mit wenig... Wir verstehen uns besser, mein Begleiter taut auf. Auf der Fahrt nach Santa Cruz offener geredet, gestern Nacht angekommen, Motel am Meer. Er hat in der Stadt mal gewohnt, wird nostalgisch; sein echtes Ich dringt mehr und mehr durch seine Fassade... Teile mag ich, Teile nicht; teile nicht alle Ansichten, aber besser, sie sind echt, als nur Ansichten seiner aufgestülpten Lebensrolle. Magischer Moment, als er sich aufregte über „*Leadership qualities*", das *ich* brach aus dem Korsett der Konventionen, Echtes drang nach außen, *it's magic.*

Magie aus dem Leben gesaugt. Alles zu rational betrachtet. Ordnung regiert zu viel. Kategorisieren, beurteilen, verurteilen. Tut er in seiner Rolle, tut er aber auch so. Märchen zählen nicht. Gestern im Motel nach dem Ankommen „Renaissance Man" gesehen. Er findet, der Film gehöre verboten, zerstört; sei so furchtbar kitschig; ich dagegen empfand die Zeit mit dem Film als die schönste seit langem. Will sie nicht totdiskutieren lassen. Realismus, na und? Was ist real, eine Welt voller Langeweile und lebender Realisierungen von Vorurteilen? Stereotype Charaktere im Film, na und? Wirklichkeit auch meist stereotyp. „Stereotyp" ist das Werk nur, wenn du nicht darin eintauchst, weiter die Außenwelt im Kopf hast, andere Werke, Trends, Regeln für ein Werk. Wenn du den Film als Ware siehst, die du von außen drehst und wendest, begutachtest, schaust, ob sie dir wohl gefallen könnte. Er taucht nicht ein in die Welt des Werks, bleibt geordnet außerhalb, Beschwerden über Mängel, die nur sieht, wer danach sucht. Beurteilen Menschen nach den Regeln; nach den Konventionen; nicht nach der Magie. Sie haben ein Lebensmodell, das nicht der Norm entspricht? Sieh sie aus sich selbst heraus, nicht gegen die Schablone der Gesellschaft. Manchmal ist zu viel Information nicht gut, raubt die Magie, macht zynisch, macht bitter. Glück in der Ignoranz, glaubst an ein festes Weltbild? Nie alleine, alles erklärt, Weltbild zerschmettern bring nur Leere und Unglück; mehr Wahrheit füllt nicht auf, sondern saugt wie ein Löschpapier deine Motivation, deine Lebensenergie, trocknet sie, hält sie fest, trocken und rational. Rational. Nichts *muss* rational sein. Immer bestehen auf Ratio. Kritisiere den Film, das Leben, sei ein Kritiker, kritisiere den Sinn weg.

Selbstkritisch sein. Bin nicht genug ins Leben eingetaucht. Zu viel Mechaniken dahinter gesehen, hinter die Bühne geblickt, keinen Augenblick das Ding an sich genossen. Der Soldat in „Renaissance Man", dessen größtes Glück es ist, dass Mr. Bill es schafft, zu beweisen, dass sein Vater ein Held war. Bill kritisiert keine Institution. Es geht nicht darum, dem Soldaten weiszumachen, dass Krieg, Helden, Orden, Strukturen menschengemacht, willkürlich sind, Mechaniken, banal, kalt. Wozu Blick hinter die Bühne? Lass ihn mit der Show glücklich sein. Es geht darum, glücklich zu machen. Mr. Bill. Mein Vater war Lehrer, wie Mr. Bill. Er sah sogar dem Schauspieler ein bisschen ähnlich, liebte den Film, erkannte sich teils wohl selbst darin, mir ist der Film heilig. Niemand darf hinter seine Bühne schauen. Auch nicht mein Bekannter, der „Renaissance Man" hasst. Wechsel das Thema. Wie negativ die Gedanken auch sind, nach außen wirke ich fast immer positiv, kann mich leicht anfreunden, auch mit ihm, und er ist doch kein schlechter Mensch. Nicht den Menschen gegen die Konventionen, Vorgaben abgleichen – auch nicht ihn gegen meine Ideen.

Wir sind in einer Spielhalle beim Strand von Santa Cruz. Cruising through California, morgen zu Weihnachten in San Francisco. Traurige Spielhalle, wenig los. Draußen tobt ein Sturm, es ist früh morgens; in Sunny California nur gespielt, nicht gebadet. Wir beide haben hier keine Familie, und das, obwohl er in Burbank geboren ist. Hab nicht weiter nachgefragt, nie; wer weiß, welche traurige Geschichte dahinter steckt; nicht hinter die Bühne schauen. Immerhin hat er Zeit und verbringt die Feiertage mit mir, um nicht alleine zu sein, unter Lächeln aus Gastfreundschaft versteckte Einsamkeit. Eingetaucht in Retro 90er-Virtual-Reality-Simulatoren versteckt er sich hier ganz. Er spielt, ich gehe durch die fast verlassene Halle zu einem Gewinn-Automaten. 100 Punkte! Spuckt 100 Papiermarken aus, nette Menge, tausche sie gegen Santa-Cruz-Schlüsselanhänger ein. Baum stirbt, wird Papiermarke, wird eingetauscht zum Metallanhänger, bleibt in Schublade liegen, bis er auf den Müll kommt. Kreis des Lebens.

Metallanhänger. Solange ich ihn nicht verrosten lasse, wird er mich überleben. Er wird gewinnen, Kreis des Lebens. Stellen uns an den Lightgun-Automaten. Auf dem Bildschirm eine Safari, Geballer, alle Angreifer tot, bam! Leben verloren, wirf ein paar Metallchips ein, mach weiter, kauf dir deine Unterhaltung! Unterhalten uns über Nebensächliches, Sachen, die langweilen, langweilige Spielhalle. Machen uns auf den Weg nach draußen, durch den Sturm, ins Auto und weiterfahren. Weitere Erinnerungen kommen in ihm hoch, die banale, verregnete Stadt durch Gedanken illustriert, belebt, mit Leben überzogen. „Vor dem Café hab ich immer mit meiner ersten Freundin gesessen... OK, damals hieß es noch anders, aber da war es!" Regen prasselt auf leere Tische, graues Haus. In Erinnerung größer, bunter, verspielter, lebendig. Melancholie in seinem Ge-

sicht, Melancholie auf der verregneten Außenwelt, Gleichgültigkeit bei mir. Erinnerung, seine, nicht meine, ich sehe
nur die verregnete Stadt. Nichts ist besonders, nichts geht
ohne Erinnerung, Leben und Menschen über seine materi-
elle Beschaffenheit hinaus. Nur Ansammlung von Elemen-
ten, Eisen, Verbindungen, Gestein, Zement, Holz, alles
zusammen nur eine graue Masse, ohne *Erinnerung* unbelebt.
Die Stadt lebt in Erinnerungen, vieltausendfach; alle Systeme nur dünne, fragile, von der Zeit aufgelöste Hüllen
über banaler, echter, grauer Materie. Fettschicht der Erinnerungen, Assoziationen, Gedanken auf Material, löst sich
im Benzinregen der Zeit, verdampft, versickert, *verschwindet*.
Ausgebrannter Stein, über Jahrmillionen vererdet, verödet,
ausgebleicht. Jeder tote Kopf lässt die Erinnerung ein
Stückchen mehr schwinden, neue kommen nach, wenn
keine mehr nachkommen, Ende von allem.

Oder hat es das nie gegeben, wenn sich keiner erinnert?
Alle Systeme, Ordnungen, Interaktionen, alltäglichen Kon-
flikte; nur Verschiebungen der Fettschicht, darauf gemalt,
gescharrt, gekratzt, irgendwann verschwunden, aufgelöst,
nie existent gewesen, nicht nachweisbar, irrelevant. Irre ich
mich, oder fahren wir noch mal daran vorbei? „Sorry, dass
ich im Kreis fahre, aber da an der Ecke... Da hab' ich sie
das erste Mal geküsst, musste die nochmal sehen." Ach so,
der Ort ist für ihn wieder fettig triefend, während ich keine
Schichten darauf habe, außer denen, die von ihm abfärben.
„Hier gehen sonst immer viele Hippie-Girls herum... Naja,

heute beim Regen ist wohl jeder zu Hause, tut mir leid." Er will mir die Uni zeigen, ein schöner Ort; wieder leer, Weihnachtsferien und dazu Regen. Waldwege, immer mal wieder ein Gebäude. Im Wald, abgelegen, *Leadership Qualities* werden gelehrt inmitten der Natur. Natürliche Selektion, wer es her schafft, hat eine höhere Stufe in der Gesellschaft erklommen, klammheimlich vergessen in Jahrhunderten oder am Ende der Zeit. Am Ende der Erinnerung. Wenn keiner Zeit wahrnimmt, alles vorbei ist, existiert keine Erinnerung. Er erzählt Studenten-Erinnerungen, ich betrachte die Natur. Natur. Sinnlose Schönheit, nur für sich gemacht, keinem Ideal folgend. Wenn Menschen verschwunden sind; wenn ästhetisches Empfinden verschwindet, ist nur die Natur vorhanden; sinnlose Schönheit. Alles Design erfüllt einen *Sinn*. Er ging zur Uni, weil es *Sinn* ergibt. Sinn ENTLEEREN!! Jeder Gegenstand, jedes Werkzeug, alles Menschliche, mit einem *Sinn* erschaffen, sei es auch nur der, dass es bewusst *keinen Sinn* ergeben sollte. Die Natur ergibt keinen Sinn, soll für *keinen*, für niemanden, Sinn ergeben, es ist ihr egal; materiegewordene Anarchie. Die Bäume links und rechts; ohne *Sinn* designed, der Sinn in der Sinnlosigkeit; Religiöse würden widersprechen; doch der Sinn kommt für sie auch nur vom Menschen. Er hatte mal was mit einer religiösen Studentin, da, hinter dem Gebäude? Er ist stolz, traurig, beides. Aus dem Studentenleben in die echte Welt geworfen, sagt er, Business, Deals, Ärger. Beneidet mich, dass ich noch so frei lebe. *Frei*. Modewort, hatten wir doch schon. Rehe im

Wald, er fährt langsamer, wir beide mögen sie. Am Rückspiegel hängt ein Blech-Eichhörnchen; von ihr für mich gebastelt, als sie mich noch liebte; braunes, verrostetes Blech im inneren, braune, dümmlich-nette Rehe draußen; Idyll der Vergänglichkeit.

Weiter nach San Francisco durch den Regen. Er will nicht über die Golden Gate Bridge reinfahren, es sei kein guter Weg; durch Regenfäden die Küste entlang Richtung Norden. Die Straße in den Felsen gehauen; an manchen Stellen sieht man, wie Gesteinsrücken durch die Straße entzweit sind, links und rechts geht es hoch, grob behauen. Simuliert Bestand. Fester Fels, feste Straße, erodiert bald; ohne Erinnerungen nur eine Naturformation. Besuche einen Planeten, sieh die Straße im Fels, was bedeutet sie? Laune der Natur? Alles bloß eingebildet? Zufällige Ritze im Gestein? Bildung – dünnste Kruste der Schicht; ölige, dünne Lache. Bildung verschwindet; hält nie, zu komplex. Jede *gebildete* Gesellschaft vergeht, wird von *Unbildung* ersetzt. *Gebildete* Gesellschaft spuckt leidenschaftslose Hipster aus? Bildung? Weströmisches Reich, ausgelöscht, Analphabeten zum Kaiser geworden; Entropie. Das Komplizierte kehrt in den einfachen Zustand zurück, Illusion, es aufrecht erhalten zu können.

San Francisco. Er ist begeistert, erzählt von den Abenteuern, die er in der Stadt gehabt hatte. Ich denke, was Orson Welles über Wien sagte: Eine tolle Stadt; aber in der kollektiven Erinnerung war sie die großartigste Stadt, die es je gab – eine Erinnerung an Zeiten, die keiner erlebt hat und die nie existierten. „Going to San Francisco" spielt im Auto, er hat es auf seinem MP3-Player ausgewählt; Blumen im Haar, Regenfäden an den Scheiben. Ich erinnere mich bei San Francisco an Hippies, freie Liebe, Freiheit, doch war ich nie hier gewesen; auf die verregneten Straßen stereotyper Sinn gestülpt. Er fährt am Presidio vorbei, erzählt mir über den Ort, ich schaue auf die verregnete Landschaft. Erinnert an Vancouver, da war ich letztes Jahr gewesen. Darf ich ihm nicht sagen, er mag San Francisco zu sehr, für ihn unvergleichlich. Seine Erinnerungen sollen zu meinen werden; will er, wird er nicht erreichen; will für mich die Stadt so aufladen wie für sich. Ein teures Hotel im Stadtzentrum, geht auf mich, Doppelzimmer mit getrennten Betten; für romantische Nächte mit fremden Frauen ungeeignet, aber schöne Ausgangsbasis. Wenn wir welche kennenlernen, werden wir zu ihnen gehen, umso interessanter, umso mehr Abenteuer, wie in Santa Barbara. Er sucht ein billiges Parkhaus fürs Auto, ich packe im Hotel aus, lege mich auf mein Bett. Weihnachten in San Francisco. Weihnachten, alleine, mit ihm, alleine. Wir sind beide alleine.

„In San Francisco geht man am besten zu Fuß." Erkunden die Stadt in der verregneten Nacht, morgen ist Weihnachten. Wir beide tragen lange Mäntel, es ist kühl, sie sehen teuer aus, sind es nicht wirklich; auch nicht seiner, er lebt sparsam. Werden trotzdem immer wieder von Obdachlosen angesprochen, öfter als andere. Kleider machen Leute, uns geht das Geld zum Geben aus; winken ab; der Mantel macht reich. Laufe mit ihm mit, während er herumzeigt und redet. Mitläufer. Sind doch die meisten. Ist auch *sie*. Sie kommt mir wieder in den Kopf, wollte sie aus den USA verbannen! Sie ist doch tausende Meilen entfernt. Oder nicht? Weiß nicht, was sie zur Zeit macht, sie könnte auch in der selben Stadt sein. Hier? Macht die Vorstellung mir Angst, oder ist es ein Wunsch?

Mitläufer, gefangen im Netz der Zwänge und der „Freunde". Freunde, die beurteilen, aburteilen, nach ihren Schablonen denken, für sich denken, sie denkt, sie würden für sie denken. Immer gleich, immer frustrierend. Stopp den Frust, du bist in San Francisco, zurück mit deinen Gedanken.

Wir treffen zwei Freunde von ihm in einem chinesischen Restaurant, beide Mitte 20, jünger als er, mein Alter. Pärchen, Student und Studentin, Literaturstudenten, nett und harmlos. „Nett"... Was bedeutet „nett"? Jeder sagt, ein neuer Mensch ist „nett", ist „in Ordnung", ist „gut", immer gleich... Nett heißt freundlich? Nicht unangenehm aufgefallen? Kann für den Spießer der Punk nett sein? Oder per se durch das Anderssein kein *Nettsein* möglich? Obwohl, Punk ist inzwischen Mainstream, der Spießer sucht sich Alibi-Punk-Freunde, bin modern, bin urban, bin hip, habe verschiedene Freunde, bin nicht spießig; schau, ich hab' selbst einen krassen Ohrring, weitet das Ohrloch –

denken sie. Besserer Test: „Ich habe eine offene Beziehung", sage ihnen das, schau, ob du noch als „nett" giltst. Ich habe es oft erlebt, wenn ich es erzählt hatte; sprechen freundlich mit mir, aber hinter dem Rücken wird nicht gesagt „er ist nett", sondern „er unterdrückt seine Freundin"... „Zwingt sie zu so etwas"... Sie kannten mich nicht wirklich und sie schon gar nicht, weder mit mir noch mit ihr darüber geredet. Und doch sahen sie es als erwiesen, dass ich nicht „nett" sein konnte, weil ich nicht ins Schema passte. Schema sagt: „Frauen haben keinen Willen, werden unterdrückt"? Schema sagt „Frauen wollen nie, nie, niemals eine offene Beziehung, weil ich weiß, wie jeder Mensch denkt, zu denken hat... Wenn sie in einer sind, zwingt sie der Mann."?!? Immer gleich! Reaktionäre Gedanken, pseudo-Moral der Spießer verurteilt einzelne Dinge, die sie nichts angehen, ohne das ganze Werk zu sehen, den ganzen Menschen, Welt ohne Magie, nur Schablonen und Schemata, was wird verurteilt und was nicht? Vorher schon gewusst, du musst die Sache nicht kennen, *it's magic*!

Wir gehen zu einem Buchladen, der scheinbar lange geöffnet hat, das Pärchen hält Hände vor uns... *It's awesome...* Poetry, sie wissen, dass ich schreibe, wollen mir den Laden zeigen. Gute Miene dazu, lächeln, warum soll ich nach Läden schauen? *Sightseeing* ist Shopping? Sights sind Kommerz? Wir schauen uns Bücher an, Gedankenversunken, egal, wie viel Zeit ich mir nehme, werde nie alle lesen können. All die Gedanken, all die Energie – niemals wird ein

Mensch alles Geschaffene aufnehmen können. Zufall bildet die Persönlichkeit; welches Buch dir eben mal in die Hände fiel, welchen Film, welche Musik du zufällig mal gehört hast. Alles nur Zufall, bildet den Charakter. Hätte ich als Kind nicht dauernd unsere alte VHS von Ponnelles „Nozze di Figaro"-Film gesehen, hätten sich meine Sehgewohnheiten, mein Musikgeschmack anders entwickelt; Zufall, dass die herumlag. Vielleicht gibt es ein obskures Buch aus dem 19. Jahrhundert, oder älter, das mir das Leben erträglicher machen würde, und ich werde es nie kennen. Das Werk, das ich brauche, existiert vielleicht schon, und ich werde es nie finden; denen, die es kennen, gefällt es vielleicht nicht, nicht alles ist was für jeden; nur wenige vergilbte Exemplare auf Flohmärkten, nicht für mich. Die Sinfonie, die mich inspiriert, die ich brauche – vielleicht nicht Beethovens Siebte, sondern von einem unbekannten Komponisten, niedergeschrieben vor vielen Jahren, nie aufgeführt, vergilbt im Archiv, vergessen? Oder noch älter, verloren?

Zu viele Gedanken, betrachte lieber die Studentin. Graue Maus, schüchtern, mein Typ eigentlich. Graue Mäuse kenne ich genug, von der Uni, vom Studium, von damals. Damals... Ich bin 26, jung, schon nostalgisch nach früherer Naivität. Graue Mäuse... Sie sind reizvoll, sie sind spannend. Diese ist freundlich, *nett*, fällt nicht negativ auf. Aufsehen erregen wäre ihr Albtraum (oder nur heimlicher, versteckter Traum), Leben nach *netten* Regeln. Reizvoll.

Man weiß nie, ob sie beim Sex auftauen oder nicht. Manche bleiben dabei, wie sie immer sind, sind langweilig. Manche aber lassen alle Hemmungen des Alltags fallen, zeigen dabei dann eine zweite Persönlichkeit, die meist viel interessanter als die alltägliche ist, wahrhaftiger, nicht in Korsett aus unausgesprochenen Regeln gequetscht. Sexstimme, Sexgedanken, Sexleben... Alltag nur grobe, geregelte, pixelige Simulation eines Lebens. An Eckpunkten aufgespannte Polygonhülle, Leere darin. Beim Sex real, echt. Ausbruch aus der Computerwelt, zeitlich begrenzt, dazwischen verschwommene, versinkende Erinnerung an die echte Persönlichkeit. Bei allen Grauen so, nie einander das echte *Ich* zeigen, Polygonhülle reibt an Polygonhülle, nie den Kern direkt zeigen, nur gefiltert durch Leere und selbst gewählte Regeln nach außen lassen. Körper an Körper ist wahrhaftiger. Sie lächelt, fragt mich, ob ich das Buch interessant finde. Ich würde so nachdenklich wirken. Die Ammian-Übersetzung in meinen Händen registriere ich kaum; nicke aber bloß und tue weiter so, als ob ich darin lese. Ihr Partner kommt an, zeigt einen Helmut-Newton-Fotoband. „Schau, der ist erotisch, aber nicht pornographisch...“ Sie scheinen nicht so verklemmt zu sein, wie gedacht. Gedanken schweifen trotzdem.

Verstehe die Logik nicht. Spießige Logik. Viele Gespräche so gehabt. „Pornodarsteller würde ich nie werden wollen...“ – „Oh je, die armen Pornodarsteller... Tun mir leid...“ Ächten sie im echten Leben. Sobald beim Sex die

Hemmungen fallen, finden sie sie geil. Warum nicht einfach wahrhaftig sein? Die Darsteller erfüllen ihre Aufgabe im Leben, helfen den Spießern, etwas Anregung zu finden; in der Lust anerkannt, im Alltag verdammt. Doppelmoral, ausgelutschter Begriff, Schwänze Lutschen im Privaten OK, wer darüber öffentlich redet, ist komisch, versaut, ausgegrenzt? Komisches Leben, lebenswerte Polygone an Eckpunkten aufgespannt?

Die beiden gehen jetzt heim, verabschieden sich, wieder mein US-Freund und ich alleine. Alleine, im Buchladen, regnerisches, dunkles San Francisco. Gehen zum Hotel, morgen großer Tag, Weihnachten. Auf dem Weg an einer Schwulendisco vorbei. Ich würde rein, er zögert. Ist nicht schwul. Bin auch nicht schwul; meistens nicht, bis auf damals in Cambridge, habe dort aber nur gelebt, Liebe ohne Grenzen, Dating, nicht reingesteckt, nicht jetzt elaborieren. Aber will doch an jeden Ort, an den es mich gerade treibt, einfach interessant zu sehen, neugieriger Trieb. Triebe es dort mit niemandem, weiß ich. Er weiß es von sich wohl auch, aber Abneigung; hin- und hergerissen. Will tolerant wirken, ist aber nur aufgesetzt, er hat ein Problem damit, ich zieh ihn auf. Witze, Lachen zusammen, ich gebe nach, wir gehen weiter; Vorwand, es sei schon so spät.

Er denkt viel. Zu viel. Leichtigkeit des Lebens verwirkt, nie dagewesen. Konstantin wäre reingegangen; rein in alles, was Impulse einem sagen, solange nicht in Konflikt mit

Gesetzbüchern. Nur geschriebene Gesetze beachten, ungeschriebene nur soweit, keinen Ärger zu kriegen, sich nie selbst beschränken. Die Welt nicht totgedacht, die Welt genossen; Humor gehabt. Humor. Mein Begleiter ist nett, aber Humor fehlt ihm. Alles so ernst. Wie ich geworden bin. Seit Konstantin weg ist. Seit mein Vater weg ist. Seit alle weg sind, die um mich herum das Leben als leichtes Spiel, als Surfen auf Gesellschaftswellen sahen. Hatte den *drive* verloren, in den *Ernst* des Fahrwassers versunken, doch schwimme wieder an die Oberfläche. Durch Erinnerungen an Konstantin, versuche es. Mein amerikanischer Bekannter, wir reden wieder, alles nur aufgesetzte Lockerheit. Tragischer Mensch, einsam; abends im Hotel nach Mitternacht Tränen in den Augen, ich frage, wieso... Einsam. Zu ernst für das Leben, denke ich, so wie viele. Tröste ihn mit witziger Bemerkung, er wird kurz böse, das sei doch nicht zum Lachen. Entschuldige mich des Friedens willen, aber sehe sein Problem. Alles ist zum Lachen. Alles ist absurd. Nichts ergibt Sinn. Discos sind der lustigste Ort für mich, ich kann... oder konnte... mich bei jedem Besuch kaum vor Lachen zurückhalten; wenn man bedenkt, wie sinnlos es ist, dass viele zum Locker werden laute Geräusche, Rausch von leichten Alkoholvergiftungen und blinkende Lichter brauchen... Sonst nur ihr wahres Wesen verbergen.

Durch zu viel Ernst in die Welt eingetaucht. Taucht immer weniger auf, Lockerheit nur selten, er will mir die Welt erklären, ich will schlafen. Schlaflos ist er, merke ich, wälzt sich in seinem Bett, spricht immer mal wieder mit mir. Halbwache Nacht, hatte ich lange nicht mehr wegen jemand außerhalb meiner Erinnerungen. Damals, mit *ihr*, oft. Seitdem: Egal. Er betont immer wieder, es sei nur zu spät für den Club gewesen, er wäre sonst reingegangen, er habe nichts gegen Schwule. Ich auch nicht. Aber muss es nicht betonen. Authentisch sein. Denke zurück ans Studium. Der Omega, wie wir ihn nannten, Konstantin und ich. Er gab sich als „brav und vergeben" aus, um mit Frauen rumzuhängen und sich mit ihnen anzufreunden; gänzlich jämmerliche Existenz. Schlechter Schauspieler, unattraktiver Typ, ein „guter Freund"; die Mädchen liebten ihn, er holte sich zu Hause einen runter beim Gedanken an seine Clique. Zu feige, um zu seinen Trieben zu stehen, hatte sich diese Persönlichkeit zugelegt; billige Maske, niemand sah je seine angebliche „Freundin". Genial; ich war eher böse auf die Mädchen als auf ihn. Brav, ruhig, schien eher konservativ, sie mochten ihn. Der, der ins Weltbild passte, mit dem sie sich anfreunden konnten; intolerant wie sie, spießig wie sie; verurteilte mich, zu alternativ für ihn. Frauenfeindlich war er doch; uraltes Weltbild, Frauen als schwaches Geschlecht gesehen, beschützte seine „Girls" vor den anderen „bösen" Männern. Bei ihm war für sie angefasst werden in Ordnung; Ordnung für sie beibehalten, war ja nicht „sexuell", da er ja „vergeben" war, und deshalb Berührungen bloß Zufall. Richtete ihnen die Kleidung oft, fasste an „oh, das steht dir gut", möglichst nah an den Brüsten. Sie lächelten darüber; bei niemand anderem hätten sie das getan. Tat niemand was zu leide, eigentlich, grabschte nur... Manchmal ein zaghafter, unüberlegter Flirt; eine unbeholfen codierte Einladung zu Intimität; aber da nie einladende Reaktionen kamen, führte er solche Reden nicht fort. Verschämtes Lächeln; „Ha ha, hab nur laut nachgedacht." Feige. Versager, Omega-Man, stand nicht zu seinen Absichten, *omikron*.

Gingen mal mit ihm und ein paar Mädels aus, interessant; klebte doch immer nur an den Mädchen, kein echtes Interesse an Männern; zu Männern distanziert, schien sogar eine leichte Scheu zu empfinden; Konkurrenz. Erzählte von seiner „Freundin" in Fernbeziehung; spielte ungeschickt vor, sie existiere; übertrieben, zum Brüllen komisch durchschaubar. Durchschauten Omega, aber niemand hätte uns geglaubt, die Mädchen mochten ihn lieber als uns, er war einer von *ihnen*, oder eher seine Maske, seine Hülle. Wir mit unseren Freunden waren eine andere Clique. Freunde... Wir *kannten* sie nur, das schwule Pärchen, gute Bekannte wohl eher, sie zogen nach Schweden, ein Jahr, bevor Konstantin starb. Haben mich öfters zu sich nach Skandinavien eingeladen, hätte annehmen sollen. So viel vorgenommen. Vielleicht in der Zukunft? Aus Konstantins Ende lernen, nichts aufschieben? Ende kann immer schneller kommen als gedacht. Wo bin ich denn nur? Einladungen von vielen Menschen in Europa, „Besuch mich doch mal"; verziehe mich lieber alleine über den

Atlantik. Seit Konstantin fehlt, ist jeder, der mich an die Zeit mit ihm erinnert, für mich Quell von Schmerzen. Über ihn kann ich nicht mit anderen sprechen, das zerstört die Erinnerung, presst sie durch Sprache, tötet Emotionen durchs Ausgesprochenwerden. Das diffuse Gefühl im Inneren muss nicht immer zerredet werden. Fehler meines amerikanischen Kumpanen hier im Zimmer; alles durch-begründen, durchreden, durchkauen, durchweichen, abtö-ten. Unmittelbarer Emotion trauen sie nicht, muss durch Filter von Ratio gehen, ausgedrückt werden, immer, über-all. Graue Mäuse trauen es sich vielleicht beim Sex, mal Ratio fallen zu lassen. Sie... Ich hatte sie mal einen ganzen Tag in Sex-Stimmung; anderer Charakter, angenehmer, unverkrampft, echt; dachte, es würde halten. Doch schon beim Gehen wieder Fassade aufgebaut, Polygonnetz ge-spannt, kam nicht mehr durch. Kalte Stimme. „Wir sollten das nicht so häufig machen." Warum nicht? Niemand weiß es. Weil ihre Polygonecken es nicht erlaubten?

Übermüdet am nächsten Morgen aus dem Bett, Aufstehen zieht sich hin, er trödelt, wie immer. Kein Morgenmensch. Erst um zwölf auf der Straße; Weihnachtsstimmung über-all, er zieht sich eine Nikolausmütze an, hatte er extra mit-gebracht. Mit teuren Mänteln und Nikolausmütze gehen wir durch die Straßen. *It's San Francisco!* Probieren ein weihnachtlich geschmücktes, überfülltes Cablecar aus – warten eine Stunde aufs Einsteigen. Klick klick, Selfie mit uns vor dem Cablecar, Erinnerung abgespeichert, für seine und meine Online-Freunde. Die beiden jetzt-Schweden werden es liken. Nach Schweden ziehen, zu dritt leben, glücklich sein? Sie sind nett, *nett*, ecken bei keiner meiner vielen Dislikes an. Aber auch nicht aufregend, nicht locker genug. Schwul werden, Dreierbeziehung, Polyamourie? Würden sie es mitmachen? Stehe leider nicht auf Männer, nie, manche Gelegenheit gehabt, nie wahrgenommen, nur einmal, oft nachgedacht. Ist nicht eingeimpft, dass *man* es nicht macht, oder? Egal, wie „tolerant" die Gesellschaft ist? Stehe nicht auf Männer, einfach so, wie ich auch nicht auf manche Art Frauen stehe. Sexuelle Präferenz, oder nicht? Aus Gedanken gerissen, er reißt am Arm: „Komm ins Cablecar!" Stehe auf der Schwelle außen, der Boden fährt vorbei, lachende Touristen, langsam geht es voran. Adventure-Time, er lächelt wieder, Sunnyboy, der Abend dient dem Denken, der Tag dem Tun; anscheinend. Er dreht sich zu mir, sei das nicht großartig? In San Francisco, auf dem Cablecar fahren, das erste Mal für mich? Ich nicke, lächel, schaue auf vorbeiziehende Straßen und vergesse, wo ich bin. Nahe fährt der entgegenkommende Wagen vorbei, Touristen hier jubeln jubelnden Touristen drüben zu, ich winke. Setze die Sonnenbrille auf. Will nicht gesehen werden, Blicke machen mich fertig.

Fertig war Omega nie, immer schön balanciert. Fuhr mit ihr in den Urlaub, ganz locker. Sie sagte, dass sie im gleichen Bett schlafen, ist doch nicht schlimm, er sei doch nicht an ihr interessiert. Omega-Man, Film aus den 80ern,

80 Prozent des Lebens normaler Alltag, 20 Prozent Lüge, die Mädchen mögen ihn, ich war immer zu ehrlich. Konstantin sah es lockerer. „Belüge sie, aber belüge sie schön. Sie sollen sich wohl fühlen. Wenn es allen damit gut geht, ist die Lüge in Ordnung". Er passte sich an. Chamäleon. So wie ich, aber er war glücklicher, wenn er glücklich tat.

Endstation, alle steigen aus, Zeit fürs Mittagessen, meint mein Kumpan, gehen in ein indisches Restaurant bei der Straße. Er redet viel, Überschwang, von den 48 Stunden San Francisco vergehen zwei im Inneren des Restaurants; weitergehen. Durch Menschenströme die Standardziele ansteuern, Fisherman's Wharf, Gedränge, Christmas-Spirit. Viele mit Ziel, unser Ziel ist nur Zeit totschlagen in der Stadt, Zeit hier verbringen, nichts weiter. Kommen an Schokoladenladen mit italienischem Namen vorbei; vollbeladen rauskommen? Kauf doch was für Freunde in Europa! Klick, Selfie vor dem Laden mit ihm und mir, ich lasse es mir gefallen. Geschenk kaufen. Er kauft was, wem will er es geben? Partybekanntschaften, Freunden? Soll ich meinen beiden Schweden etwas mitbringen, per Post schicken? Meiner Nachbarin? Oder gar *IHR...?*

Es wäre komisch. Wenn ich ihr etwas schenken würde, wäre sie befremdet; fremdartige Dinge passieren ihr, komisch. Geschenk trotz Schluss? Kann nicht spontanen Impulsen folgen, muss bei ihr taktieren. Nicht zu schnell, nicht zu viel. *Too much too soon.* Taktieren? Anstrengend; nur wenn Gefühle fürs Ziel nicht da sind ein Spaß, Herausforderung. Unemotional bleiben, Ergebnis egal, Sport der Verführung, alles gleich. Verführungssport. Liebte Konstantin, liebte ich, Lebensinhalt. Leistungssport, ambitionierte Amateure, nicht für Olympiade geeignet, da Ergebnis egal, der Weg ist das Ziel. Die Erfüllung kam nicht aus Erfolgen, sondern aus der Verführung an sich. Probieren, Pläne probieren, Geschicklichkeitsspiel. Konstantin wird mir immer gegenwärtiger.

Wir gehen an Pier 39 mit den Seehunden vorbei. Sie liegen auf Pontons, wundern sich, keine Ahnung von uns, glücklich? Er versucht, lustig und locker zu sein, alles aufgesetzt, ich mache mit, zwei glückliche Menschen. Auf einen Sockel gesetzt, die Zeit mit Konstantin? „Gute alte Zeit"-Syndrom? So oft; die Fehler der Gegenwart immer im Blick, die der Vergangenheit unter Rauschen von Nostalgie kaum hörbar? Konstantin. Wie wäre es hier mit ihm gewesen? Blick verschwimmt mit Sehnsucht zu früher, Sehnsucht nach ihr kommt dazu. Mir egal, wer von beiden, Konstantin oder sie, mit beiden wäre es hier besser als mit ihm, der hier neben mir steht. Nichts anmerken lassen.

Es wird dunkel. Gehen durch die Stadt, kommen bei Chinatown an, billige Souvenirs. Keine Bekanntschaften gemacht bisher. Mürrischer, ungeduldigen Verkäuferin frohe Weihnachten gewünscht, Knurren als Antwort, nächster Kunde. Ausruhen, gehen ein gutes Stück, zurück zu Pier 39. Kurz nach 21 Uhr. Sind fast alleine mit den Seehunden, Sterne über uns.

Musik im Kopf. „Vincent" von Don McLean.

Er schließt die Augen, legt den Kopf in den Nacken, schweigt. Stille. Nur manchmal Gejaule von Seehunden, wenn einer sich im Schlaf bewegt und den Rest auf dem Ponton aufschreckt. Nur Meerrauschen und ferne Verkehrsgeräusche. Wasserfläche und ein paar Sterne.

Blick nach oben. Halbdunkelschwarzer Himmel mit graumelierten, sich kaum abhebenden Flecken, dazwischen Lichtpunkte. So klein. Vincents Sternenhimmel, Don McLeans *Starry Starry Night*; verschwimmen in meinem Auge zu Lebewesen. Organischer Himmel, Trauer um ihn, Vincent, Konstantin, sie, meine Eltern, alle. Auf der Bank sitzend. Zwei, die alleine sind, unter waberndem Sternenhimmel, zu verschieden, um sich zu helfen. Der Geist von Fatima, Sonnenwunder, Sternenwunder, ziehen rote, gelbe, glühende Kreise vor meinen Augen. Alle die Ideen, die mal waren, jeder seine eigenen Ideen, jeder sein Universum, gestorben, vergessen. Zu Sternen geworden, die sie vor meinen Augen schieben, bewegen, antreiben. Schmecke ihre leuchtende Farbe, ihren leuchtenden Geist; endlich befreit von Polygonhaut? Ich rieche sie noch. *Sie*. Sie ist irgendwo und weiß nicht, dass ihr Geruch mir in die Nase steigt; Vergiss sie, sie meldet sich nicht mehr. Trauer. Trauer ist konservativ, bin ich wohl, konservativ-liberal-egal, Schablonen fließen zusammen mit den Sternen. Konservativ. Festhalten am Alten. Tod, Verschwinden, dauernder Fortschritt, ewig, progressiv? Kann mit Fortschritt

nichts anfangen, der sie in Gedanken verwandelt und weg-
nimmt. Liberal. Erster Flug im Leben, damals, zu A. nach
Madrid. Wolken das erste Mal von oben gesehen, fasziniert
gewesen, dachte noch nicht an all das. Unendliches weißes
Meer, watteweich, Eisberge, fest, beständig. Bestehen aus
Dampf, Illusion der Festigkeit. Wie Leben. Endet sofort,
durch Festigkeit gefallen, Augenblick untergetaucht, verschwunden unter Dampfwolken. Ist er eingeschlafen? Er
ist ruhig.

„Hey Leute, *Merry Christmas*, habt ihr ein paar Dollar?"
Zerrissene Kleidung, kaputte Frisur, reißt uns aus der
Trance. Mein Kumpan signalisiert, dass nichts da ist, ich
krame einen Fünfer aus der Hosentasche. „Gott schütze
euch." Mein Begleiter wirkt genervt, aber Gesellschaft tut
gut. Lade den zerrissenen Mann ein, sich neben uns zu
setzen. Beginnt zu sprechen, schwer verständlich, froh
über Zuhörer? Nicht offensichtliche Dropouts lauschen
auffälligem; erzählt uns von Wesen; nur in Infrarotlicht
sichtbar, essen Menschen, werden Menschen, Echsenmenschen... *Tin Hat guy*, Aluhutmensch, stereotyp, Verschwö-
rungstheorie, mir sympathisch. Mein Begleiter ist genervt,
ich höre zu. „Hat jemand die Echsenmenschen schon
untersucht?" Frage ich. Es würde unterdrückt. Von der
Regierung. Von allen. Immer. „Glaubst du mir?" Mein
Kumpan will ihn belehren, es könne nicht sein, ich bleibe
neutral. Andere glauben an unsichtbaren Gott. An un-
sichtbare Mächte, Kräfte; seine eben im Infrarotlicht sicht-

bar, deshalb schlechter? Nur, weil weniger daran glauben? Glaube sei wichtig, sagte mein Kumpan oft auf der Reise, doch in diesem Fall will er korrigieren, spricht von oben herab mit unserem neuen Freund, will ihn überzeugen, dass dieser Glaube falsch sei. Immer *Glaube*. Immer *sei*.

Lädt uns ein, Weihnachtsfeier mit ein paar Freunden. Treffen sich unten vor dem Coit Tower, Aussichtsturm; „Macht doch mit." Mein Kumpan will nicht, ich schon, der Dropout ist spannend. Spannend in seiner Vita, oder nicht, dropout? Wie alt mag er sein? 35? 40? Frage nach. 25?! Sieht älter aus. Altert schnell. Sex, Drugs 'n Rock'n'Roll? Drogen. So wie sie. Nachdem sie Omega und die Gruppe traf, Teil von ihr wurde, alterte sie. Herdentier; ließ sich mitschleifen, in den Ernst des Lebens; oder das, was die Herde „Ernst" nannte; wie man als „Erwachsener" lebe, oder was sich die pseudo-Besoffskis unter Erwachsenen vorstellten. Abends ein paar Bier, ein bisschen Wein, Joint geht rum; am Morgen Aufputschen; Energydrinks, double Espresso, Ambition im Standardleben gestorben; alterte. Als ich sie kennenlernte, war sie anders, jünger, mehr sie selbst; liebe ich das Bild der Vergangenheit, ihre gegenwärtige Gegenwart würde nur frustrieren? Folgt nun der Herde, besser, sie würde mir folgen? Keine Herde, sich selbst folgen! Soll sich selbst folgen; wenn's nicht geht, lieber mir als ihnen. Alkohol, Koffein, Kokain, Heroin, LSD; gleich, Unterschied nur in der Akzeptanz. Lebensglück bei ihnen; abends herumsitzen, unterhaltsame Langeweile, sich mit

Alkohol soweit vergiften, bis sie es fühlen; in gekauftem Rausch schlafen. Kein Rausch der Leidenschaft, der inneren Flamme; Rausch der gekauften Flaschen. Geordnetes Leben? Akzeptiert als „geordnet". Warum Mr. Tin Foil Hat verurteilen? Die Masse hatte sie verdorben. Und doch geht sie im Kopf herum. *„I don't do Drugs."* Dalí sagte dazu *„I am drugs"*, verstehe ihn, seine eigene Droge sein, selbst aufgeregt werden, sich selbst das Leben aufregend gestalten, ohne Rausch von außen, Rausch aus sich. Können sie nicht, schon gar nicht Omega und Kohorten. Bierchen zum Feierabend. Gluck Gluck, gehört dazu.

Coit Tower; seine Freunde, so wie er, doch nur flache Gespräche unter Dropouts. Lust vergeht mir, meinem Kumpan sowieso, gebe jedem einen Fünfer, Merry Christmas, hoch auf den Tower, hat noch geöffnet; nur zu zweit, unsere Gruppe bleibt unten. Lichtermeer San Franciscos, wirkt fest von oben, doch fragil wie Wolkenmeer, menschgemacht; Fettschicht, die reflektiert, lösbar jederzeit. Lichtpunkte spielen laut; höre die Farben des Lichts, schmecke ihre Dichte. Fühle das Alter des Sternenmeers gegen den kurzen Moment des Lichtermeers darunter; verschwimmt untereinander... *Starry Starry Night.* Schwimme im Strom der Zeit, für einen Moment ist Konstantin da, sie, alle. Blinzeln, doch nur mein Kumpan. Er scheint weiter nachdenklich. Einsam, nicht penetrierbar für mich, Polygonhülle. Omega hatte wohl nie jemanden penetriert. Nicht an Omega denken; Weihnachten in San Francisco, und doch ist sie da, will es nicht, will sie nicht mehr hier. Vor ihr geflohen, unmöglich, Flucht ausgeschlossen, da hinten ist Alcatraz. Stecke fest mit ihr. Und mit Omega.

Der Produzent dreht sich zu mir und fragt, was wir noch machen sollen. Klingt resigniert; keine Ahnung, ahne nicht, was noch kommen wird, der Zeitpunkt ist traurig. Ratlos, fahren runter, schauen uns Wandbilder im Erdgeschoss an. Anziehend? Sozialistischer Realismus?! 30er Jahre? Hier?! Glückliche Gesichter, bauen Land auf, Optimismus, Unrealismus. Realismus da draußen, Tin-Foil-Hat Mann und Freunde. Reale Gesichter, reales Leben, keine an Normen orientierte Simulation? Nein, auch unfrei, unfrei, alle! Frei, unfrei, vogelfrei, einerlei; austarieren, dechiffrieren? Chiffre, codiert in langsame Konventionen.

Wir sind nicht sicher. Zurück ins Hotel? Traurig. Weihnachten! Gehen mit Tin Foil Hat Man und seinen Freunden mit. Vorbei an großem Weihnachtsbaum im Stadtzentrum. Baufälliges, verlassenes Einkaufszentrum etwas abseits. Sitzen im Kreis, Matratzen, Flecken, Dropouts. Mein Kumpan taut etwas auf, lächelt mich an. So hat er Weihnachten noch nie verbracht. Nie. Lächele zurück, drehe den Kopf, schaue in die Runde. Geschenke gehen herum, merry Christmas: Alkohol, Zigarette, Meth? Nichts nehme ich, dankend geht es weiter. Hier genau wie das Leben Omegas, ihr Leben – nur deutlicher; Hoffnungslosigkeit auch hier im Rausch begraben, nur ohne Rettungsschirm des schnöden Alltags, ohne Fassade, die die Leere mit

Ritualen und Frust maskiert. Die neuen Freunde stoßen an, johlen. Merry Christmas! Verteile die Souvenirs aus Chinatown; meine Geschenke, hier besser aufgehoben, Lachen in der Runde. Wir werden noch bis Mitternacht bleiben. Danach geht es zurück ins Hotel, in die Ordnung, in das Lichtermeer. *Starry, Starry Night.*

hollywood V

Rückkehr. Kehre Hollywood den Rücken. Auf dem Rücken liegen, sie auf mir, ein Traum; ein feuchter Traum; Albtraum? Feuchte Augen kriegen beim Wiedersehen? Nein, wieder der gleiche Mist. In Hollywood wird er vergoldet, hier in Kästen abgepackt, nach System. Systematisch zum Erfolg; erfolgreich im Bett das Ziel. Ziellos in der Welt, Ziele selber stecken, reinstecken.

Freut sich, mich zu sehen. Kenne ich. Kenne ich seit Jahren; jahrelang „Freunde"; immer naiv, immer nett. Hollywood kommt diesmal mit. Nicht mehr nett sein; rumkriegen, Illusionen schaffen! Schaffte als „ich selbst" nichts bei ihr; kein Fick, kein Küssen, nichts passiert – miteinander reden ist nichts; Jahre voller Frust, brachten nie Lust. Nicht besser gewusst; jetzt wird es bewusst! Nette Jungs? Labert sie voll, labt sich an *attention*, *bad boys* gehört die Welt.

Paris. *Last Tango in Paris*. Marlon Brando in *Last Tango in Paris*. Das bin ich. Pariser in der Tasche, *don't give a fuck to get a fuck*. Treffe sie, trifft mich nicht, unwichtig; Eroberung aus Langeweile. Langweilt vom ersten Wort an; jetzt zeige ich's ihr auch. Spiele eine Rolle. Hollywood. Rolle mit den Augen, unterbreche sie; zerbreche ihr Bild von mir. Kein *nice guy* mehr. Macht ihr nichts aus; scheint zu gefallen. Scheine in der Brieftasche? Check. Heute *Macho mit Kohle*, spiele was vor; spiele mit ihr, so wie der Hund, der nach dem Ball jagt. Wenn ich sie kriege, egal.

Sie labert. In der Rolle bleiben. Stay in character. Bleibt nichts anderes übrig, unterbrechen und dominieren. Unter ununterbrochenen Wortschwällen untergehen? Passé! Passen nicht mehr zwischen uns; Wörterhaufen. Fragt mich nach Ideen, was wir machen könnten. Antworte bestimmt, was wir machen werden. Mit dem Auto ins Grüne bei Nacht, ins Graue wohl eher, Dunkel, mit meinem gemieteten Cabrio. Dunkel, Farben weg; entsättigt – meine Rolle, meine Figur von Frauen gesättigt, oder bin ich's selbst? Tonfall jetzt nicht ändern. Hast sie gerade erst im Auto, willst ihre Titten greifen? Noch nicht; noch nicht zu früh freuen. Freue mich nicht darauf. Vorfreude auf Vorspiel Fehlanzeige. Immer das gleiche, *it gets old*.

Die Aktion nervt. Zeitverschwendung. Aber die Aufnahmen in meinem Kopf; die Erinnerung; werden beim Wichsen in Zukunft helfen, mein einziges Ziel. Videothek im Hirn vergrößern. Alle Titten, alle Körper noch gut aufgereiht, Galerie von dichtem Busch bis rasiert; alles gesehen, erlebt, angefasst, in Schädel konserviert. Von nun an öfter abrufen, Schatz im Kopf ausgraben, nutzen, Realität ersetzen?

Ist sie rasiert? Könnte ich fragen, könnte Marlon Brando sie fragen, tut es aber nicht. Spoiler-Warnung, Ende nicht verraten! Wenn sie es sagt, sinkt die Motivation, sie auszu-

ziehen, es herauszufinden. Ausziehen in die Ferne; hier-
bleiben; alles gleich. Überall wird nur mit Wasser gekocht.
Alte Binsenweisheit, doch Satz mit größtem Wahrheitsge-
halt der Welt.

Sie macht einen Witz. Ich lache, kurz normale Stimme...
Verdammt, aus der Rolle gefallen, *out of character*! Sich selbst
bestrafen, geistig, geistige Gespräche beenden, anfassen;
wieder in der Rolle sein. Spreche mit ihr ohne Möglichkeit
zur Widerrede, wieder und wieder. Sie genießt's, Idiotin!
Keine Fragen stellen, nur Aufforderungen.

Marlon Brando. *Last Tango*. Scheißrolle. Einzige, die Erfolg
bringt. Erfolg? Kriegen was man will? Und wer nichts will?
Nix Erfolg? Schlechte Seifenoper, Verführung im Auto,
geheizt, gleich am Feld. Stoppelfeld, Stoppel untenrum,
vor einer Woche das letzte Mal ganz rasiert, sagt sie? Seifenoper. Leben nur Episoden. Von einem zum Anderen,
Alone-Time; Innerstes für mich. Von einer zu der Anderen,
Nähe erdrückt. Drücke ihre Brüste, füllen die Hände gut,
nett; sie ist nett, ich böse. Marlon Brando im letzten Tango
macht sie verrückt, mich irre. Werde verrückt, eine in meinem Bett für Jahre, für's Leben?

Alone-Time. Leben in Episoden. Nicht binden. Kurz an-
gebunden. Spritzen, rausziehen, Spritztour hat Witz verloren; werfe Pariser aus dem Fenster, bleibt im Feld, im
Felde gefallen; 1870, auf dem Weg nach Paris. Dachte, sein
Leben sei wichtig; eine ganze Gedankenwelt mit einem

Schuss erledigt; Krieg ist Dreck, im Felde gefallen. Für andere. Von anderen. Nicht von selbst. Märsche und Pomp die Kulissen, vor denen alles sinnvoll scheint; nichts ergibt Sinn. Warum ist Mr. Brando hier mit ihr? Sie ist mir zuwider, muss nicht spielen. Spiel vorbei.

Fenster zu – raus aus ihr, rein in die Wirklichkeit. Wirklich, ein schöner Abend. Sagt sie. Immer noch feucht. Wie meine Augen, wenn ich wegschaue. Warum? Ausgelutscht, alles. Bumsen, lecken, blasen, bis der Tod dich ausbläst. Nur Kulissen, gaukeln Sinn vor; Jahrmarkt der Triebe; gaukeln, unterhalten, ohne zu tief zu bohren. Fahren zu einem *Diner*, American Style; bestellen, jeder für sich. Familie mit drei Kindern dort; runde Matrone und grober Vater. Fett der Burger attackiert meinen Magen. Vegetarischer Burger für mich, ihrer mit Fleisch, klar. Sie labert, schlägt auf den Magen, *don't give a fuck*! Feuchte Augen, scharfer Burger?

Fette Familie. Kinder? Ich? Episoden. Fülle nichtmal ganze Staffeln mit einer, wie dann jahrelang? Jahrzehntelang? Alleine sein. Allein. Sie frisst ihren Burger. Alleine. Nur Marlon Brando bei ihr. Nicht ich. One-Night-Stand; One-Night-Life. Ihr heutiger Partner ist morgen eingemottet, zurück in Paris; nicht mehr bei mir.

Nachtsicht

Seit Jahren sind wir Freunde; alte Freunde. Ich kann ihn wenig leiden, aber doch besser als andere; kann *ich selbst* sein bei ihm; er beschränkt sich aufs Zuhören. Wir haben ein Ritual, seit Jahren gleich: Alle paar Wochen, Freitag oder Samstag, holt er mich mit seinem Auto ab; abends, wenn es dunkel wird, und wir fahren durch die Nacht. Kein Ziel. Bewegung. Alle Ziele offen. Große Straßen, Landstraßen, Autobahnen, Feldwege; Illusion des Abenteuers. Er hat eine starke Taschenlampe. Gehen durch leere Gegenden, fühlen uns als Entdecker; sind nur verloren. Bin nur verloren. Er nicht. Steht im Leben. So wie ich nach außen.

Wir fahren los über die Autobahn bei Nacht; unbeschränkten Bereich suchen, Höchstgeschwindigkeit fahren. Abenteuer auf befahrenen Wegen; Illusion, unbeschränkt in Schranken. Geregelt. Regeln. Immer. Kenne die Regeln; Regeln des Gesprächs, Regeln der Liebe, Regeln des Geschäfts, Regeln des Verreckens. Gräber pachten, 20 Jahre; Totenschein ausgefüllt, sonst bist du nicht tot.

Er erzählt, höre zu; Witze machen, lachen, erzählen. Santa Barbara. „Wow, krass, so was passiert auch nur dir!" Er ist nett, aber Floskel. Kann Nettigkeit nur so ausdrücken wie hunderttausende. Spießer, aus Konventionen erzeugt; er nicht ganz, kratzt an ihrer Welt entlang; *sie* sind dagegen immer gleich. Gespräch aus dem Baukasten, immer gleich:

„Man muss Arbeiten", „man muss...", „er redet zu offen, das macht man nicht"... Alles nur Legofiguren; immer gleich, anders angemalt, anders bedruckt, gleicher Kern.

„Ich mag Motorräder" – „Ich mag Musik" – „Ich mag Autos". Aber immer nur ein bisschen, oberflächlich. Leidenschaftlich sind die Freaks. Immer nur „in Maßen", von außen aufgezwungene „Maße". Alles gleich. Alles interessiert ein „bisschen", keine Cracks, die tiefstmöglich in eine Materie eintauchen – außer, es wird von der Arbeit gefordert und macht keinen Spaß. Wenn es begründet werden kann, in Ordnung; Ordnung wiederhergestellt, aber nur von außen für sie begründbar, innere Leidenschaften gehören gezähmt. Von allem ein bisschen. Ein bisschen tolerant. Ein bisschen feministisch, nicht zu viel; ein bisschen weltoffen, solange es mich nicht betrifft. Ich bin tolerant, bis meine Tochter mit dem Kindergärtner statt dem Ingenieur ausgeht; dann wird das eklige Innenleben aus jahrhundertealten diffusen Ideendrachen freigelassen; Baukastengespräche von Baukastenmenschen. Geschliffen, die Struktur entblößt, Füllmaterial herausgepuhlt: Langeweile! Interessiert wirken, mehr zuhören als sagen, leicht dominieren, manchmal mehr, Erfolg, eine weitere Figur in deine Legoburg gebaut, eine weitere mag dich.

Er ist fröhlich. Hat mich vermisst. Sagt er. Ich ihn nicht, sage ich ihm nicht; tut *man* nicht. Wir sind Freunde, weil ich bei ihm in Konventionen lebe. Vermisse ihn, aber immer nur, bis wir uns treffen. Bringt etwas Ordnung ins

Leben, von weitem erstrebenswert, manchmal. Er hat den Abend geplant: „Fahren wir doch raus zum Trümmerberg!". Nach dem zweiten Weltkrieg aufgeschüttet, Trümmer der Stadt, begrünt, Ausflugsziel; glückliche Familien auf gebrannten Steinen. Ich nicke. Mit dem Auto hin; Ziel egal, in Bewegung bleiben, Fahren, von Ziel zu Ziel. Wie im Leben. „Leben" für die meisten nur Füllmaterial, wollen es herauspuhlen; das Leben nur Station zu Station, möglichst effizient, möglichst schnell: Schule – Studium – Job – Rente – Tod; TOT! Effizient. Nicht trödeln. Die Pfeiler, Eckpunkte stehen hervor; das dazwischen möglichst kompakt halten. Bierchen hier, Labern da, Zeit verlabert, Geist auf Dauer-Standby, Füllmaterial. Wird das Leben verkürzt, bricht das Zelt zusammen. Ein Leben wie Millionen andere das Ziel. Ersetzbar werden. „Bin ich möglichst ersetzbar, bin ich am glücklichsten." Sagt niemand, handeln aber so. Habe ich das Studium mit 25 abgeschlossen? Bin ich mit 30 im Job? Bin ich glücklich. Sonst nicht. Ersetzbar sein, so sein, wie alle, nicht wie mein Inneres sein will. Leben als Legofigur. Lächeln, einer mit Helm, einer mit Hut, einer mit Weste, alle gleich. Er ist leider meist auch so. Aber er mag mich, und deshalb bin ich es für einen Abend auch. Langweilt und entspannt.

Früher waren sie meine Ziele. Jetzt nur noch Bewegung wichtig. Alleine sein. Nicht lange die Zeit mit wem teilen. Kurz treffen, fröhliche Gespräche, dann schnell weiter. Keine Nähe mehr suchen. Sie sind nur Staffage; Schwalben auf van Goghs Bild der Weizenfelder; kleine Punkte, die das Ganze dekorieren, nicht der wichtige Inhalt. Die Menschen nicht suchen, sie suchen dich; es nicht mehr versuchen. Sie sind meine Pfeiler, ihre geordneten Leben; ich bin das Zelt dazwischen, das Füllmaterial, personifiziert; das, mit dem sie sich nicht zu sehr beschäftigen, aber es und an gerne dekorativ einlassen; das Element des Chaos in ihrem Leben; der, den sie erretten wollen, aber es nicht wirklich versuchen, um weitere Themen für Smalltalk untereinander zu haben. Zieht von einer Begegnung zur nächsten, freue mich auf Durchhängen dazwischen.

Erzähle ihm von Los Angeles. Interessiert ihn. Er kann meine Art ertragen; ungefiltert; positives Gefühl, hört zu. „Sei doch mal positiv." Sagt er. „Ist doch auch cool, was du da erlebt hast, komm schon, sieh mal das Gute." Sagt er. Versteht mich nicht. Rational nicht zu erklären? Wer die Regeln des Spiels kennt und die Mechaniken durchschaut hat, kann entweder eine Obsession dafür entwickeln, es gut zu spielen – oder das Interesse daran verlieren. Interessant, oder? Konstantin war ein meisterhafter Spieler – aber dieses Spiel machte mir nur im Team Spaß.

Erzähle ihm von Burgerrestaurant in Kalifornien. Er lacht. Es gibt ’nen Drive-in Burger-Laden in der Nähe, mal ausprobieren. Als Erinnerung an Amerika. Ich lächle, im Inneren ist's mir egal. Freiheit, Drive-in? Wozu? Mache ihm die Freude, tue so, als sei es gut. Wir warten an der Schlange. Hinter uns ein Auto, sehe im Rückspiegel, gefüllt mit

großer Familie. Verbitterte Eltern, laute Kinder. *Kinder...*
Immer wenn es ernst wurde, wollten sie *Kinder...* So jung
schon, war überrascht, überrumpelt, mit Mitte 20. Bin
immer abgehauen. Bedürfnis, Kind zu kriegen; Hoffnung,
dass es das Leben ordnet; Wollen sie es wirklich? Nicht
auch nur Konvention, einprogrammiert? So viele unglückliche Kinder, unglückliche Eltern; Unglück? Es gibt auch
glückliche Eltern. Aber auch die, die Kinder anschreien,
überfordert sind, nur Macht auf Mini-Mensch wollen? Sie
war 21. Sagte, sie will unbedingt junge Mutter sein. Keine
Erklärung, warum. Hoffte wohl, dass alle Probleme sich
lösen in Kinderaugen. Wird mal erwachen, rotgeweint,
Leben verweint, Leben vergeben; von Kindern gehasst.

Er fragt, wie es mit *ihr* läuft. „Hat *sunny California* sie dir
ausgetrieben?" Frage treibt mich zur Weißglut, zeige es
ihm nicht. Zu viel, Vergessen klappt nicht. Wollte ständig
mit ihr reden. Süchtig nach ihr. Erzähle ihm das Problem.
Kleine Geister ziehen sie runter. Sie ist verliebt, man merkt
es, ich merkte es. Lachte über meine dummen Witze, alles
gut, dachte ich bei jedem Treffen, ist es nicht. Nichts ist
gut. Ihre „Freunde"... Hassen mich, weil ich nicht bin wie
sie. Legofiguren, Reihenhaus, Reihenleben, Reihengedan-
ken, Reihengrab. Legofiguren – alle gleich, nur anders
bemalt, gleiche Gedanken, gleiche Leben. Spießig. Spießen
mich auf ihr enges Moralkorsett. Sie sagte, wir können nie
zusammen sein, kein Gegenargument zählte. Habe sich
entschieden, will nicht von Entscheidung abrücken, auch

wenn alles anders wäre. Sagte sie. Sie habe keinerlei Gefühle für mich. Liebe im Blick. Hass in der Stimme. „Stimmt alles nicht", sagte ich bestimmt. „Liebe dich." Liebt mich nicht, sagte sie mit weinender Stimme, kein Gefühl sei da. Kern aus Gefühlen versteckt unter Korsett aus Zwängen. Spricht, wie ihre Freunde es erwarten. „Freunde". Was sind Freunde? Er ist mein Freund. Lässt mich reden, mich ich selbst sein. Urteilt nicht. Verurteilt nicht. „Du willst das machen? Halte ich für eine schlechte Idee, will dir aber doch damit helfen." *Ihre*? Lassen ihr kein Glück zu, das sie sich selbst nicht als Glück vorstellen können. Verwechseln Glück mit Langeweile, Reihenleben. Bin keine Legofigur, bin Playmobil, lasse mich nicht einstöpseln auf dem Rasen ihrer Schrebergärten. Nicht mit 25 schon verkrampft wie mit 70; dahinsiechen immergleich, Falten kriegend, Pfad bis in den Tod. Langsame Jugend; nie schnell den Lebensweg gefahren, immer auf der beschränkten Autobahn der schweigenden Mehrheit, nicht auf Feldwegen. Keine *U-Turns*. Kein nichts. Nichts, sinnloses Vegetieren im Paradies der Mittelmäßigkeit. Nichts geht mehr. Gehen im Stechschritt zu ihrem heimlichen Stecher, nach außen Moral, erschaffen sich Monster (oder eher Vogelscheuchen) am Wegesrand, die sie auf dem Pfad halten. Brauchen welche wie mich, die „bösen", die nicht in ihr System passen. Harmlos böse; „nur" zu freier Geist. Frei sind sie ja, in Maßen, die Massen mögen das. Nichts zu viel. Keine Leidenschaft ausbrechen lassen. Auf den Tod warten? Tod als Ende der Mittelmäßigkeit? Dann erst leben? Wollte ihr

Herz sprechen, aber nur das Korsett antwortete. Antworte ihr nicht; oder doch? kein Unterschied. Sieht mich durch Maske aus Bausteinen. Passe nicht durch. *Sie* ist eine organische Masse, gefüllt in ein Figürchen; würde sie ausbrechen, sich vermengen mit mir, oder sich in eigene Form bringen, fände sie Glück. Glück liegt nicht bei mir. Ihre Freunde zeigen, was Glück zu sein hat, jeder, der ihnen nicht folgt, finde nichts. Nichts. Sich untreu. Dies, über alles, dir selber sei treu, lieber Laertes. Shakespeare, Hamlet. Rhythmus.

Dies über alles: Dir selber sei treu. Rhythmus, Szene aus dem Film „*Renaissance Man*". Rhythmus!

Bam – ba bam, bam – ba bam, bam bam bam bam!

Dies über **al**-les: Dir **sel-ber sei treu!**

Bam – ba bam, bam – ba bam, bam bam bam bam!

Dies über alles: Dir selber sei TREU!

Ist sich nicht treu, nur den Kreisen um sich, Struktur und Framework, kein Rhythmus außer dem der rhythmisch nickenden Gruppe Spielzeugfiguren. Musikalisch, rhythmisch, Beethovens fünfte Sinfonie, ausgelutscht, revolutionär, altbekannt. Wenn der dritte Satz zum Finale führt; eine Schicht Spährenklang, baut sich auf, entlädt sich in Energie. Leben der Reihenfiguren nur der Sphärenklang in Ewigkeit, kein Aufbau, nur Abblenden zum Schluss, nie entladen, immer angespannt, immer verkrampft, immer langweilig. Werde nie den Tag vergessen, als ich die siebte Sinfonie entdeckte. Der erste Satz, das Ende, genau wie mein Lieblingsmoment aus der fünften! Sphären, entladen sich in Hörner und Fortissimo und Chaos und Befriedigung! Ausgelutscht? Musikalisch nach Jahrhunderten beides, alles, trotzdem innovativer als viele neue Meinungen der Figuren. Beethoven liefert meine Energie, wir spielen Beethoven auf der Fahrt zum Trümmerberg. Sie sitzen doch immer im Konzert, ruhig, „mögen" Beethoven; er hätte ihnen Ohrfeigen gegeben! Der Geist muss brennen! Nicht verrotten, im Sitzen brav berieselt werden; muss den Menschen entzünden, kein gelangweiltes Zuhören und am Ende Applaus!

Aufgeregt. Er erzählt mir von sich, ich höre zu, höre spießige Einstellungen, bin glücklich. Spießer ohne Bekehren sind selten, er ist doch kein Spießer, ist ein Individueller, der sich diese Maske gewählt hat.

Parken ein, dunkle Wälder, niemand parkt. Auf zum Trümmerberg, zwei Uhr morgens. Waldwege nach oben; seine Taschenlampe runtergedimmt. Kontrolliertes Abenteuer. Gefahr nur im Kopf. Drama nur im Kopf. Alles nur im Kopf. Welt nur kalte Sammlung Materie, Atome, Moleküle, Strukturen; Chaos, Struktur nur im Kopf. Er schaltet die Lampe aus, Silhouetten im Mondlicht. Er lacht, ich kriege Angst. Alles kann sein, im Dunkeln, Angst im Dunkeln. Was man nicht kennt, macht Angst. Schutz im Licht spießiger Moral, Angst vor der Außenwelt, verstehe ich. Er lacht. Ich dränge. Licht an! Jetzt! Gleißender Lichtkegel blendet die Blätter. Volle Stufe.

„Nein, jeder, der uns entgegenkommt, sieht uns sofort! So hell!" – „Wie jetzt, du wolltest Licht. Wenn es aus ist, hast du Angst; wenn es an ist, hast du Angst. Komm schon, oben ist die Aussicht schön!"

Keine Angst. Alles nur im Kopf. Halbdichter Wald mit breiten Wegen bei sicherer Stadt. Alles im Kopf nur aus Horrorfilmen. Keine Natur mehr. Alles geplättet, geplant, keine Wildnis, Wildnis light, Coke light, life light. Leben in festen Bahnen, festen Wegen, kein Leben, nur light. Sicher, unbefriedigt, eklige Plörre, light, gesund, langweilig; Abenteuer, in den Wald, rennen, trau mich nicht. Trau dich! Trauung fürs Leben, Heirat, Kinder, Haus, Grab, Ende, Nacht, Taschenlampe blendet. Verlassene Bank. Verlassen? Fühle sie „verlassen", eigentlich nur „Bank". Leere Bank, wer saß da schon drauf? Liebe? Pärchen? Artefakt, das bleibt; keine Erinnerung; Erinnerung nur die leichte Fettschicht, längst weggesaugt von der Bank, wertloses Artefakt. Daran vorbei, ihm steht nicht der Sinn, zu ergründen, wer dort war. Spielt an seiner Taschenlampe, jetzt blinkt sie, er freut sich. Erklärt mir Batterieaufzeit; blink blink. *Bling Bling.* Alles nur Schein, Idiotie. Was passiert zwischen Blinzeln? Ändert sich die Welt? Habe geträumt, neulich; schließe die Augen, öffne sie, bin in anderer Welt. Andere Zeit. Andere Menschen. Nach jedem Schließen, nach jedem Blinzeln ändert es sich. In Ewigkeit. Albtraum. Wie lange kann ich die Augen ohne Blinzeln offenlassen, bis sie brennen? Nicht lang genug, um Freunde zu finden. „Freunde", die mich kennen. Wozu Freunde? Nicht lang genug, um die neuen Welten zu *verstehen*. Blinzel. Bin in futuristischer Stadt, alles fremd. Blinzel. Plötzlich Steinzeitgegend, inmitten von prähistorischen Gestalten, verstehe Sprachen um mich herum nicht. Verstehe den Traum nicht. Niemals. Eigentlich kein Albtraum. Gibt Magie zurück, unverstehbare Welten, keine Zeit zum Durchschauen. Ich denke, die Welt zu durchschauen; sie denken, sie zu durchschauen. Sie sehen die schmale Straße, meinen, das sei alles; drum herum dunkel, uninteressant. Ich sehe mehr ins Gebüsch; denke, ich kenne alles, uninteressant. Ich bin nur wie sie mit etwas breiterem Sichtkegel, Spießer, alle.

Es durchschauen? Niemand kann es durchschauen. Drama im Kopf. Konstrukt im Kopf.

Wir sind fast oben. Trümmer links und rechts, Reliefs von Jugendstilfragmenten im Taschenlampenkegel. Er betrachtet einen Löwenkopf. „Der war doch noch gut? Warum haben sie den nicht wieder verbaut?!" Ich zeige auf eine abgebrochene Strähne. „Vielleicht deshalb? Da ist der kaputt?" – „Nein, schau, der Stein ist zu hell, der Bruch ist frisch! Sicher erst vor kurzem passiert! Verdammte Vandalen!" Zwei junge Leute, reden über Artefakte. Nur noch Artefakte zählen, Gedanken darin schon längst verflogen.

Verliebte Pärchen, die den Löwenkopf sahen. Verliebter junger Mann, der hoffte, seine Angebetete mal im Fenster über dem Löwenkopf zu erspähen. Auszug in den Krieg, den ersten, den zweiten... Familien, begraben unter Bomben, explodierte Leben unter dem Löwenkopf. Explodierende Sterne über mir, klarer Himmel, zwei Nerds begutachten alte Steine. Wir gehen weiter hinauf. Leuchtet voraus, Pärchen vor uns erschrickt! Damn! Schaltet das Licht aus, wir biegen rechts ab, anderer Weg hinauf. Bei der Kälte, Frost überall, saßen sie oben, von uns gestört. Liebe. Beleuchtet, *exposed*, ich passte nicht zu ihr, weil ich nicht zu ihren Freunden passte. Passende Ausrede für alles? Meinte sie. Ich gebe nicht auf. Klarer Himmel; ihr klar machen, was los ist. Tage gehen vorbei, alles normal, will in sieben Tagen eine E-Mail schreiben; werden fünf; nein, wenn ich es am Abend davor schicke, ist alles auch gut, viereinhalb Tage? Kann es nicht schon nach drei in Ordnung sein? Immer mehr kreist das Leben um sie, immer mehr Sandsteintrümmer um uns herum, erleuchtet nur vom Mond.

Oben. Städtisches Straßenlichtermeer im Auge, Winterluft in der Nase, verbrannter Stein um uns. Verbrannter Stein, alles, was bleibt. Zeit vergeht, Stein brennt, Stein bleibt. Stein. Steinernes Herz der Erde, Steinerner Kern des Lebens. Alles Organische vergeht, die Steine bleiben. Er ist glücklich, Abenteuer, stabiles Leben. Abenteuer im Wald, sein Leben ein gerade Weg. Beneide ihn, watteweiche Wand aus Vorbehalten hält ihn auf der Spur, mich auch, aber will sie durchstoßen. Immer. Mit ihr. Er zeigt zu einer Straße, gelb erleuchtet. „Das kommt doch von den Natriumdampflampen, oder? Das gelbe Licht. Du hattest doch mal eine Kurzgeschichte darüber geschrieben, die war echt lustig!" Das war mal. Sie hat mich gepackt, das Leben hat mich gepackt, alles hat mich gepackt. Er packt die Taschenlampe ein. „Den Rückweg machen wir im Dunkeln ohne Lampe, OK? Dann ist es bisschen spannender!" Ich nicke nur. Gedanken mattes Löschpapier, saugen Umgebung auf; bildet darauf nur diffusen Fleck. *Sie* saugt mich auf. Lass mich dich verlieren – und nie mehr krepieren!

Sturm und Drang

Kann nicht immer so weiterleben. „Man muss mal erwachsen werden." Zur Ruhe kommen. Beruhigen, beruhigt werden, krepieren! Ich komme nur ein Mal und endgültig zur Ruhe, ganz am Ende, nicht davor allmählich. „Die Jugend darf das." Studentenbude mit altem Schrott gefüllt – anerkannt, cool, Hipster, gut. Gleiches mit 50 – Althippie, Loser, egal. *„Man muss"* sich beruhigen. Kann mich nicht beruhigen. Man kann mich mal! Entweder Stillstand oder Speed, nichts dazwischen. Kein Trippeln im Schritttempo. Schritte zählen, *counting steps*, Nordic Walking, mit Stöcken sein Leben aufspießen? Kann nur *leben*, ganz oder nicht.

Immer auf das Ereignis gewartet, das mich auf andere Bahnen bringt. Bahn verlassen, Weichen stellen; kann's nicht, gab es nie. Einbahnstraße. Mauer am Ende. „*Man soll*" langsamer werden, immer langsamer, Tempo drosseln und an der Mauer gemütlich stehen bleiben, Schluss, kalt. Ich zerschmettre mit voller Geschwindigkeit an der Mauer, soll sie mich doch aufhalten; ich passe mich mit Aussicht aufs Ende nicht daran an! Komme schneller ans Ende als der, der trippelt; jeder kommt ans Ende, Einbahnstraße; „du kannst doch nicht immer in Bewegung bleiben", wer bremst, verliert. Fahrtwind zerzaust mich, lässt mich leben; *Speed is Life*! Verlierer, Loser, alle, jeder *lost*, verloren.

Bremsen, in voller Fahrt. Schicksal, Leben? Von jetzt auf nachher stoppen, ohne Langsamerwerden, ohne Schmerz, ich würde es tun. Alles eine Illusion. Welt *nach* mir nur eine Illusion der Figuren darin; wo ich nicht bin, ist nichts mehr für mich. Ich bin meine Welt, tot, *lost*.

Jesus saves. Sagen sie. *Buddha says...* Sagen sie. *You'll be saved*. Sagen alle. Schnauze! Langsamer werden, um Illusionen zu bestaunen? Und dann traurig sein, dass der Fahrtwind nicht mehr kommt? Hochschalten geht nicht mehr. Wer bremst, verliert.

Nichts mehr für mich zu tun. Ende. Gehe die Straße entlang; in 500 Metern wohnt B., eine Ex-Freundin, oder nicht; eher Ex-Affäre? Egal; Glocken schlagen, genau sieben Uhr abends, Puls geht hoch: Pünktlich! Kurzer

Moment, aber nein; pünktlich zu einem Date, das es nicht gibt. Keine Freude, es zur vollen Stunde geschafft zu haben. Kein Wort zu reden; Vorbeigehen am Gebäude, nicht denken, nicht schauen; wer bremst, verliert.

Telefon, *smartphone*, nicht smart genug; Liste geht auf und ab; hunderte Namen, keiner mehr da. Alle verlangsamt. Bremsen ab, abgehängt; hab so viele, die mit mir starteten, abgehängt; sie versuchen, mich voller Mitleid zu halten, wenn sie mich sehen; mich auf ihr Tempo zu bringen. Wenn aus der Liste nur die Zeitansage mit dir sprechen mag, wenn das die einzige Option ist, der Rest langsam geworden ist? Weiter Gas geben. Wer bremst, verliert.

Im Park, gehen, schneller; lachende Jogger, *early twens, young adults*, Lächeln, Glück, Spießerleben; halten ihr Tempo noch vier, fünf Jahre, dann „lässt man's mal gut sein". Ausgelebt, ausgebrannt, Family. Geld verdienen. Leben nach Plan, Fahrplan einhalten; ich rase einfach durch! Mache meinen Fahrplan selbst, keine Rücksicht auf Pläne nehmen! Bestimme selbst das Ende der Fahrt. Sobald es langsamer wird. Sobald der Weg steiler wird. Sobald ich langsamer werden MUSS, bleibe ich stehen. Nicht davor. Selbst ist der Mann, selbst ist der Mensch; nicht in der lauwarmen Brise dem Fahrtwind hinterherweinen und nicht hochschalten können. Fahrtwind weg? Stop. Ende. Wer bremst, verliert. Und wenn sie mich krachen sehen, CRASH!, während ihnen im Schritttempo die Brise durchs Haar weht, weinen sie keine Träne nach. „Unvernünftig!

Oh ja." So wie das Leben. So wie die Pläne. So wie die Welt.

Konstantin I

Erinnere mich zurück, vor zwei Jahren, als ich Konstantin noch kannte. Als es ihn noch gab. Das Leben genossen, Uni-Zeit; auf Gesellschaftswellen zu zweit geritten; nie darin versunken, immer außerhalb, immer Spaß, *fun fun fun,* forever. Gehen mir durch den Kopf, ständig, die Jahre mit ihm, unbeschwert, leicht, *fun fun fun.* Wenn die Gegenwart schmerzt, ist die Flucht in die Erinnerung meine Medizin. Salbe aufs Hirn, beruhigt gereizte Gedankenwelten; Lotion fürs Weiterleben. Seit er gegangen ist, seit er fehlt, ist das Innere der Erinnerung die letzte freie Gegend, die ich kenne; die ich habe. Letztens wieder „*The Graduate*" gesehen, „*Die Reifeprüfung*", einer seiner Lieblingsfilme; aufgefallen, wie sehr er mir fehlt. Hatte den Film nach seinem Tod einmal mit Kommilitonen gesehen, an der Uni; gemerkt, wie Spießer solche Filme nicht schätzen können. Ich weine beim Gedanken an das Schicksal des Protagonisten, sie fragten danach nur, was denn sein Problem sei?! „Kann er nicht einfach geordnet leben? Warum driftet er so vor sich hin, kann er nicht zufrieden sein?" Kann er nicht! Nur Konstantin verstand mich, nur er versteht mich, freie Gegend im Kopf, Felder der Gedanken, *fun fun fun*, denke an glückliches Leben zurück.

Geordnete Erinnerung bei ihm; alles nacherzählen in Gedanken, sich von Umwegen fernhalten; nur erinnern, was war. Nicht nachdenken, nicht reflektieren, nicht überlegen, sich wieder in den vergangenen Moment einleben. Sein Gesicht – präsent; seine Stimme, als sei er da... Zurückdenken... Gespräch vor zwei Jahren; nur noch ein paar Wochen für ihn zu leben, wussten wir damals nicht. Aus der Perspektive von heute tragisch, aus der Perspektive des Moments damals alles normal, ein guter Tag... „Übrigens, warum ich Dich treffen wollte... Nachher gehe ich mit einem Bekannten in ein Wohnheim, wird unglaublich! Da ist eine Erstsemester-Party, das heißt jede Menge junge Frauen zwischen 18 und 20! Perfektes, legales Alter, und sicher viele Jungfrauen dabei!"

Er zwinkerte mir zu; fuhr fort: „Und die, die es nicht mehr sind, sind immer noch für One-Night-Stands gut!" Wir hatten die selben Präferenzen, Konstantin und ich; kamen uns doch nie in die Quere, nie eine gewollt, die der andere wollte, gutes Team. *Going with the flow*, mitgemacht, spontan, Leben spontan gelebt. Merkwürdig für viele, „ich bin nicht so spontan", oft gehört; geben zu, nur in Regeln leben zu können, ohne es zu merken.

Merkwürdig, der Typ, den Konstantin für den Männerabend gefunden hatte; *weird, awkward*, alles zusammen; 27 Jahre alt, stilvoll angezogen, machte einen dümmlichen Eindruck. Drei Minuten Smalltalk; wusste danach einiges über ihn, er nichts über mich. „Robby", so hieß er also,

Gymnasiallehrer hatte er werden wollen; war nach einer kurzen Referendariatszeit vor einigen Tagen herausgeschmissen worden. Er verstand nicht, warum; regte sich über die spießige Schulverwaltung auf, immer die Schuld der anderen! Hatten ein „zu begrenztes Weltbild", meinte er, sahen nicht die pädagogischen Vorteile darin, die Kinder Gummihandschuhe aus Kondomen basteln zu lassen.

Konstantin schien ihn kaum zu kennen; war leicht peinlich berührt von Robby; merkte ich, aber nur, weil ich Konstantin kannte, andere hätten es nicht gesehen, mein Freund überspielte es gut. Robby redete viel, bekam gar keine Stimmungen beim Gegenüber mit; erinnerte leicht an hyperaktiven, bescheuerten Foxterrier. Aufgedrehte, etwas hohe Stimme, schnelles Sprechen, verschluckte Silben; ließ uns alle Arten wissen, auf welche er bei der Party Frauen kennenlernen wollte. „Wenn sie saufen, dann nähert man sich denen und beginnt, sie beim Reden leicht anzufassen! Schultern zuerst, und dann immer weiter, immer sexueller! Die machen es mit, wenn man nur locker genug drauf ist dabei!" Versuchte, sich mit uns zu verbrüdern, führte nur zu Schulterzucken bei Konstantin und mir, während er sich heißredete: „Wir Männer müssen zusammenhalten! Wir zu dritt – Ein geiles Team! Wir werden uns gegenseitig unterstützen, die Mädels flachzulegen!" Immer unsympathischer, heiße Luft ins „*wir*" verallgemeinert, Gemeinschaft der Idiotie? Nicht mit uns.

Ich blieb still; Konstantin hatte sich im Griff, tat so, als sei alles bestens – wenngleich er eindeutig leicht irritiert war, sorgte er für gute Stimmung und Konversation, unterhielt sich extrovertiert mit dem ehemals angehenden Lehrer. Robbys Stimme überschlug sich vor Vorfreude: „Wisst ihr, das ist so geil! Wir sind zu dritt, das gibt krassen *social proof*!" *Social proof*? Durchbrach mein Schweigen; fragte, was das sei, gab Wasser auf die Mühlen von Robbys Redefluss. „Na, *social proof*! Kennst du Dich ein bisschen in der Pick-Up-Community aus?" Schüttelte den Kopf, führte zu extrovertierter Gestik bei ihm: „Im Internet gibt's 'ne Menge *pick-up-artists*, die in Wenigen Minuten jede Frau rumkriegen können! Und ich hab' unfassbar viel gelesen und geübt, inzwischen bin ich selbst einer!" Er klopfte gönnerhaft auf meine Schulter; mein instinktives Zurückzucken blieb unbemerkt: „Das braucht einige Erfahrung, bis man da gut ist! Ich war früher auch ein AFC..." Ein *was*? Robby mochte anscheinend meinen fragenden Blick, liebte es wohl, den anderen, die nicht so toll waren wie er, Dinge zu erklären. „Ach, genau, AFC ist ein typischer, frustrierter Typ! *Average Frustrated Chump*, du verstehst? AFC! Ein Fachbegriff aus der community. Einer, der sich immer nett verhält, und für Frauen deshalb der ‚Schwule Beste Freund' bleibt, dem sie alle ihre Männergeschichten erzählen! Und weil er keine Ahnung hat, hofft er, dass sie irgendwann auch mit ihm Sex haben werden, nur weil er nett ist! Na, egal...", schäbiges, leicht verkrampftes Lachen verzerrte sein Gesicht;

„...das ist bei mir Vergangenheit! Und Dir werde ich auch einiges beibringen, keine Sorge!"

Schätzte mich zu schnell ein; typisch für viele oberflächlichen Menschen, die sich überschätzen. Kam aber heute nicht darauf an, ihm etwas zu beweisen; einfach schweigen, ignorieren, Party nachher genießen. Konstantin sprang für mich in die Bresche: „Komm, der hat was drauf! Der ist kein AFC!" – „Na, umso besser! Auf jeden Fall, wir liefern einander *social proof*! Wenn man eine Frau anspricht und sie sieht, dass man auch Freunde hat, wirkt man automatisch interessanter! Man ist dann kein ‚Loser ohne Freunde'! Geil, oder?!"

Antwort verkniffen, kein Interesse, ihm etwas zu entgegnen; störte ihn nicht, fuhr einfach fort, Redefluss ging von selbst: „Oder, wir machen Mindgames mit den Mädels! Einer von uns geht zu 'ner hübschen und redet sie mit allerhand *loser*-mäßigem, langweiligen Zeug an! Ihr wisst schon, so Technik-Nerd-Kram, komische Sachen... Und wenn sie total gelangweilt ist, kommt einer von uns cool an sie ran, und ‚rettet' sie vor dem langweiligen Gelaber! Yeah!"

Wollte „High Five" bei mir einschlagen; ich reagierte nicht, er nahm die Hand langsam und möglichst unauffällig wieder runter, redete dabei mit gleichem Lächeln weiter. „Wir sind drei Buddys! Jeder hat zwei *wingmen*, und wir werden den Laden rocken! Bumsen! Yeah!" Siegerfaust!

Drehte den Kopf jetzt zu Konstantin; begeistert, sprach ihn direkt an: „Viele Jungfrauen, hoffe ich?!" Auch Konstantin wirkte jetzt – trotz seiner Fassade – nicht mehr so fröhlich, etwas genervt, wollte über unser Lieblingsthema wohl nicht mit dem kaputten Ex-Lehreranwärter reden; wiegelte mit wenig Begeisterung ab. „Na ja, mal schauen..." Doch er konnte Robby nicht beruhigen, der fuhr immer weiter in Hochform auf, künstlich; würde schon vor der Party seine Energie verschossen haben bei dem Tempo! „Jede Menge Jungfrauen! Das ist so geil! Wenn noch keiner vorher die nackt gesehen hat! Da muss man mit Pick-Up-Tricks natürlich besonders geschickt sein..."

Peinlich. Meine Präferenz wurde mir peinlich, wohl auch Konstantin; wir beide mochten Jungfrauen, aber wir waren nicht so; jede Präferenz wird peinlich, wenn man sie von Idioten ausgesprochen hört.

Kamen endlich am Wohnheim an. Klingel mit Aufschrift „Küche", Drücken, summender Türöffner nach wenigen Sekunden, ohne Frage, wer da sei. Spannend; große Party, lange nicht gehabt. Immer lauter werdender Musiklärm während wir die Treppe hinaufgingen, dazu Robbys Gemurmel: „Das wird geil! Versetzt euch ins *Player*-Mindset!" Kamen oben an; zwei Etagen plus Dachgeschoss als „Party-Area" hergerichtet; stickige Hitze umschloss uns sofort; Geruch von halbmattem Licht vernebelte die Sinne; Räume voller Studentinnen und Studenten, viele mit speziellen witzig gemeinten „Erstsemester-T-Shirts". Konstantin hatte Recht gehabt, jede Menge Frauen, mindestens die Hälfte der Anwesenden; ich wurde optimistisch. Noch etwas verhaltene Stimmung im Raum, die meisten hielten alkoholischen Getränken in der Hand, entweder in Flasche oder Pappbecher; aber noch nicht locker; bei den meisten beschränkte sich die Party noch auf verkrampft und steif am Rand stehen und reden, während laute Musik Wände und Inventar erzittern ließ. Düstere, frustriert-abweisende Gesichter bei manchen, jedoch die meisten bloß zu schüchtern, ohne Alkohol Fremde anzusprechen. Mauern zwischen den Leuten sozial akzeptiert; Alkohol als Lösungsmittel ebenso; *tear down walls by getting drunk*, damals wertete ich noch nicht, sondern beobachtete bloß. Machte mit Konstantin Spaß, sie zu analysieren, mit ihnen zu spielen, nicht wie heute. Freute mich, nachher den Kontrast zu sehen, sobald die einen gewissen Alkoholpegel intus hatten. Nur dann konnten viele den Frust kurz fallenlassen, peinlicher halb- oder ganz-Besoffski werden; und die beiden nüchternen Aufreißer dazwischen. Gingen zu dritt durch die Räume, Lage sondieren; cool bleiben, nur ab und zu Mädchen anlächeln. Entspannt. Mit Konstantin war es egal, ob auf der Party was lief oder nicht, wir hatten einfach Spaß – und das strahlten wir immer aus, gerade das fanden Frauen sonst attraktiv. Robby aber schaffte das nicht, zappelte unruhig, aufgeregt; war aus dem Häuschen, zeigte auf Mädchen und nervte: „Komm, lass uns die *sargen*!" – „Was meinst du?" – „Na, *approachen*, Wingman-Style!" Sprach gleich eine neben uns an; Konstantin und

134

ich taten so, als würden wir ihn nicht kennen. „Hey, bei der lahmen Stimmung hier solltest du mit den coolen Leuten abhängen! Schau uns an..." Robbys Finger Richtung Konstantin und mir, wir schauten beide weg; peinlich berührt. „...wir sind *the real deal*!" Lustlos „Aha", dann ging sie wortlos zu einer anderen weiter hinten im Raum, weg von dem Aufreißer.

„Seht ihr? Ich hab' *social proof* gezeigt, jetzt holt die gleich ihre Freundin, um mit den wahren Kerlen abzuhängen!" Sie hielt sich aber nicht die ihr zugedachte Rolle, sondern sprach stattdessen mit ihrer Freundin, zeigte dabei in unsere Richtung – übertriebenes Zwinkern von Robby als Reaktion – worauf beide begannen, zu kichern. Verzogen sich weg von uns ins obere Stockwerk; Robby schien es nicht zu bekümmern: „Waren wahrscheinlich zwei Lesben! Kommt, lasst uns weiter *sargen*, das wird so geil!!" Keine Lust, Konstantin und ich beide; aber der Ex-Referendar achtete gar nicht auf uns, grüßte gleich ein anderes Mädchen sehr übertrieben locker und peinlich. Wir mussten den Kerl loswerden! War er *Alpha*-Mann? *Pseudo*-Alpha? Nur Mitläufer! Wollte führen, dabei in Ambition und Ungeschicklichkeit hängengeblieben; viele solche erlebt; fast jeder denkt, er sei den anderen überlegen; kopieren Begriffe aus dem Internet, aus Ratgebern, selektives Aufputschen des Egos; investieren keine wirkliche Energie dafür, können sie gar nicht geben, pumpen Selbstbewusstsein mit Luft auf. Aufgepasst, aber nicht verinnerlicht. Eigentlich lobenswert, wollen ausbrechen; doch falscher Weg. Hätten wir ihm das sagen sollen? Lieber im Glauben lassen, er könne es, er sei fähiger, als er war? Tat mir sogar leid, schien kein schlechter Mensch zu sein, eher voll Probleme, die ihm selbst das Leben schwer machten. Aber schlecht für uns, mit ihm gesehen zu werden. Hatte eine Idee; als er nach einer weiteren Abfuhr zu uns kam, sprach ich betont locker mit ihm; pseudo-*Alpha*-Stil, ihm angepasst: „Komm, geh zu der da drüben, wir probieren die *mindgame*-Taktik! Probier' mal, den Langweiler zu spielen, ich komme dann in ein paar Minuten nach!" – „Hey, geniale Idee!" Zwinkerte mir zu: „Du wirst mutiger, sehr geil! Und immer dran denken: *Bros before Hoes*!" Ja, leider *pseudo-leader*. Lieber jemanden, der Mitläufer ist und sich dazu bekennt? Wäre sympathischer? Zumindest authentischer?

Betont „langweiliger" Gang, Robby näherte sich der Studentin, spielte schlecht den Nerd, um sie zu nerven, bis ich sie vor langweiligen Reden „rettete". Doch Konstantin und ich bekamen nichts weiter davon mit, denn wir verzogen uns im Getümmel schnell in einen Nebenraum; abwarten, bis der Alkoholpegel stieg, Stimmung um uns herum lockerer werden lassen. Gingen herum, paar dumme Smalltalk-Witze hier und da mit noch nüchternen und zugeknöpften Mädchen; gingen schließlich raus auf einen größeren Balkon. Frische Luft!

Konstantin stellte sich ans Geländer, ruhige Stimme, sprach langsam. „Warte nur ab. Bloß eine halbe Stunde, maximal eine Stunde, dann sind die ganz anders..." Alkohol. Lösungsmittel; die Hülle aus diffusen Regeln wenigstens kurzzeitig zersetzen; nur so sozial akzeptiert sein echtes Wesen herauslassen; Regel der meisten. Wir beide mussten uns dafür nicht vergiften, blieben nüchtern; positive Effekte nicht erkennbar, wenn man auch ohne Hilfsmittel seinen freien Geist nach außen tragen kann. Hatte immer Angst, so zu werden; frustriert, verkrampft; fühlen täglich den Frust, weil sie nicht ausbrechen können, unsichtbar gefangen im Netz aus Rechnungen, Regeln, Angst und verfließenden Träumen; diffuser, ewiger Frust, in versteinertem Gesicht Tag für Tag eingegraben. An der Uni, in der S-Bahn, auf der Straße; wie viele lächeln die Mitmenschen meistens an? Echtes Lächeln, das Schöne in jeder Situation sehen? Existenzielle Angst geht über Selbstverwirklichung. Gesellschaftsprobleme? Utopien, es zu lösen? Oder Status Quo bloß abbilden: Standard-Gesicht von Standard-Leuten so oft frustriert; unterschwelliger Neid auf die, die es nicht sind, bricht in Verurteilungen aus, einsamer Teufelskreis im Leben wird zu Verbitterung. Frust gleich erwachsenes Leben? Wir passten uns an. Konnten uns verkrampft geben, konnten uns offen geben, konnten dabei immer sein, wer wir waren, als Chamäleons an die Umgebung angepasst. Freunde, nicht bloß Leidensgenossen auf dem langsamen Siechen in einem Leben voll Mittelmaß im Alltag aus Smalltalk und Feierabendbierchen. „Party machen" nennen sie es, sitzen herum, reden langweilige Dinge, werden peinlich; vergiftet einschlafen, verkatert aufwachen, Höhepunkt der Woche?! Nein! Vermisse ihn. Zu weit abgeschweift, zurück zu uns auf dem Balkon.

Sprachen dort im Freien; ging immer so gut mit ihm, Zeit verging, Balkon füllte sich; harmlose, banale Gespräche von Studentengrüppchen um uns, etwas langweilig. Konstantin lächelte: „Versuch, dich zu Beginn mit ein paar Kerlen anzufreunden! Das kann gut nützlich sein, damit du später so wirkst, als ob du viele Leute hier kennst! Darauf stehen die Kerlinnen! Das, was Robby *social proof* nennt, ist nicht ganz falsch!" Begannen mit einer Gruppe Maschinenbaustudenten ins Gespräch zu kommen; nur die immer gleichen, banalen Fragen: „Woher stammst du?" – „Was studierst du?" – „Was machst du da?" – und so weiter. Immer gleich; Austausch von Fakten, nicht die Person kennenlernen, nur die Hülle; bei vielen läuft so jeder Austausch, jede „Freundschaft" nur ein Aneinanderreiben oberflächlicher und halb Oberflächlicher Fakten; nie tiefer, nie geöffnet; Faktenaustausch, das tief verborgene kommt nie heraus... Plötzlich hinter uns eine fröhliche, bekannte Stimme: „Ach, hier steckt ihr!"

Verdammt, Robby! Lächelten ihn säuerlich an, er stellte sich neben uns: „Hey, irgendwie haben wir uns vorhin verpasst... Das war echt cool, die *mindgames* mit der einen hätten total geil geklappt! Die hielt mich echt für einen nervtötenden Loser! Bin echt ein geiler Schauspieler, nicht?"

138

Klopfte mir auf die Schulter; versuchte etwas lustlos, ihm unser Abhauen zu rechtfertigen, doch Robby war nicht nachtragend. „Na, macht nichts, das war halt Pech! Aber ich hab' euch etwas Alk mitgebracht, zum locker werden!" Plastikbecher für beide, hielten sie etwas widerwillig, er füllte sie randvoll aus einer Wodkaflasche, die er wohl aus der Küche hatte mitgehen lassen; „Für uns, *Bros for Life*!" Er wollte mit der Flasche anstoßen, doch Konstantin deutete durch die gläserne Balkontür, lenkte ihn ab: „Schau mal, ich habe gehört, dass es im oberen Stockwerk interessante Frauen gibt, du solltest das mal abchecken!" Robby vergaß das Anstoßen sofort: „Stimmt, geile Idee! Los, wir gehen zu dritt!" Konstantin schüttelte den Kopf und lächelte: „Nein, eine Dreier-Gruppe ist zu auffällig! Die werden sofort erfassen, dass wir sie rumkriegen wollen, und dann nicht mehr so offen für *mindgames* sein! Wir müssen das subtil beginnen. Du bist jetzt sozusagen auf einer geheimen Aufklärungsmission! Checke die Frauen ab und erstatte uns danach Bericht, klar? Alles top secret, erzähl' ihnen nichts von uns, die dürfen nicht denken, dass wir zusammengehören!"

Robbys nickte: „Ah, cool! Das wird so geil! Voll die coole Männerfreundschaft zwischen uns, wir sind Kumpels *for ever*!" Sein verkrampfter Enthusiasmus steckte fast an. Er drehte sich um, ging auf auffällig „unauffällige Art" wieder hinein, zu neuen Abenteuern; furchtbar verkrampft, der Kerl. Tat mir zwar etwas leid, doch nicht leid genug, um ihn zu mögen. Verkrampft... „Schüchtern“ – *socially awkward* – heißt nicht automatisch „nett“; habe ich oft erlebt; mag eigentlich schüchterne Mädchen. *Sie* ist auch schüchtern; aber oft nicht nett; *schüchtern* heißt nur, dass harmlose, gefällige Hülle alles darunter verdeckt... Gab *ihr* Sicherheit, dass ich sie mochte, schon die Schüchternheit verflogen, Nettigkeit verflogen, Anziehung durch den Geist erlogen. Das wollen, was man nicht kriegen kann, nette Eigenschaften in schüchternes, watteweiches Äußeres interpretiert. „Gefälliges“ schüchternes Äußeres, gefällt leicht, da es sich anpasst, aber wehe dem, der durch den Flaum an den Kern vordringt. Wie der aussieht, bleibt eine Überraschung.

Schauten auf unsere gefüllten Becher; Wodka darin, nicht für uns. „Die alle trinken; klar. Deshalb werden 90 Prozent der Kerle hier heute nur mit ihrer eigenen Hand Intimitäten austauschen! Betrinken sich, und dann? Bemerken als lallender Idiot nicht, wenn sie bei einer Frau eine Chance hätten, oder verbauen sich durchs Lallen jede Chance? Weniger Konkurrenz für uns!“ Er schüttelte den Kopf, verschworenes Lächeln zwischen uns. Mit ihm nie alleine gewesen; immer kleines Team gegen den Rest der Welt. Er fuhr fort. „Wir sind nüchtern den anderen Typen hier so überlegen! Es ist für einen cleveren und erfahrenen Typen nicht schwierig, eine naive Erstsemester-Studentin zu beeindrucken wenn sie nüchtern ist. Aber: Clever *und* erfahren, muss beides da sein! Dann ist das hier das Paradies. Du kannst eine betrunkene so leicht kurzfristig verliebt machen, wenn du selber nüchtern bist, es ihr aber nicht zeigst!" Er lachte: „Nimm dir nachher drinnen einfach 'ne Wodkaflasche und füll' sie mit Wasser, dann bist du der King, siehst hart aus, wenn du tiefe Schlucke daraus nimmst!" Warum eigentlich war es so, ist so, wird immer so sein? „Hey, er verträgt so viel, was für ein cooler Typ!" Einfachste Art, sich zu beweisen? Der einfachste Vergleich mit anderen? *Basic Instinct*, schau mal, der verträgt viel, sein Körper kann eine Vergiftung schneller abbauen, also fick ihn, gute Gene? Körper kaputt machen, Geist kaputt machen, um zu vergessen, dass man nicht existiert? Ersetzbar ist? Wie viele beginnen von sich aus, zu trinken? Trinken meist nicht wegen Geschmack, wollen möglichst viel Alk für möglichst wenig Geld, auf die Wirkung kommt es an. Hat man immer schon so gemacht, seit dem Altertum? Von alters her? Alt ist gut? Sklaverei, Todesstrafe, Hexenverbrennung, alt überliefert? Ewiger Kreislauf, jede Drehung sieht sich besser als die vorherige, ist aber *alter Wein in neuen Schläuchen*. Jede Generation hat neue hehre Ziele. Jeder Krieg einer jeden Gegenwart ist immer in eigener Sicht „gerecht", jene der Vergangenheit dagegen *barbarisch*, wir sind heute doch viel weiter; früher brachte man den Anderen *Zivilisation*, heute *Menschenrechte*; dem Toten des Krieges ist es egal. Hinterfragen, nicht die Stärke, hinterfragen nur *in Maßen*, so, wie sie „leben"! Leben, nicht bloß existieren, verdammt!

Gingen zur Gruppe zurück; ich gab meinen Becher einem der Maschinenbaustudenten. Er wurde dadurch zu einem „Besten Freund" für den Abend; dankbar für Alkohol, grüßte mich dann jedes Mal, wenn ich ihm im Verlauf der Party noch begegnete. Grüßender Betrunkener genug „*Social Proof*"! Zeit verging nun langsam neben flachen Worthülsen der Studenten; langsam hörten wir dafür die Party drinnen immer lauter, immer ausgelassener. Konstantin immer vorfreudiger, philosophierte mit mir, während wir am Rand der Gruppe standen: „Weißt du, als Mann ist es ein Verdienst, eine Frau flachzulegen. Als Frau dagegen andersrum kaum. Ich weiß, ich weiß, Sexismus…" Er winkte ab: „Aber schau mal. Wenn eine einigermaßen akzeptabel aussehende hier auf den Balkon ginge, und einen beliebigen von den Typen an der Hand packen würde – wer würde nein sagen? Als Frau kann man sich vor Möglichkeiten kaum retten. Man steht sich höchstens durch Schüchternheit selbst im Weg. Als Mann dagegen…" Er lachte: „Selbst als erfahrener Profi, der gut aussieht, muss man ständig mit Abweisungen rechnen. Jede erfolgreiche Verführung ist auf einem Schlachtfeld voll Abweisungen errungen, eine Leistung. Naja, darf ich nicht laut sagen, sonst gibt's Ärger mit vielen Mädels."

Verabschiedeten uns von der Gruppe und besprachen beim Reingehen unser Vorgehen. Konstantin sprach konspirativ, spielten Geheimniskrämerisch; Spaß zwischen uns, nichts Konspiratives nötig. Einigten uns darauf, zusammen wegzugehen; außer in dem Fall, einer von uns würde ein Mädchen abbekommen. In dem Fall SMS an den Anderen. Und auf jeden Fall Robby wieder mitnehmen, falls er keine abkriegen würde – darauf bestand Konstantin. Ich fragte nach, wieso Robby so wichtig sei. Konstantin wand sich. Offensichtlich keine Frage, die ihm gefiel: „Ähm, es darf sich online nicht herumsprechen, dass ich ein schlechter *wingman* sei... Ich habe... Na ja... Viele gemeinsame Bekannte mit ihm!" Wollte nachfragen; woher kannte Konstantin den Typen? Kam aber nicht dazu, schon wieder Robbys Stimme hinter mir, leicht lallend schon, und sein Arm plötzlich patschig auf meiner Schulter: „Hey Leute, das oben ist voll geil! Voll die geilen Studentinnen, ich hab's abgegrast...! Wir können da voll gut *sargen*..." (schon wieder dieses englisch gesprochene Wort?!) „...die scheinen mich zu mögen!"

Wand mich aus dem Griff, Konstantin sprach ruhig, freundlich; fragte nach der Stimmung drinnen. Lallende Antwort: „Voll geil... Äh, geilo!"

In der Hand die fast leere Wodkaflasche; natürlich, keine gute Antwort zu erwarten. Gingen zu dritt hinein, Konstantin vorne. Die Stimmung hatte sich gebessert; laute Musik, tanzende Körper, warmes Licht, alles anders als vorher, die Wirkung des Alkohols hatte bei ihnen eingesetzt. Hitze umschlang mich, so ein Kontrast zwischen draußen und dem heißen Wohnheimflur; attraktive Mädels tranken aus Plastikbechern, tanzten extrovertiert, wurden immer wilder; dazwischen wir drei, bewegten uns durch die Masse an angetrunkenen Leibern. Robbys Stimme kam kaum gegen den Lärm an, versuchte es jedoch trotzdem: „Kommt, Runde drehen in Richtung Bar!" Bewegten uns langsam dorthin; Robby voran, machte sich dabei erfolglos an Frauen ran. Währenddessen genervte Blicke mit Konstantin ausgetauscht, wir wollten weiter!

Durch die Wirkung des Alks beachtete Robby uns weniger; versuchte bloß noch, primitive Gelüste an dem Abend erfüllt zu bekommen; machte wahllos Mädchen an, nahm letzten Schluck aus der jetzt leeren Flasche, blamierte sich. „Strategien" nicht mehr elaboriert; nur noch hilflos benutzt, als einziges, was ihm einfiel, um der Befriedigung des Triebes zu helfen. Konstantin und ich folgten in immer größerem Abstand; bloß nicht mit dem Kerl assoziiert werden. Begutachteten einige vorher schüchterne Mädchen, die jetzt so extrovertiert sie konnten herumhampelten. Zeigten, dass sie „locker" sein konnten – sofern ihr Geist nur genug benebelt war. „Schau nur… Jede von ihnen. Könnte jeden Typen hier rumkriegen, wenn sie wollte. Aber sie stehen nur zusammen, alles, was sie aufhält, sind die sozialen Konventionen. Sonst könnte jede von ihnen jetzt abhauen mit einem Typen, Orgie, oder separat… Die, die ich nicht will. Die mit allen vögeln. Die haben es verstanden, sind die *Hacker* der alten sozialen Normen… Ach, Mädels!" Konstantin schaute mit mir zu den jungen Frauen auf der Tanzfläche. Abenteuer „Party

144

machen"; im sozialen Netzwerk *selfies*, zusammenstehen im Partyraum, wir sind „locker", wir sind „cool". Cool - laute Musik, bunt und schummrig beleuchteter Raum, Leute im Partydress nebeneinander; markiert werden im Netzwerk, Klick klick, *Like*, „wir haben ein Leben"?! Billigste Lebenssimulation der Welt; fertige Mode kaufen, fertige Konventionen anziehen, fertig im Club sich fertig machen, „cool"?! Clubs, das Balzverhalten unbeholfener Partygestalten auf *selfies* voll leerer Lächeln und vollen Körpern. Wieso, immer das Gleiche... Nicht sein eigenes *Leben* leben, lieber mit der eigenen Existenz eine Schablone ausfüllen. Mehr schlecht als Recht, Recht haben? Gelangweiltes Discolächeln auf .jpg-Bild, Kompressionsartefakte überziehen Gesichter und bringen den letzten interessanten Touch für den Abend? *Touchy* sein, grabschen, mehr Taktik hat nur Minderheit der saufenden Partytypen; Partys, immergleich, sind heute alt und langweilig; damals, mit Konstantin, noch letzte Restspannung behalten.

Entspannt schien Konstantin; wusste, dass wir den Kerl da vorne los werden würden. „Keine Sorge, das wird sich von alleine klären, bin mir sicher. Schau dir lieber die Mädels an, lächel' sie an! Vielleicht gehst du mit einer von denen heute in deine Bude..." Lächelte automatisch, viele hübsche Gesichter; Aussicht auf Intimitäten war damals noch Motivation. War Konstantin dankbar für die Idee, herzukommen; konnte aber keine Worte mehr mit ihm wechseln, Anlächeln und Antanzen von hübschen Frauen nahm ihn in Beschlag. Gab mich deshalb der Stimmung hin, unheimlich intensiv, noch nie zuvor eine solche Party erlebt. Bald war Robby weg, wohl auf den oberen Dancefloor verschwunden; alleine im Lärm. Versuchte, eine hübsche, intellektuell aussehende Studentin anzusprechen, doch sie schien abweisend und ging nicht auf meine ersten Sätze ein, als Konstantin mich plötzlich am Ärmel Richtung Bar zog: „Großbrüstige junge Frau, die am sich besaufen ist! Schau!" Erstsemester-T-Shirt, blond; Barkeeperin, verteilte Getränke am Tresen, nahm selbst Schluck um Schluck aus Bierflaschen. „Pass auf, die wechseln sich sicher in Schichten ab! Sobald die da weggeht, heißt es sofort zuschlagen, bevor ein anderer sie ins Gespräch zieht!" Langsam an den provisorisch aus Bierkisten errichteten Tresen gehen? Konstantin hielt mich zurück. „Komm, jetzt ist die zu beschäftigt für Konversation! Pass auf!"

Blieb stehen, während er alleine hinging, Wasser bestellte, Witze mit ihr machte — erkannte es an ihrem Lachen; ging wohl darum, dass er keinen Alkohol bestellte — und zurückkam. „So geht's! Jetzt wird sie sofort mit mir reden wollen, wenn ihre Schicht zu Ende ist! Bingo!" Er war begierig, sie kennenzulernen, im Jagdfieber, am Leben; hob sich ab von den anderen, eindeutig; sah es als Spiel, hatte Spaß daran; Spaß, der nicht durch gekauften Bierrausch kam, Rausch aus sich selbst, aus seinen Leidenschaften.

Begannen beide, mit zwei Mädchen in der Nähe der Bar zu reden; locker, betont *casual*; *no worry in the world.* Langweilige Party-Reden, für uns langweilig, für sie nicht; mit Konstantin ging das. Fällt immer so schwer, Banalitäten auszutauschen; über Studium, Wetter, Drinks zu sprechen; denke immer, sie zu langweilen, aber das wollen sie hören. „Bloß nicht *zu* leidenschaftlich sein", sagte Konstantin immer, „damit können sie nicht umgehen". Wenn er dabei war, gelang es gut. Machte Spaß. Inzwischen, ohne ihn, leere Hülse, Redehülsen; mache mit, lenken nicht von der Leere ab. Langweilte mich trotzdem auch damals auf der Party bei dem Gespräch; die war zu verkrampft, trotz Trunkenheit, keine Gesprächsthemen außer Studienfächer und Cocktailrezepten; *smile, fake it?* keine Lust; auch Konstantin nicht konzentriert, die Barfrau sein eigentliches Ziel. Entschuldigte mich kurz, „bis nachher", ging weiter. Gelangweilte Blicke meiner Gesprächspartnerin suchten gleich einen neuen Kerl. Suche ohne Ziel, Suche ohne Sinn, weil „man" das macht; Männer kennenzulernen? Sah nicht aus, als hätte sie Spaß daran, so wie viele an nichts im Leben *wirklich* Spaß haben. Lustlos vergessener Fick das Ziel, dann geht der Geschlechtsreigen von vorne los? Ewige Wiederkehr des Gleichen, auf jeder Party weiter Material zum Vergessen ansammeln. Wozu leben? Leben, wie viele andere? Ziel; ein austauschbares Leben, nie zu weit übers Mittelmaß hinaus. Man studiert, um einen gutbezahlten Job zu haben, um mal Kinder zu haben, um ein Haus zu haben, um in Rente zu gehen, unterbrochen von durchgeplanten Urlauben; wow, manche so wild, Tattoo, Piercing, alternativ, ein Jahr Australien Work and Travel, andere Routen, alles so alternativ, sind „anders" als die anderen und damit gleich wie der Rest; ersetzen keinen freien Geist; nicht kaufbar. Mittelmaß. Alternatives oder konventionelles Mittelmaß? Zwei Seiten des Gleichen. Misstrauen allem davon abweichenden: Zu *wenig* Enthusiasmus? *Dropout!* Penner! Asozialer! Abgestempelt! Zu *viel* Enthusiasmus? Leidenschaft für zu viele Dinge? Echte Leidenschaft? Freak! Komisch! Keiner von uns! Langweiler-Fertig-Leben aus der Tüte, merken es nicht! Sinnfrage sinnlos, stellt sich nicht; nicht zu viel denken, sauft euch die Existenzangst weg!

Schon wieder so negativ, nicht abschweifen, wieder in der Erinnerung eintauchen, sie nicht sezieren, analysieren, ausnehmen. Durchatmen. Konstantin, Robby; viele Studentinnen; heiße Partylüfte, warme Lichter, süße Schwingungen nach Geschlechtssäften.

Ging weiter, trennte mich von Konstantin, alleine eine Runde drehen; er flirtete weiter, Blick auf die Barfrau. Langsam stromern, durch die Party gehen, anlächeln, die eine, die andere, freie Wahl, wo der nächste Versuch? Spaß. Wahrscheinlichkeit des Erfolgs ermitteln; Glücksspiel, vom Äußeren nur Begrenzt auf potentiellen Erfolg zu schließen. Hinter manch hübscher Fassade verbirgt sich ein Meer von Unsicherheiten; harte Fassade wieder und wieder geknackt, der Dreiste bleibt der Sieger, mit Aufmerksamkeit erworbene Intimität. Klangteppich, laute Musik, dröhnende Bässe; Dialogfetzen, die keinen Sinn ergaben; in Fetzenform, als Fragment; doch schon deutlich, dass kein fehlender Kontext der Grund für ihre Primitivät war. Primitive Flirts von noch primitiveren Kerlen („Hast du einen Freund? Ja oder nein?!"), langweiliger Smalltalk von uninteressanten Pärchen („Ja, Schatz, den Song hab' ich mir neulich bei online gekauft") und neoromantische Wortwechsel („Du machst mich geil" – „Echt?" – „Klar!"). Selbst mitmachen, probieren, nicht mehr bloß anstieren!

Blick schweifte, wurde festgehalten: Besonders hübsche Studentin, braves Aussehen, mein Stil; bedrängt von Kerl in kariertem Hemd. Schien nicht begeistert von ihm; verkrampfte Körpersprache, antwortete nur wenig, er bemühte sich. Robbys Taktik anwenden? Sie von dem Langweiler retten? Warum nicht! Nähern, Fetzen seiner Anmache hören, verkrampft-locker-hormongetränkte laute Stimme. „Komm, sauf doch auch, stoß an! Auf 'ne coole Party!!"

Idiot, vielleicht hatte das Mädchen mehr Klasse, trank nicht; nur von Freundinnen auf die Party mitgeschleift worden? Die, die ich mochte, trieben sich normalerweise nicht an solchen Orten rum. Ging dazwischen, sprach sie halb schreiend über den Lärm an, als ob Karohemd gar nicht existierte. „Ah, hi, wie geht's? Kommst mir bekannt vor, kann es sein, dass wir uns schon mal gesehen haben?" Überraschter Blick bei ihr, beim Typ dagegen Blick voll

Hass, ihm in die Parade gefahren, *cockblocker*. Ergänzte schnell: „Äh, gehst du nicht auch ins Niederländische Grammatik – Seminar an der Uni?" Meine Standard-Anmache während der Studienzeit. Hatte das Seminar nie besucht, wusste, dass es nicht beliebt war; keine große Chance, dass eine mal wirklich drin sitzen würde und meinen Bluff erkannte. Guter Einstieg; wirkte intelligenter als biergesättigte Worte; sie lächelte mich an, offenbar froh, normal angesprochen zu werden; murmelte Unverständliches. Fragte nach, ging näher, sie sprach lauter: „Don't understand, sorry!"

Aha! Gaststudentin aus dem Ausland, umso besser, neues Land, neue Liebe, euphorisch? Karohemd schien enttäuscht. „Ach, kannste haben! Kann kein Ausländisch, bringt doch nichts!" Verzog sich, ich fragte auf netter Schiene. „Where are you from?"

Erneut unverständliches Gemurmel. Höflich gefragt, ob sie lauter sprechen könne; tat es, war immer noch unverständlich: „Nuschelnuschelnuschelnuschel..." Lächeln, immer weiterlächeln, näher an sie ran; signalisierte ihr, dass sie mir direkt ins Ohr sprechen sollte. Verstand ein Wort, endlich. „... Melbourne... Murmelmurmelmurmel"

Musik so laut, undeutliches Reden; lächelte sie einfach an, während sie weiternuschelte. Hörte eine Viertelstunde zu, verstand wenig, ergab sich nicht, den Konversationsfluss durch Nachfragen zu stoppen; einfach ins Blaue hinein allgemeine Fragen gestellt, und Nuscheln als Antwort akzeptieren. Hauptsache Lächeln, ihr Reden das Schnurren, das meine Aufmerksamkeit belohnte. Wie sie die Stadt mochte? „Nuschelnuschelnuschel, and as well a nuschelnuschelnuschel" Lächeln meinerseits: „Ah, great! And what's your favourite part?"- „Nuschelnuschelnuschelnuschel and you?" – „Ah, hard to say, my opinion varies... Have you already got friends here?"

Erfuhr wenig von ihr, sie nichts von mir, Smalltalk in reiner Form. Reden, Mimik, Gestik, keine Informationen; Substanz des erwachsenen Lebens, für viele? Sie war hübsch, schien nett, hinter dem Genuschel schien sich Substanz zu verbergen, oder war das die rosarote Brille meines triebgesteuerten Geistes? Ging mit ihr auf den Balkon; Ruhe, Kälte, Sterne, besser! Verstand plötzlich ein paar Wörter mehr im Nuschelschwall, genug, um das Interesse zu verlieren. „Nuschelnuschel my boyfriend nuschel visit me tomorrow. I love him so much and nuschelnuschel..." Keine Zeit mehr verschwenden; damals Angst davor, eine Frau, die in einer *Beziehung* war, zu verführen; Zeiten haben sich geändert.

Beziehung. Oft mitbekommen, lassen sich auch in Zweisamkeit nie voneinander durch die Polygonhülle berühren; Haut an Haut simuliert Geist an Geist; bleiben verkrampft, allgemein, mögen sich nicht wirklich, Zweckgemeinschaft, kennen es nicht anders, nennen es „Liebe". „Ich liebe sie doch" – „ich liebe ihn", Liebe in Worten, nicht in Taten, für sie wahre Liebe, kennen es nicht anders. Tun, was man weiß, dass man tun *muss*, egal, wie sehr man seine 20er alternativ verbumst hat – heiraten, Kinder, Eigenheim, bei „uns" aber anders als bei den anderen, „wir" sind nicht spießig. Sich doch nicht ganz aufeinander einlassen können, der Geist schafft es nicht; Misstrauen auf die, die es tun; ein Bierchen am Abend macht lockerer als das Zusammensein mit dem Partner. Partnerschaftlich diskutieren wie beim *Business*, Familien*business* am Laufen halten; Zweckgemeinschaft gegen Einsamkeit, aber ohne Einlass ins Innere zwecklos; Trennen, wenn eine bessere Option aufzieht, oder weiter unzufrieden vegetieren; Pfad zur Zufriedenheit durch Kopfschranken versperrt. Könnten drüberspringen, drunterkriechen, tun sie nicht, bleiben stehen und verurteilen alle, die es ihnen nicht gleichtun. Bonnie und Clyde. Einmal in der Fachgruppe an der Uni Diskussion gehabt. Warum stand Bonnie zu ihm, machte mit, half ihm? Verstanden alle nicht. Er tat schlimme Dinge, sie hätte sich trennen sollen?! <u>NEIN</u>! Sie liebte ihn, liebte jeden verdammten Abgrund seiner Seele, nicht nur das weißgetünchte Äußere, das der Spießer sich als Fassade zulegt, nie ablegt, hinter dem er vermodert und vergammelt, von der Welt abgesperrt! Liebe den Menschen, nicht die Fassade; meist nie etwas hinter der Fassade ausgebildet, alle Energie nur darauf verschwendet, die Fassade zu tünchen, die Substanz dahinter interessiert nicht! Scheiße! Schon wieder abgewichen, war doch bei der Australierin am Balkon stehengeblieben.

Verabschieden unter Vorwand, getrennt wieder hinein in die kochende Hölle des Geschlechterreigens. Blick schweifte; Konstantin sprach mit der Barfrau, sah mich, signalisierte unauffällig, dass ich dazu kommen sollte. Unbemerkt von ihr stellte ich mich hin, hörte mit. Er wollte die Erstsemesteralte beeindrucken. „Ja, also, ich habe da einen guten Freund in Paris... Bei dem kann ich jederzeit wohnen, das ist eine wunderbare Stadt. So viel Kultur, und er ist Student! Kann einem das Studentenleben zeigen...“ Gelangweilte Worte von ihr: „Wenn ich mal Urlaub mache, hab ich keinen Bock auf Studentenleben! Bin lieber am Meer! Ibiza, Gran Canaria weißt du, oder wandern. Geile Landschaften und Parties mit super Leuten in der Sonne, einfach abschalten!“ Paris zog wohl nicht; *gelangweilt* war auch wohl ihre normale Art zu reden; warum nur bei so vielen? Im Genuschel der hübschen Australierin steckte hundert Mal mehr Leidenschaft als in den klaren Worten der Barkeeperin; schade, die Australierin hatte mir echt gefallen. Interesse bei Konstantin ließ auch sichtlich nach, irgendwann hatte er genug davon, sich künstlich zu motivieren, merkte man ihm an. Wie oft kann man Shakespeare vor einem Haufen Steine spielen und trotz mangelnder Reaktionen alle Emotionen zeigen? Eine Performance, die nicht geschätzt wird, zermürbt den Performer. Er würgte das Gespräch mit ihr ab, berührte sie am Oberarm, „Bis bald“, sie ging weiter, verschwand in der Menge. Doch hatte Konstantin keine Bitterkeit im Blick, er lächelte mich an: „Hübsch, aber zu banal.“ Ich verzog mein

Gesicht: „Und deshalb lässt du sie sausen? Die ist doch wie geschaffen für einen One-Night-Stand!" Er lächelte weiter, wie fast immer; locker, entspannt, keine Sorgen: „Eigentlich hast du Recht, aber mich hat etwas anderes abgeschreckt. Schau mal, der Typ da drüben..." – Er zeigte in Richtung des Karotyps, der vorhin die Australierin angemacht hatte – „...ist ihr Ex-Freund!" Konstantin verzog das Gesicht voll gespieltem Ekel. „Ich will doch nichts, wo ich weiß, das so einer schon mal drinnen war! Igitt! Hätte sie's lieber für sich behalten!" Lachten beide, war ja eigentlich egal; der Weg ist das Ziel, der Spaß auf der Party, *Sitcom* für Desillusionierte. Zuschauen war eher Unterhaltung für uns, als dass wir aktiv eingreifen sollten. Erzählte ihm von der Australierin, schweiften aber wieder schnell ab: „Aber sag mal, das mit dem Freund in Paris... Stimmt das?"

Komisch. Das Thema behagte ihm offensichtlich nicht, er wand sich: „Ähm, ja... Es stimmt schon, ich kenne ihn aus dem Internet..." Wechselte das Thema, keine Zeit für Nachfragen, er wollte weiter auf Frauenjagd gehen; ein paar aufmunternde Worte gegenseitig, dann getrennte Wege.

Tanzfläche, zwischen trunkenen, ungelenken Körpern in der Mitte des Raumes; Gedränge, ständiger Körperkontakt mit Frauen, Studentenleben? Laute Musik, Alkoholpegel der Menge aufgedreht, fast unmöglich, die Aufmerksamkeit einer einzelnen zu gewinnen; nach einer halben Stunde stand die Australierin plötzlich vor mir, hatte mich wohl gesucht, signalisierte mir, zu folgen. Ich ging bereitwillig mit zum Rand der Tanzfläche. „Nuschelnuschel *Friend* nuschelnuschel *meet* nuschel *she* nuschel *nice*!" Zeigte ihre Freundin: Sehr hübsch, dunkelhaarig, italienisch, wie ich erfuhr, Gaststudentin; stand am Rand und nippte an was Hochprozentigem. Vorstellen; Reden zu dritt; nach ersten Höflichkeiten ging die Australierin, hatte wohl von der Party genug, aber hatte offenbar mir oder ihrer Freundin – oder beiden – vor'm Abgang noch was Gutes tun wollen...? Eigentlich war die Australierin wohl die interessanteste Frau an dem Abend gewesen; sie hatte auch nicht getrunken, wenn ich richtig sah... Damn „*boyfriend*"...! Egal. Die Italienerin war mein Typ; sprach in gebrochenem Englisch, schien sofort begeistert und offen. Was hatte ihre Freundin wohl über mich gesagt oder genuschelt?

Sie studierte irgendwas Technisches, mochte mich als „Kreativen" sofort, aber war mir im Moment egal; wollte nach so viel Party nicht mehr über sie herausfinden als wie sich ihr Körper anfühlte. Zu viele Worte mit zu vielen Menschen auf der Party heute schon ausgetauscht. Jetzt nur noch wortlose Nähe das Ziel. Das Ziel in greifbarer Nähe; sie rückte beim Sprechen immer näher ran, wohl weil angetrunken – im sonstigen *Leben*, dem *Alltag*, wäre sie sicher zurückgewichen, schüchtern; Alkohol macht offen. Das Beste geben, dass ihr Eindruck von mir weiter gut blieb und die Anziehung stieg. Fragte sie viel über sich aus;

hörte ihr zwar nicht richtig zu, tat aber so. Sie malte offenbar als Hobby gerne; Selbstbild „Künstlerin", doch etwas einfach gestrickt und selbstverliebt; egal, je mehr sie sagte, desto einfacher; passives Zuhören erspart Anstrengung, Konversation aktiv betreiben zu müssen und steigerte Ansehen bei ihr. Musste nicht viel sagen. Ihr gefiel mein Interesse an ihren Bildern; doch glänzen in meinen Augen galt in Wahrheit ihrem Körper. „Oh, now that we talk about it… It's the first time I realize that I draw so many different subjects… They all reflect different sides of my personality, you know?" Lehnte sich näher an mich und berührte kurz meinen Oberarm mit ihrer Hand: „It's *amazing* to know you!"

Schnell die Gelegenheit nutzen! Weiterfragen nach ihren Lieblingsmotiven. Die Frage schonmal vorher gestellt, glaube ich, aber im Suff hatte sie es vergessen; sie redete fast schon euphorisch; künstliche Alkoholeuphorie leider, aber immerhin. Ich legte meine Hand auf ihren Oberarm; schien es nichtmal zu registrieren, machte weiter, gutes Zeichen. Kurze, dezente Berührungen, hatte Konstantin immer gesagt, funktionieren bei Frauen, die dich anziehend finden, immer.

Verdammt! Kerl mit Fotoapparat stellte sich neben uns, betrunken, schrie „Lächeln!"; mein Arm schnellte zurück. Nicht auf Fotos im Netz erscheinen, die einen in Zukunft immer begleiten könnten; Knutsch-Bilder von One-Night-Stands wären schlecht; subtiler weitermachen. Nicht alles dokumentierbar im Netz zeigen, das war immer meine Paranoia. Wozu immer *Fotos*... Nicht daran denken; bald rausgehen, wo keine akute Fotogefahr wäre, und dort *eskalieren*. Beiläufig, *casual*, das Gespräch auf die warme Nacht lenken, kurzen Spaziergang weg vom Lärm und der Party, hinein in einen körperlichen Abend; war mir sicher, sie wollte mich eindeutig.

Begeisterte sie durch Zuhörtechniken immer weiter, und verstärkte unsere Berührungen so subtil, dass es harmlos genug für potentielle Party-Fotos aussah; Erfolg nur noch Frage von Minuten. Plötzlich unerwarteter Störfaktor! Etwa 25, Bierflasche in der Hand, verschwitztes Holzfällerhemd, näherte sich aus Acht-Uhr-Position meiner italienischen Schönheit, übertönte unser Gespräch laut lallend: „Party!!!! YEAH!!!!"

Sie drehte sich zu ihm; Wortwahl oder Stimme hatte bei ihr wohl einen Nerv getroffen, entsprach vielleicht eher ihrer Persönlichkeit; sie sprang gleich genauso offen wie bei mir darauf an: „YEAH! What's up? What's your name?!" Zack, ich war aus dem Gespräch ausgeschieden; sah nur noch ihren Rücken. Konnte mich nicht mehr wirklich einklinken, die neuen Themen waren wohl spannender: Sprachen über Lieblingsbier, der Holzfällerhemdmann hatte ihre ganze Aufmerksamkeit. Damn! Zurück in die Menge verschwinden, den Dingen ihren Lauf lassen, Niederlage wegstecken und Feld räumen, *let it go*: „Maybe see you later"; sorgte bei ihr für ein verwundertes Gesicht, als ob sie mich noch nie gesehen hätte: „Hey, what's up?!"

Keine Lust mehr, weg, zwischen Tänzern in den Nebenraum drängen; Konstantin suchen, sicher hatte er mehr Erfolg. Tatsächlich! Tanzte mit einer Hübschen; Partygirl, nicht ganz mein Fall, sicher etwa 19 oder 20; sehr dicht, offensichtlich. Leerer Gesichtsausdruck durch Rausch oder langweiliges Denken; nicht entscheidbar auf die Schnelle; Konstantin störte sich nicht daran. Stand ihr Gegenüber, beide Hände an ihrem Hintern; ließ dann eine Hand entlang ihres Oberschenkels zum Bauch streifen, schob sie unters T-Shirt, streichelte sie dort. Offener Mundt? Ich? Wohl kaum in Wirklichkeit, aber in Gedanken bestimmt; war erstaunt, geschockt; so erfolgreich, so schnell?! Sie schienen Berührungen kaum zu kümmern, genoss Aufmerksamkeit, jedoch Quelle der Berührungen egal; immer ähnlicher nichtssagender Blick, blickte gar nicht zu Konstantin, der zufrieden lächelte. Währte nicht lange, Gefahr für Konstantin unerkennbar: Schüchterner Kerl, zappelte in der Nähe alleine herum, kam dem Mädchen etwas zu nahe; sie bemerkte ihn, drehte sich von Konstantin weg und schmiegte sich an die neue Bekanntschaft. Der Nerd, vor Aufregung fast gelähmt, legte seine Hände an die gleichen Stellen wie vorher Konstantin; genoss nervös das Gefühl, vielleicht noch nie vorher gehabt. Meine Augen weit aufgerissen ob des Geschehens; Konstantin störte sich an den Vorgängen anscheinend nicht, kam lachend auf mich zu: „Hey, hast du das gesehen?" Lächeln; ich hielt mich zurück mit verwunderten Bemerkungen, stieß nur hervor, dass die Frau „originell" sei. Er lachte auf. „Na komm, das macht die mit allen! Willst du auch mal? Die einzige Qualifikation, die du brauchst, um die anzufassen ist, dich ihr zu nähern! Komische Alte, was? Balztanz der Männchen findet ein passendes Weibchen!" Unsere Blicke wanderten zur Tanzfläche; ein anderer Mann kam auf das tanzende Pärchen zu, wieder ein Banaler, gleiches Spiel wiederholte sich; nicht ganz das, was Nietzsche mit ewiger Wiederkehr des Gleichen meinte; weg vom Nerd, hin zum Neuen. Der nun Abservierte stand unglücklich da, versuchte schüchtern und verkrampft, ihre Aufmerksamkeit wieder zu kriegen; zappelte wie wild, vergebens, sie war nur noch für den Neuen da.

Wegschauen, Thema wechseln: „Hast du eine Ahnung, wo Robby abgeblieben ist?" Konstantin schüttelte den Kopf, lachte: „Nein, ich glaube, der ist oben! Sollen wir nachschauen?" Ich erschrak. Auf keinen Fall!

„Ich weiß nicht... Der Kerl wird doch wieder an uns drankleben sobald er uns sieht!" Konstantin unterbrach den Gedanken, schrie gegen die Musik an: „Na, wenn er so ein guter Verführer ist wie er meint, dann wird er jetzt sicher einen heißen One-Night-Stand haben! Oder vielleicht einen Dreier... Oder einen Vierer..." Ständiges Lachen, doch ich war ernster, ich war nicht hergekommen, um die Zeit zu vertun: „Sollten wir nicht noch in diesem Stock-

werk schauen, ob etwas zu machen ist? Irgendwelche Mädels?" Konstantin schüttelte den Kopf, war nicht begeistert: „Schau mal, es ist 00:30 Uhr! Die meisten hübschen
sind jetzt verkuppelt, sei sicher, das wird nur noch peinlicher! Wenn du auf 'ner Studentenparty eine aufreißen
willst, dann zwischen 22:00 Uhr und kurz nach Mitternacht, danach sind die so dicht, dass es auch keinen Spaß
mehr macht! Was du jetzt noch kriegen kannst, das willst
du gar nicht, glaub' mir!"

Gingen in eine Ecke des Raums, er nahm einen Schluck
aus einer Wodkaflasche voll Wasser, die er zwischen her-
umliegenden Jacken versteckt hatte und fragte wieder, ob
ich mit hochkäme. War mir nicht sicher, die Italienerin;
vielleicht ginge noch was mit ihr; nochmal probieren?
Nicht einfach das Stockwerk verlassen, ohne den gerings-
ten Erfolg gehabt zu haben... Nachdenken; egal, sah sie
plötzlich wieder, ging mit ihrem groben neuen Gesprächs-
partner zielstrebig an uns vorbei Richtung Ausgang, von
ihm eng umschlungen gehalten. Er bemerkte meinen verwunderten Blick; sprach beiläufig, während sie kicherte...
„She needs to call someone on the telephone... Err... Outside...!" Shit, kein erotischer Abend mit ihr für mich; Konstantin bemerkte meinen Blick, während ich ihnen nachschaute: „Siehst du, die Braven, Hübschen haben schon
alle wen gefunden! Jetzt sind nur noch solche wie die vorhin auf der Tanzfläche zu haben! Also, Robby suchen?"

Hier nichts zu machen, sah es auch, gingen ins Treppenhaus. Stille. Angenehm. Kühl; nicht so stickig wie der Partyraum; durchatmen. Machten eine Pause auf der Treppe, der Lärm ging uns beiden auf den Wecker. Gingen ein paar Stufen herab, setzten uns auf die Treppe, die von der unteren Part-Etage noch weiter runter führte, um nicht den Verkehr zwischen den Dancefloors zu stören.

Anschweigen. Stille. Paradies! Musik dröhnte nur dumpf und leise durch die geschlossene Tür hinter uns, unterbrochen von kurzen lauten Phasen, in denen Leute sie öffneten um ein- und auszugehen. Wohlgefühl, das erste Mal wirklich an dem Abend; echtes Wohlgefühl. Der Rest war nur aufgeputscht durch Licht, tanzende Körper, Hitze und Geschlechtslust gewesen. Fühlte mich doch in ruhiger Umgebung besser, nur mit Konstantin; nur zu zweit, vereinte Geister. Er lächelte, nahm einen Schluck aus der wassergefüllten Wodkaflasche: „Was meinst du?"

Ich war erschöpft; brauchte ein wenig, um mich zu sammeln, antwortete schließlich in normaler Lautstärke, da ich endlich keinen Lärm mehr übertönen musste: „Na ja, sehr cool. Habe so etwas noch nie erlebt." Zufriedenes Lächeln in seinem Gesicht: „Jep, ist auch eine der besten Partys, die ich dieses Jahr besucht habe! Ich habe schon oft von amerikanischen *College*-Bums-Orgien-Parties gehört, war mir aber nie sicher, ob es sowas echt gibt. Das hier kommt dem schon nahe, weniger spießig als die anderen hier."

Eigentlich war auch ich zufrieden mit dem Abend; damals hatte ich gedacht, jede Party könnte etwas Besonderes sein, Besonderes werden; nicht die ewige Wiederkehr des Gleichen; in Schranken gefangene Geister, die ihre Schranken mit Alkohol verschieben, verbiegen, nicht loswerden; heute nichts mehr für mich. Seit es Konstantin nicht mehr gibt, mag ich es nicht mehr, finde keinen Spaß daran; bloß noch Raubtier auf der Suche nach Beute, die es nicht genießt; Verführen als Selbstzweck. Damals im Treppenhaus erklärte mir Konstantin seine Sicht, als ich enttäuscht feststellte, dass auch diese Party zu keiner Affäre geführt hatte; noch nicht mal zu kurzem Knutschen: „Komm schon, der Weg ist das Ziel! Das Beobachten ist so doch viel interessanter gewesen, als Rummachen mit 'ner besoffenen Langweilerin. Du kannst Dich später an all das hier erinnern, all die komischen Leute, die Erlebnisse... Die Analysen befruchten den Geist mehr als jeder One-Night-Stand. Jetzt bist du jung, jetzt beobachtest du als einer von ihnen. Koste es aus, später wirst du so was nie mehr erleben können. Dann bist du zu alt und stichst hier raus wie sonst was, jetzt passen wir beide noch dazu!" Zu alt. Bin ich jetzt noch nicht, 26? Aber fühle mich zu alt. Gealtert durch Konstantins Tod, von der Welt abgekapselt; alleine, wie der Greis, dem seine Freunde weggestorben sind und der die heutige Generation nicht versteht. Die alte Welt; Konstantin und *sie*; einer gestorben, die andere redet nicht mehr mit mir. Schicksal? Egal! Zurückdenken, für den Moment vergessen, was sich lange danach ereignete.

Stimmte damals Konstantin zu. Der Weg war das Ziel; hätte trotzdem kein Problem gehabt, den Abend doch auch körperlich mit einer Studentin zu beenden. Fragte ihn wieder nach dem französischen Bekannten, den er vorher erwähnt hatte, aber er war kaum auskunftsfreudiger: „Das ist ein Student. Habe ich in einem Internet-Forum kennengelernt. Etwas schräg, aber hat coole Ansichten." Er winkte ab: „Frag nicht weiter, es ist echt nicht spannend... Aber immerhin, er hat mir ein Angebot gemacht: Ich kann jederzeit bei ihm wohnen. Das klingt für Frauen richtig geil, deshalb erzähle ich das bei Flirts immer: Ein Mann, der Bekannte in Paris hat... Die denken da an Mode, Glamour, Models, den ganzen Kram."

Wollte offenbar nicht weiter darüber reden. Keine Nachfrage brachte neue Informationen, ich gab es auf; Themenwechsel. Saßen noch im Treppenhaus, Zeit verging gut bei Reden über verschiedene Dinge. Viel schneller, als beim Tanzen oben; gleichartige Geister befruchten offenbar mehr als der Geschlechtstrieb. Doch irgendwann stieg wieder der Gedanke in mir auf: Party lief noch; jetzt noch schnell versuchen, eine klar zu machen; sich nicht nachher Vorwürfe machen, nicht genug getan zu haben, in jungen Jahren den Geschlechtstrieb zu befriedigen. Keine Lust auf Robby; lieber mit einer Frau abhauen und Konstantin mit ihm zurücklassen wie abgesprochen! Mein Freund meinte, es gäbe nichts mehr für uns zu holen; überredete ihn aber dann doch, mit mir zurück auf den unteren Partyfloor zu gehen. Nach Robby könnten wir später schauen.

Konstantin hatte Recht gehabt; nichts schien mehr möglich im stickigen, schweißriechenden Zimmer; gar nichts mehr. Merkwürdige Stimmung, Leute immer dichter, Frauen immer uninteressanter. Die meisten hatten schon einen Kerl; viele Pärchen hatten sich für den Abend gebildet, von Betrunkenem mit Kamera heiter fotografiert; Zunge im Rachen des Anderen, schönes Motiv, Klick, Postkarten an die Eltern damit schicken? Oder an Freunde in Social Media? Wären stolz; wie „verrückt" wir doch sind... Verrückt in *normalen* Bahnen... Kein John Dillinger, rumballern, Banken ausrauben, die Gesellschaft kaputtgenießen; nein, gesellschaftlich in Ordnung *verrückt*. Nicht verrückt, normal! Jeder Darling Teil einer Reihe, Liebe von heute mit Liebe von gestern bildhaft verglichen, jede neue Portion nährt weniger als die davor. Kreislauf ins Bedeutungslose.

Viele Solo-Frauen auf Parties in zwei Arten zu unterteilen: Entweder ließen sie jeden ein bisschen – aber niemanden richtig – ran, wie die komische Tänzerin von vorhin. Menschentraube Loser um sie. „Schau, der versucht sie zu überreden, mit ihm rauszugehen. Keine Chance, die hat seit ein paar Wochen wieder einen Freund! Hat sie mir erzählt, deshalb will sie nicht mit einem Mann alleine weggehen, wäre doch Fremdgehen. Aber sich begrabschen lassen ist für sie OK!" Konstantin prustete fast vor Lachen, das war seine und meine Reality-Doku-Soap, Trash-TV, für das wir uns nicht schämten; *Reality Shameless Trash.* Oder die andere Art Mädchen: Schüchtern und abweisend, tanzten nur mit den Freundinnen, mit denen sie gekommen waren, und wenn man sie anlächelte, schauten sie einen entsetzt an, als hätte man etwas Böses getan. Die meisten von der Sorte waren vor Mitternacht gegangen; ein paar bevölkerten aber noch den Dancefloor, anscheinend unschlüssig, wann sie gehen sollten; es gab ja kein *festgelegtes* Ende, keine gesellschaftliche *Regel,* wann nach Mitternacht Schluss sein zu habe. Brav, lebten nur nach Regeln, konnten mit *open End* nicht umgehen. Niemand sagt, dass sie gehen sollen? Also bleiben, bis alle gehen. Eine starrte mich böse an; ich drehte meinen Kopf schnell weg, Konstantin erzählte mir zur Ablenkung mit hoher Stimme ihre möglichen Gedanken: „Oh, da hat mich einer angeschaut! Oh mein Gott, der findet mich vielleicht attraktiv. Wie kann der Perverse nur... Vielleicht denkt er sogar an... Sex... Oh je, oh je..." Brachte mich zum Lachen, wie immer, schaffte es; gerade jetzt war es nötig, die Party war nur noch lahm. Die Kerle sturzbesoffen, grölten Texte von 90er-Jahre-Boybands mit, lachten über Dummheiten; beeindruckten böse schauende Mädels mit dümmlichen Trinkspielen... Nicht meine Welt, und auch nicht Konstantins. Blieb zehn Minuten bei mir, ging dann ins obere Stockwerk, um nach Robby zu schauen, ich wartete unten. Sah nach ein paar Momenten die Italienerin samt grobschlächtigem, temporärem Partner hineintorkeln, Kleidung durcheinander, zurück vom langen „*Phonecall*" draußen; wollte sie ironisch fragen, wie das Telefonat gewesen war, verkniff es mir aber; Ironie und Alkohol passten nicht zusammen, sie hätte sicher nicht mal mehr gewusst, wovon ich rede.

Konstantin ließ sich Zeit; Wartezeit überbrücken. Tanzte etwas unmotiviert mit grölenden Leuten; hoffte etwas, dass die Begrabsch-Tänzerin mich dranließ; keine Chance, Männertraube um sie zu dicht. Um etwa 1:30 Uhr tauchte Konstantin wieder auf, schrie mir ins Ohr, während er sich einiger Besoffener erwehrte, die ihn auf ein Gruppenfoto zerren wollten: „Hey, Robby ist nicht ganz fit! Habe ihn runtergebracht, er wartet vor dem Eingang. Wir müssen gehen, komm!"

Abschied von flüchtigen Party-Bekanntschaften ging nicht; versuchte es zwar, aber entweder sie hörten mich nicht oder sie erkannten mich nicht mehr. Nur die Italienerin schien entsetzt, dass ich wegging, obwohl ich seit des angebrochenen Gesprächs kein Wort mit ihr gewechselt hatte. Wahrscheinlich erinnerte sie sich im Suff eh nicht richtig an mich, ich gefiel ihr wohl vom Typ her einfach; attraktiver Unbekannter geht schon? Sie verabschiedete sich wortreich, schrieb krakelig mit zitternder Hand Namen und Handynummer auf einen biergetränkten Zettel. Konnte mich endlich losreißen; hatte keine Lust mehr auf sie.

Mit Konstantin ins Treppenhaus; rasten die Stockwerke hinunter, plötzlich Besorgnis in seiner Stimme. „Robby hat sich zulaufen lassen... Nicht schön! Die Treppe runter konnte ich ihn noch stützen, aber unten ist er dann ganz zusammengebrochen. Hab' ihn auf eine Bank gesetzt, wir müssen ihn zusammen abstützen und nach Hause tragen."

Wieso waren wir für den Pseudo-Aufreißer verantwortlich? Hätte der Kerl nicht ohne uns auf der Party bleiben können? Besoffen; immer gleich. Abenteuergeschichten eines durchgekauten Lebens, unspektakuläre Reihenleben; „Wow, so verrückt bist du? Hast dich zulaufen lassen, nur noch gekotzt?! Wow, krass man, voll das geile Leben; du bist locker!" Mein Onkel brachte mich früher immer so zum Lachen; erzählte, wie er mit 16 nur gekotzt hatte vom Saufen; war bei ihm ein Running Gag, sein Leben war viel interessanter als das; um die ganze Welt gereist, doch immer die Kotzgeschichte gebracht, als Parodie auf Spießerleben. „Habe mich vergiftet und Vergiftungserscheinungen gehabt?" Klingt nicht so cool. „Da war ein Gasleck, und ich bin reingerannt, danach voll die Symptome; wie lustig?!" Nicht opportun. „Ich hab mich vollaufen lassen, und bei Michi in die Ecke gekotzt, danach auf Franzis Sofa gepennt, voll verrückt!" – Interessantes Leben, für viele, gaukelt offenen Geist vor; verdeckt Leere und lenkt davon ab.

Traten durch die Eingangstür nach draußen. Eingeschlossen von der warmen Abendluft, eher noch sommerlich als herbstlich; ruhig, ein paar Insektengeräusche; Idylle. Kontrast zur rötlich leuchtenden Hölle drinnen. Nicht lang genießen; gingen rasch an im Gras knutschenden Pärchen vorbei zu einer Bank an der Ecke des Gebäudes. Robby saß da, müde zusammengesunken, das stilvolle Shirt mit verschiedenen klebrigen Cocktails eingeweicht; neben ihm eine etwas fülligere und ebenso volle Studentin, rückte dicht an ihn, versuchte einen Flirt. „War doch eine coole Party... Wie war noch mal dein Name?" Seine Antwort, leise gelallt: „Titten!" Sie schien es nicht zu stören; lächelte bloß und führte seine Hand auf ihre Oberweite. Als sie uns bemerkte, schob sie seine Hand schnell wieder hinunter, lockerte ihren Griff um sie aber nicht: „Komm, lass uns an einen ruhigeren Ort gehen."

Robby schien es irgendwie registriert zu haben, er lallte weiter: „Schlafzimmer. Ficken!", während er dabei uns aus glasigen Augen anschaute und „Hey!" ausstieß. Sie verstand: „Ach so, klar!", und sprach betont ungezwungen, während ihr Blick zu Konstantin und mir glitt: „Wenn du mit Deinen Freuden noch reden willst, kein Problem... Ich wohne in Wohnung 30c und bleib noch sicher 'ne Stunde wach... Du kannst mich ja besuchen... Vielleicht wollen deine Freunde ja mitkommen?" Sie zwinkerte ihm und dann uns zu und stand auf; von ihm nur mit einem müden: „Ficken!" beantwortet.

Konstantin und ich warteten kurz, bis sie sich entfernt hatte. Er rollte mit den Augen, während er ihr nachschaute: „Was habe ich Dir über Frauen nach Mitternacht erzählt?!"

Der Ex-Referendar starrte uns an, trauriger Blick, Lallen: „Ficken! Nicht mit der! Ne... ne... nervt!" Ich war überrascht. Warum nicht? Mit ihr hätte er doch sein Ziel für den Abend erreicht? Könnten ihn in 30c abladen, wären ihn los, er wäre nicht mehr unser Problem? Konstantin aber respektierte die betrunkene Willensäußerung des Ex-Referndars ohne Nachfragen. Ich half ihm dabei, Robby aufzurichten; gingen mit dem müden „Player" an der Straße entlang. Der hatte die Frau schon vergessen, Gedanken wanderten woanders hin: „Werde Revision einlegen! Mein pädagogisches Konzept werde ich überarbeiten!" Wir stützten ihn, redeten ihm gut zu: „Ja, ja, das wird schon..." Elan schlich sich in seine kaputte Stimme: „Werde die Kinder nicht mehr Handschuhe aus Kondomen, sondern Kondome aus Handschuhen basteln lassen! Das ist leicht!" Er machte eine Geste, als ob er mit einer Schere etwas abschnitt, während wir ihn mühsam hielten: „Handschuh nehmen, und dann Finger ab! Fünf Kondome, und dazu verschiedene Größen! Vorteil: Die wissen nichtmal, was sie da genau basteln! Keine Elternbeschwerden, die können mich alle mal!"

Er musste kotzen, ohne Vorwarnung. Zum Glück war ein Gebüsch neben uns; das Zeug verteilte sich größtenteils dort, nur wenig ging auf Konstantins und meinen Mantel; mit Taschentüchern abwischen, während Robby am Boden kroch, ihn aufheben; Partys sind eklig. Ungeduld in Konstantins Stimme. „Was meinst du? Sollen wir ein Taxi holen?" Er sprach zu Robby: „Wo wohnst du genau?" Außer ein paar, schon etwas verhalteneren, Flüchen gegen die Schulverwaltung keine Antwort. Ich schaute ihn an: „Keine Chance, voll bis obenhin..." Verschwitzter, brabbelnder Kerl; seine inkohärente Satzfragmente ergaben kaum noch Sinn. Konstantin verzog das Gesicht. „OK, das heißt, wir müssen jetzt suchen, wo sein Ausweis ist... Zu mir will ich den nicht mitnehmen... Soll ich eine Münze werfen, wer suchen darf? Müsste in seiner Hosentasche sein..."

Die Aussicht war mir zuwider; schlug vor, Robby lieber in einem billigen Hotel in der Nähe abzuladen; Rausch ausschlafen, dreißig Euro für die Nacht, kaum teurer als Taxi; war mir lieber, als den Kerl zu 50% sicher durchsuchen zu müssen. Konstantin gefiel die Lösung. Luden den Referendar nach kurzem Spaziergang dort ab und teilten uns die Kosten der Absteige; kleiner Verlust an Geld sparte einige Nerven. Wir verließen das Hotel wieder. Endlich Ruhe. Endlich zu zweit. Gingen erleichtert die nächtliche Straße entlang. Überall begegneten uns Disco-Gänger; wir waren beide müde, hatten genug. Konstantin fluchte etwas über den Ex-Referendar, jetzt fragte ich nochmal direkt: „Warum mussten wir denn auch mit ihm gehen? Hätten wir ihn nicht auch dalassen können?" – „Nein, wenn er davon erzählt hätte, dass wir ihn verlassen haben, wäre es online schlecht für meinen Ruf gewesen. Wenn man zum

Aufreißen geht, dann soll man auch zusammen wieder die Party verlassen, außer man hat sexuellen Erfolg... Und auf die vor dem Gebäude hatte er anscheinend ja keine Lust." Ich hakte nach: „Aus was für einem Forum kennst du den überhaupt?", doch Konstantin winkte nur ab: „Ach, frag lieber nicht..."

Er wechselte rasch das Thema, bevor sich unsere Wege trennten; jetzt lächelte er wieder: „Denk dran, du hast um ein Uhr das Date mit der Hippiefrau; freu dich doch! Vergiss nicht, den Wecker zu stellen!" Ich schaute auf meine Uhr: 3:00 Uhr. Das würde eine kurze Nacht werden...

Die Reise in die ferne Erinnerung tut gut. Sie für die momentane Realität wieder zu unterbrechen, für den Moment zu beenden, scheint Vergewaltigung des Gefühls. Doch es hilft nichts, es zu bedauern, das momentane Leben holt einen auch in der intensivsten Erinnerung ein. Unruhig hin- und her. Auf der Suche nach der verlorenen Zeit, Marcel Proust; nie gelesen, aber so stelle ich ihn mir vor. Blinzeln, wieder im Zimmer, in der kalten Realität; die Erinnerung zerplatzt, verblasst, als hätte sie nie existiert. Was ist real? Will die ganze Zeit nur mit Erinnerung an Konstantin verbringen, die glückliche Zeit; all die paar Jahre, die ich ihn kannte, wieder und wieder abspielen, bei jedem Betrachten neue Details entdecken. Nicht praktikabel, leider; *muss* manches erledigen; ein Leben nur im Denken nicht machbar. Bis zur nächsten Reise in der Zeit zurück. Und ich schulde es Konstantin, nicht *nichts* zu tun.

Nicht zu versauern, im Zimmer zu vegetieren. Nicht die ganze Zeit. Doch solange jemand immer wieder an ihn denkt, existiert er noch; hat er immer gesagt, nicht über sich, sondern allgemein. Und er wird mit mir weiterexistieren. Nehme mir die Zeit. Für immer.

Freisicht

Funktionieren, Leben; hoffnungslose Leere. Letzteres Zitat aus „Revolutionary Road", wieder einer von Konstantins Lieblingsfilmen. Hoffnungslose Leere des Lebens; müssen sich künstlich Hoffnung schaffen, die Leere füllen. Konstantin und ich amüsierten uns über die Gesellschaft, die Menschen, alles *Lustige* auf der Welt; die dünne Schicht auf kaltem Gestein, das in luftleerem Raum schwebt. Leere. Sich den Horizont mit Dingen vollstellen, suggerieren Sinn, Inhalt. Großes Vakuum; Geist umgeben von einigen Requisiten; Vereine, Hobbies, Beruf – Bullshit! *Spaß haben*, Konstantins Motto, mein Motto; *Bildung*; alles, um den Geist beschäftigt zu halten; keine vorgefertigten Bausteine aus dem Lebenskatalog, selbst Leidenschaften entfalten. Kein Baukastenleben zum Bestellen in *suburbia*. Sich nicht über Job und Rolle bestimmen, die einem vorgegeben wurde; sich keine vorgefertigte aussuchen; die eigene bauen. Den Horizont nicht mit einem Baukasten bauen, sondern erschaffen, kreativ collagieren, Fetzen vernähen, raue Ränder egal; immer wieder zwischen den Fetzen durchscheinende Leere ist echter als Plastiktapete mit Bild darauf welche Tiefe suggeriert, aber doch nur anlügt. So viele leben in Lügen; Blick in tiefer Nacht ins Leben? Freie Sicht, Weinen, Verzweiflung; am nächsten Morgen wieder *funktionieren*, vergessen; verkrampfte Gespräche mit Freunden, alle hinter der gleichen Fototapete gefangen. Reinrennen, zerschießen, Tapete vernichten! Was bleibt? Leben an der Tapete ausgerichtet; zerschossene Tapete? Leere schlägt deutlich ein; durch Löcher verschlungen; unerwartet. Lieber Fetzen mit Lücken dazwischen statt Tapete, Leere einlassen, Blick in Leere zum Teil des Lebens werden lassen, damit *leben*, hoffnungslos voll Hoffnung. Keine vergebene, vorgegebene Hoffnung, dass sich die Leere je füllen wird, keine Hoffnung durch geschlossene Tapete vorgegaukelt. Sah einmal einen Prospekt auf Flug innerhalb der USA, bestellbarer Schund für *suburbia*-Menschen: Aufklappbarer Antik-Globus für Alkohol, andere Dinge im Billig-Antik-Look made in China; wirkt auf den ersten Blick vielleicht aus der Ferne stilvoll und alt, aber auf den zweiten nur dummer Kitsch. Nur dumme Illusion, die das Leben einschnürt; gemacht für die, die nicht auf Details schauen; Fassade, mich würde so ein Leben killen. Nicht hoffnungslos werden. Konstantin killte nicht das Leben, sondern ich? Nein! Nicht ich! Ich war es nicht!

Die Gedanken weg von Konstantin, jetzt! Hin zu mir, zu anderen Dingen. Zu besten Zeiten ohne ihn. Vor ein paar Jahren in Cambridge zum Film Festival gereist; eine Woche in einem Studentenwohnheim gewohnt. Eine der besten Wochen des Lebens; Studentenleben; melancholisch bei Erinnerung werden, *good old times*. Ankunft im College, altes Gebäude; freundlicher, rundlicher Pförtner sprach sehr britisches Englisch, Pastoral von Alan Price aus *O Lucky Man* ertönte im Kopf. Jahrhundertealte Fassaden, akkurat geschnittener Rasen, lange im Kopf tradierte Stereotype vom englischen Studentenleben wurden beim Gehen durchs College-Gelände lebendig vor Augen; ich mit Rollkoffer auf Weg zum Zimmer. Gepflegter Rasen, alte Gebäude, das *echte* Alte. Schon beim Pförtner Geruch nach antikem, über Jahrhunderte unendlich oft poliertem und gepflegten Holzinventar in der Nase; im Hof zwischen den historischen Arkaden das Spiel der Sonnenstrahlen betrachtet; Geräusch der Räder meines Koffers, meiner Schritte, gemischt mit Alan Price in meinem Kopf, Glücksgefühl. Welt von Systemen und Normen, romantisch behaftet im Kopf. Freiwillig, bewusst Teil dieser Welt geworden. Altes Treppenhaus hinauf den Koffer gehievt; Zimmer einfach, aber schön; wie viele Generationen hier gewohnt und studiert haben? Betrachtete den Schreibtisch, die leeren Regale; Tradition, altes Studentenleben; viele Bilder kamen in den Kopf, kitschig und nicht zynisch hinterfragt. Ausgepackt, wohnlich eingerichtet. Tue ich sonst nie. Leben aus dem Koffer, habe noch nie einen Koffer in einem Hotel ganz ausgepackt, wozu? Nie für nötig gehalten, außer hier. Wollte für eine Woche Student sein; leben in der Tradition, wie ein Student wohnen in Cambridge, glücklich. Durchwanderte die Stadt, immer *Pastoral* im Kopf, setzte mich in Vorlesung an der Uni, einfach so, *blend in*, passte gut hinein von Alter und Auftreten; schaute Verhalten bei anderen Studenten ab, um nicht aufzufallen, fühlte mich schnell als Teil der Stadt. Besuchte das Festival, beschauliche Stadt; eingekauft, normales Leben gelebt, kein Tourist, glücklich; traf ihn am nächsten Morgen beim Frühstück. Erinnerte mich an Brian aus *Cabaret*, Film von 1972: Jung, intellektuell, leicht schüchtern, hübsches Gesicht. Verstanden uns auf Anhieb. Doktorand, fast fertig, schrieb PhD über literarisches Thema, unheimlich beeindruckendes Stipendium, sprach ich ihn an oder er mich? Weiß es nicht mehr, egal. Er war etwas älter als ich damals, aber doch noch Mitte 20; wirkte dennoch jünger und schüchterner. Angenehme Erinnerung an besondere Momente, außer ihm und mir niemandem im Kopf gespeichert, nicht einmal Konstantin wusste davon, obwohl er nichts dagegen gehabt hätte.

Der Doktorand und ich erkundeten die Stadt; ich war glücklich, einen einheimischen Führer zu haben. Verstanden uns gut, unzertrennlich bald; lange Gespräche abends, er hatte ein Zimmer unweit von meinem. Nachts wach geblieben, zusammen aufs Festival gegangen; morgens Imperial War Museum Duxford besichtigt, alte Flugzeuge. Habe immer noch die Fotokamera von dort; Retro-Einwegkamera mit Film darin, hatte sie damals aus Spaß gekauft, Fotos damit gemacht. Film nie entwickelt, steckt noch drin, durch jahrelanges Lagern sind die Bilder darauf wohl vergangen, nicht mehr entwickelbar. Nur in der Erinnerung noch vorhanden, auch da nicht entwickelbar sondern fixiert, gewesene Dinge; bleiben, wie sie waren, nicht mehr in andere Richtungen änderbar, entwickeln sich nicht mehr. Erinnerung aber nicht mehr objektiv – durchs Objektiv auf Film gebannt – sondern nur noch im Kopf; wandelbar bloß temporär mit der Stimmung, der Blickpunkt zwar flexibel, der Gegenstand jedoch unveränderbar. Traurig zurückerinnert: Das Schöne daran erdrückt mich, macht mich fertig, beste Tage vorbei, ersticke an dem Gedanken; glücklich daran gedacht: Eigentlich war es doch ganz *nett*; wirkt plötzlich normal, geerdeter, nicht so besonders. Erde an den Schuhen, rannten durch den Matsch am Ufer des Flusses, glücklich, Männerfreundschaft? Bin nicht sicher, was ist was?

Er war schüchtern, sprachen lang über Beziehungen; mit mir konnte er offen über Sex reden, konnte er sonst anscheinend nie, ich war mal einer, der nicht verurteilte, beurteilte; traute sich, sich zu öffnen. Hatte noch nie – ich fand es nicht komisch. Rede gerne offen über alles, verklemmtes Schweigen bringt nur Frust; sehen viele nicht. Er hatte über vieles noch nie geredet. Mit niemandem. Durchredete Nächte, hatte noch nie Freundin gehabt, Freund auch nicht, gar nichts. Bin nicht schwul, kann mir keinen Sex mit Männern vorstellen. Ist das die Definition von Schwul? Oder wäre da mehr? Er war anziehend, hielten

Hände, immer angezogen. Kein Küssen, aber eng zusammengesessen in aller Heimlichkeit, glattes Gesicht an meiner Wange, nicht von Stoppeln zerkratzt worden. Nicht mehr, nur das, war mehr als *nichts*, mehr als *Sex*, näher? Ging nicht *mehr*, nie offen nach außen gezeigt, was war; „gute Nacht" gesagt, lange gehalten, getrennte Betten. Kein Sex, jeder in seinem Zimmer. Schönste Woche seines Lebens, sagte er mir, schrieb er mir mal in einer Email danach. Angenehme Woche für mich, frustrierte ihn aber sicher; mehr als Händehalten und Nähe war nicht gegangen, Teeniebeziehung zweier erwachsener Männer, *adults*, *adult friend* gefunden? Nein. In Cambridge keine *adult friends; friends* mit wenig *benefits*.

Umgekehrte Situation wie bei mir und *ihr*, die ich immer noch will, immer noch liebe. Er in Cambridge verliebt; denkt immer noch an mich; kann ihm nicht *mehr* geben; aber Unterschied. Erklärte ihm die genauen Gründe, Verständnis gezeigt, hab mich bei Ablehnung nicht hinter Maske aus spießiger Unfreundlichkeit versteckt wie *sie*. Leichter damit umzugehen für ihn. Verstanden uns immer noch danach, weiß, wie es ihm geht, fühlte mit, abgewiesene Liebe; beide wissen, warum nicht mehr passieren kann. Warum mit ihm so was getan, doch mit keinem anderen Mann sonst das Bedürfnis gehabt, irgendwie körperlich zu werden? War wohl der *Richtige*; Atmosphäre, Cambridge? Damals kein Interesse an englischen Mädchen gehabt, da schon geistig so nah mit jemandem dort gewesen? Geschlecht egal? Sex ging nicht. Geschlecht nicht egal.

Warum nicht befreundet geblieben? Warum nicht engste Freunde? Ja, für ihn zu schmerzhaft. Bin ich *bi*? Nein, wohl nicht; vielleicht wie Omega; Anfassen aber nicht so wichtig gewesen. Eher mitgemacht, um Doktoranden eine Freude zu machen, selber fast neutral gesehen; rede ich mir bloß ein, war mehr als neutral, doch weniger als mit *ihr*... Cambridge, am Leben gewesen. Studentenleben, Partys. So viele Leute kennengelernt.

Inzwischen in alle Welt verstreut. Ein einziger Zeitpunkt, als wir alle zusammen waren; immer gedacht, es kämen noch viele nach, blieb bei dem einen. Jetzt in sozialem Netzwerk gesehen, eine in Australien, einer in Schottland, einer in Brasilien... Clique gebildet, in wenigen Tagen, alles Freunde von ihm und Leute vom Festival; abends ausgegangen zum Essen, danach mit ihm zurück ins College. Eine Woche nur, fühlte sich viel länger an. Wie schnell eine Situation so scheint, als würde sie schon immer bestehen; für immer. War mir sicher, das einmal wiederholen zu können; konnte es nicht, war seitdem nie wieder in Cambridge. Vermisse es? Im Kopf gespeichert. Immer abrufbar. Brauche nicht mehr davon, es ist zum Gedankenfeld geworden, einfach zu finden, braucht nicht erweitert zu werden. Anders bei Konstantin. Manche Erinnerung, manches Erlebnis ist am besten limitiert: Gute Zeit gehabt; gegangen, bevor es umschlagen konnte. Nicht bei

Konstantin. Nicht bei *ihr*. Beide wollte ich nie Erinnerung werden lassen. Beide sollten nicht rein geistige, abstrakte Anker werden, an die sich das Leben manchmal hängt; durch welche Stabilität einkehrt in ruhigen Stunden, welche die Gedanken durch die Erinnerung abkühlen, beruhigen. Wollte beide immer real bei mir behalten; an der Leere hinter der Fetzentapete teilhaben, zusammen, Teil der Kulisse vor der Leere. Nicht mehr da, Kulisse ist zusammengebrochen. Doch, sie ist noch da. Und wird es wieder sein. Nur mehr um *sie* kämpfen, es wird klappen. Kämpfen bis zum Tod. Fetzenleben.

Schlafsucht

Unruhig im Bett gelegen; wütend; Wut besser als Trauer. *Sie*... Ihre Freunde... Im sozialen Netzwerk Bild gesehen, versammelte Truppe bei Nacht in Bar; Weinflasche in der Hand; rote Nase, sie, alle, Text darunter: „Wir sind echt verrückt." Verrückt!? *Wir sitzen herum und besaufen uns!?* Verrückte Welt?! „Wir sind normal", verdammt! Verrückt sein: Auf den Tisch springen und sich einen runterholen, dem Kellner ins Gesicht abspritzen; das wäre verrückt! Nicht so'n Standard-Wochenend-Besoffski sein! Sie sind normal! In Wut der Körper steif geworden; Spannung im Körper gefühlt; lebendig gefühlt. *Verrückt*: Nicht einfach dasitzen; Langeweile des Lebens wie immer, nur mit Alkoholvergiftung erträglicher gemacht; Leber perforiert, Hirn schon zersetzt; Langeweile zum Lebenssinn. „Wir haben gefeiert, gute Laune", will sie schlagen; alle! Dann merken sie, dass sie leben, was *Leben* heißt; den Wind durch die Haare spüren; die Elemente am Körper; durchnässt im Regen in die Heimat rennen, die es doch nicht gibt; *leben*. Nicht vegetieren, existieren, vergehen. Schmelzen in rötlichem Schimmer, vergehen, nicht mehr. Wenn ich um sie traure, *sie*, an die ich mich klammere, wollte ich oft schmelzen, vom Bettlaken aufgesaugt werden, nie mehr freigegeben, beendet. In Wut werde ich zur harten Masse; für mich selbst einstehen! Warum liebe ich sie?! *Liebe*. Chemische Reaktion im Körper. Chemischer Reaktor, ist sie, sind die meisten; nur auf Stimuli kommt's an, stimuliere ihre Gedanken mit subtilen Reizen. Kann nicht schlafen, 3:50 Uhr am Morgen, stehe auf, schreibe die Gedanken auf, rufe ein paar Bekannte in den USA an; ablenken, auskotzen. Erschreckend, wie leicht chemische Reaktionen gesteuert werden können. Neulich einer Freundin einer Ex über den Weg gelaufen; sie mied mich immer. Konfrontierte sie diesmal, sanft, sprach sie freundlich an; versuchte, sie auf meine Seite zu bringen, nur aus Spaß, weil es geht. Etwas geredet; locker gewesen, selbstbewusst; sie schien von mir beeindruckt, nur wegen meiner Körpersprache; sprach, was ich dachte, *selbstbewusst*, sagte nicht, was sie hören wollte; sie mochte mich danach. Komisch. Habe bei ihr „den Charismatiker gemacht". So hat es Konstantin immer genannt. Sollte ich mal mit der Gruppe um *sie* machen? Den Charismatiker machen. Charismatiker, abstrakter Begriff, doch jeder hat eine Vorstellung davon; Konstantin meinte, dass egal war, was man sagte; viele Leute folgen auch selbsternannten moralischen/geistigen Autoritäten, deren Aussagen sie nur in Bruchteilen verstehen. Trotzdem mögen Leute sie, die charismatischen Anführer haben Erfolg, wieso? Den Charismatiker machen. Charisma. Überzeugend etwas sagen, egal was, einfach Alphatier sein, etwas sagen „so ist es!", keine Widerrede einplanen. Am besten so, dass die Leute es nicht ganz verstehen, aber immer wieder Fragmente kapieren; die meisten wollen folgen. Zeige eine Schwäche, und sie zerlegen dich; sei ein Anführer, und sie folgen, ohne zu hinterfragen. Konnte es mir nicht vorstellen, bis Konstantin es mir mit ein paar langweiligen Leuten demonstrierte. Den Charismatiker machte. Hatte den Ausdruck damals im Gespräch mit ihm öfters benutzt, heute nicht mehr; zu sehr schmerzt es, erinnert an Konstantin. Würde auch nichts bei meiner anderen Baustelle bringen, die Freunde sind nicht *ihr* eigentliches Problem, nur die Schranken in ihrem Kopf. Chemischen Reaktor des Gegenübers mit selbstbewusster Körpersprache gefüttert, spuckt „mögen" aus. Verstehe es nicht, ist nicht zu verstehen; Logik spielt keine Rolle, durch chemische Reaktionen ins Spießerkorsett gedrängt. Dass ich sie liebe? Nur chemische Reaktion. Kalter Entzug – sie wollen – nicht kriegen. Sucht. Liebessucht? Nie Drogen genommen, oft die Gelegenheit gehabt. Bei Obdachlosen Meth-Heads gesessen, mit reichen Money-Heads in Millionen-Dollar-Villas gefeiert, alles getan, den Körper geschont; lediglich den Geist befruchtet; alles erleben! Ihre Freunde sagten immer: „Mit Leuten, die xy machen, will ich nichts zu tun haben." – „XYZ muss ich echt nicht kennenlernen!"... Warum nicht?! Horizont klein halten? Schön die Reize von außen raushalten?! Kleine Horizontblase nicht vergrößern, zum platzen bringen? BUBBLE BURSTS!? Schon wieder?!? Mit den Besoffskis geredet, früher, bei 'nem Bierchen, damals; nur über Arbeit gesprochen, nur über Systeme, Fortbildungen, alles, was man außerhalb des Systems „Arbeit", „Job" macht, zählte nicht. Hobbies, Leidenschaften, egal! Warum Leidenschaften in etwas anderes stecken, was nicht zum System gehört? Freizeit bei ihnen gleichwertig mit vegetieren; in Gelaber vergehen, Bierchen gluck gluck, sich schön „in Maßen" ruinieren; egal, Freizeit, zählt nicht; was nicht bezahlt wird ist egal, teurer organisierter Cluburlaub, Klettern, Strand, Ski, Sightseeing, organisiertes bezahltes millionenfach erlebtes Abenteuer aus der Retorte, Scheiße! Explodieren in egalité; Nivellieren, Hirn verschmieren; nicht genieren, PLATZEN - **BUBBLE BURSTS!**

Sie sagen, mein Stil habe sich geändert, ich mich geändert. Früher mehr gelacht, alles lustig gesehen. Heute so ernst, voller Wut? Nein. Miese Welt, miese Systeme; zwei Wege, damit umzugehen, Lachen oder Wut; Resignation ist Tod. Innerer Tod; in Beliebigkeit versinken, bei so vielen der Ausweg. Nennen es „glückliches Leben", belügen sich selbst und ihre Umwelt, glauben es, bis sie sich alleine nachts in den Schlaf weinen. Lachen? Früher mein Aus-weg, mit Konstantin; jetzt hilft es mir nicht mehr, Wut ist stärker, hilft heute besser als Lachen. Nichts ist *besser*, will wieder in Konstantins Zeit. Telefonate mit Leuten in den USA vorbei, wieder hinlegen; wütend liegen, Fäuste ballen; entspannen; zurückdenken. Zurück zu Konstantin; zurück an das echte Leben; zurück an die Zeit, als es Spaß machte, mit Chemiebaukästen der Persönlichkeiten zu spielen, zu basteln. Wach liegen, Gedanken klar; spät nachts; müde und doch am Leben.

Konstantin II

Nach Kalifornien, nach *ihr*, nach den Jahren ohne ihn schweifen die Gedanken abends doch immer noch zu Konstantin. Der Tag nach der Party; es ist erstaunlich. Sobald jemand nicht mehr da ist, wird jede Erinnerung, jedes Fragment, zum vergoldeten Kultgegenstand, wieder und wieder betrachtet, wieder und wieder interpretiert. Alles, was sonst unter Bergen neuer Erinnerungen ver-schüttet würde? Sobald nichts Neues mit der Person mehr nachkommt? Freigelegt, einzeln in Vitrinen verpackt, wird zum Wallfahrtsort der Gedanken. Merke ich bei *ihr*, und noch mehr bei Konstantin. Manchmal an alternative Sze-narien denken; was damals anders hätte laufen können, wie es hätte anders sein können; wenn wir an dem Tag etwas anderes getan hätten als wir getan hatten; wie es gewesen wäre, wenn wir nach xy gefahren wären, was er wohl gesagt hätte... Bleibt aber immer blass, fiktive Wege scheinen nicht richtig; zu unecht, weiß immer, dass sie bloß Fantasie sind. Fiktion und Erinnerungen werden nicht gleich, auch wenn beides doch nur Bilder in meinem Kopf sind. Nicht *real* vorhanden oder *nicht mehr* real vorhanden? Beides doch nur Hirngespinste. Sobald ich aber wieder den richtigen, den echten, den *wahren* Erinnerungen folge, bin ich wieder in der Vergangenheit. Da, wo ich glücklich war (oder wenigstens die Erinnerung daran glücklich verzerrt ist; ist gleichgültig). Solange ich nur dem folge, was mein Kopf als *wahr* abgespeichert hat, ist alles gut. Der Tag nach der Wohnheimparty, es ist wie ein Déjà-vu, Santa Barbara als Déjà-Vu des Tages mit Konstantin... Damals, nach der Wohnheimparty, hatte es aber noch eine Leichtigkeit, die mit Konstantin für immer verloren ging.

Klingeln, riss mich um 11 Uhr aus dem Schlaf, Panik; das heutige Date! Keine Lust, mit zwei komischen Mädels auszugehen, erst neulich kennengelernt an der Uni; Christina, Philosophie-Studentin, alternative Hippiefrau, dazu Edith, ihre Mitbewohnerin, hatte die noch nie getroffen. Rasant fertiggemacht, Vorstellung machte mich fertig, von zwei pseudo-intellektuellen, pseudo-alternativen Standardmenschen zugelabert zu werden; wäre Edith wie Christina, dann gute Nacht. Christina eigentlich ganz hübsch, aber das war es auch; nach der langen letzten Nacht keine Energie mehr dafür. Warum das Haus verlassen? Tag in ihrer WG, bekocht werden, Sex unwahrscheinlich, schien nicht darauf aus; zu enthusiastisch, mir ihre Mitbewohnerin vorzustellen; klang nicht nach potentiellem Dreier. Also gehen, um vielleicht, *ganz vielleicht*, doch Sex zu haben? Vage Hoffnung, die doch wahrscheinlich in langweiliger Laberrunde enden würde?

An Konstantin gedacht; hatte mal gesagt, er möge es immer, naive Hippie-Mädchen kennenzulernen. Hatte oft gesehen, dass alles mit ihm erträglicher wurde, ihn einfach mitnehmen? Keine reale Aussicht auf Sex, warum also nicht durch Konstantin Humor hineinbringen? Denke immer noch daran, wie viel besser dieser Tag war als das Date in Santa Barbara. Mein Begleiter in den USA war nicht an Konstantin rangekommen. Nie. Konnte in Santa Barbara nicht einfach Konstantins Nummer wählen, dass er rüberkäme und den Tag rette; seine Nummer ist noch in meinem Telefon eingespeichert, aber ein Fremder ginge heute ran. Nach dem Tod neu vergeben.

Zurück zum Tag mit Konstantin. Weckte ihn mit meinem Anruf nicht auf, er war fit wie immer am Apparat; beste Laune; brauche kaum Schlaf. Erzählte ihm vom Date; dass ich es eigentlich absagen wollte. Er reagierte fast genervt: „Komm, werd' lockerer! Du heiratest die doch nicht! Hab' Spaß, und pass nur auf, dass Du keine schwängerst, Gelegenheiten muss man nutzen!" *Just don't get'em pregnant.* Gute Weisheit, hatte ich auch in den USA bedacht. Immer seitdem bedacht. Alles egal, schwänger' keine, hol dir keinen

AIDS, der Rest lässt sich immer regeln. Fragte ihn, ob er mitkommen wollte. Begeisterte Reaktion; alternative „Ker-linnen" mochte er, und wenn es nichts würde, könnten wir uns zu zweit einen Spaß daraus machen; machte schon Spaß, daran zu denken, danach mit ihm über das potentiell merkwürdige Date zu lachen.

Halbe Stunde zum Fertigmachen, dann Klingeln – Kon-stantin stand an der Tür; holte mich ab, mit Straßenbahn und Bus zur Adresse der WG. Euphorisch auf dem Weg, von Konstantin angesteckt; er zählte auf, was gut sein würde. „Sie bekochen uns... Naive Diskussionen, hübsche, natürliche Mädels... Besser geht es doch nicht! Dann biss-chen anfassen..." Er lachte auf: „Sie sind untenrum sicher unrasiert! Das ist toll!" Auch wenn seine Euphorie ansteck-te, gab ich ihm leichte Konter: Mein Bauchgefühl sage, das Date sei Zeitverschwendung, die letzten Treffen mit Chris-tina seien nur langweilige Diskussionen gewesen... Wie immer brachte das ihn nur dazu, noch fröhlicher zu wer-den, spielerisch Argumente auszuhebeln, *life is a game*! „Was ist denn daran Zeitverschwendung, sich mit einer hüb-schen jungen Frau zu treffen, die solo ist und Interesse an Dir hat? Nimm einfach nichts von dem ernst, was sie sagt, mach ihr banale Komplimente und erzähl' wenig von Dir, dann klappt's! Jetzt bist du jung genug, dass sie dich wol-len! Wenn du mal alt bist und keine dich mehr anschaut, bedauerst du jede verpasste Chance deiner jungen Jahre!" Leichtes Unbehagen in der Magengegend blieb trotz der entspannten Stimmung. Kamen an. Schäbiges 50er-Jahre-Haus, dies war die Adresse, hier hatten die Mädchen ihre WG.

Klingel drücken, zuckersüße Christina-Stimme aus dem Kästchen: „Hi, wir sind ganz oben links". Treppen hoch, der Hals schnürte sich ein wenig zu; beklemmende Atmosphäre des Hauses trotz fröhlichem Konstantin vor mir, erinnerte eigentlich an das Gefühl in Santa Barbara, sehe ich jetzt. Santa Barbara aber Hoffnungsloser als damals mit Konstantin, kein lachender Freund um mich. Hatte keine guten Vorahnungen fürs Date, auch wenn Konstantin lächelte, schwungvoll vor mir ging, im Flur des fünften Stockwerks Christina in der offenen Tür anlächelte. Lächelte auch, spielte meine Rolle. Sie sah perfekt nach meinem Geschmack aus; jung, attraktiv, schlank, blond, natürlich, lächelte. Und vor allem: War sich selbst nicht bewusst, dass sie gut aussah. Ihr Aussehen war jedes Mal einladend, die Gespräche mit ihr stießen ab, komische Kombination, schon öfters erlebt; verhinderte, dass ich sie ganz abhakte oder mich ganz auf sie einließ. Das Lächeln an diesem Tag schien echt, einladend, freundlich. Tauschten Höflichkeiten aus; stellte Konstantin vor, das Chamäleon: Plötzlich sprach er anders als sonst, sanft und *alternativ*, passend zu ihr; redeten angeregt, während wir die Wohnung betraten.

Nebel; Atmosphäre aus Räucherstäbchenluft und gedämpfter indischer Sitarmusik umwob uns, füllte Geruchs- und Hörsinn mit Grundrauschen, ergänzt durch preiswerte

– und billig aussehende – pseudo-asiatisch angehauchte Inneneinrichtung: Buddha und Konfuzius vor indischen Göttern vereint auf einem Spanplatten-Regal, drumherum Räucherstäbchen und tibetanische Gebetsflaggen mit verschiedenen anderen durchmischten Gegenständen. Interessante Wohnung: Kombiniertes Wohn- und Schlafzimmer mit Liegen; *freie Liebe*, Leben und Sex sind eins? Edith saß auf einer Liege, war auch hübsch, dunkelhaarig, doch etwas mollig. Konstantin begrüßte sie enthusiastisch, setzte sich sofort neben sie; auch wenn sie gelangweilt schien, tat das seiner Fassade keinen Abbruch. Auf jede monotone Antwort schickte er eine noch begeistertere Frage nach. Konnte nicht viel mithören, denn Christina zerrte mich freudig in die Küche, schien lebhafter als Edith. Zerkochtes Gemüse; Geruch mischte sich mit Räucherduft. „Schau mal, das hat Edith uns gekocht! Sie ist so eine gute Köchin!" Hob den Deckel an; zerkochter Gemüsematsch, unmöglich, ein ehrliches Kompliment zu finden; Lächeln, Nicken, Schweigen. Konstantin wäre da souveräner gewesen, hätte geschafft, ohne Lachen etwas zu sagen, aber er war beschäftigt im Nebenraum. Christina reichte meine Reaktion, nahm den Topf mit ins Zimmer, ich hinterher, setzten uns an den Esstisch – ich gegenüber meinem Freund – und bekamen von ihr braunen Gemüse-Matsch vorgesetzt. Interessierter Konstantin setzte gleich wieder ein, konnte mein Lachen kaum unterdrücken bei seiner „alternativen", ernsten, fragenden Stimme: „Ah, ist das biologisch-dynamisch angebautes Gemüse?"

Näselnde, langsame Antwort von Christina, ihre Art zu sprechen war leider unattraktiv, aber das Aussehen machte es für mich noch wett: „Ja. Es ist zwei Stunden gekocht, damit die Energien des Gemüses sich miteinander verbinden." Einwurf von Edith, ihre leicht rechthaberische Stimme blieb Monoton und klang, als stürbe sie vor Langeweile; wohl ihr normaler Gemütszustand: „Ich habe heute Früh geschaut, wie die Schwingungen des Tages sind, um das Essen passend dazu zuzubereiten. Ein ganzheitlicher Ansatz. Es ist wichtig, dass man sich im Einklang mit der Umgebung befindet."

Genervt von beiden Mädels, doch inspiriert von Konstantin; immer weiter lächeln; zielstrebig sein. „Musst sie ja nicht heiraten." *Just don't get'em pregnant.* Konstantin schien, kaum war er hier, perfekt in ihre WG zu passen; Chamäleon. Brachte Edith durch geschickte, verständnisvolle Fragen in Redefluss. Konnte ihrem Gespräch aber nicht folgen, denn war jetzt selber an der Reihe, Konversation mit Christina. Dabei mühsam Bissen runterschlucken. Sie lächelte, ich lächelte zurück; Frage stellen. „Hübsche Einrichtung. Warst du schon einmal in Asien?" – „Nein, aber ich überlege mir, mit meinem Freund nach Indien zu fliegen!"

PFF! Fast am Fraß verschluckt, anstarren. Freund?!?! Nicht solo? Sogar Konstantin unterbrach kurz sein Gespräch bei dem Begriff, lauschte nach Christinas Antwort auf meine Nachfrage; tat dabei, als würde er Edith zuhören. Ich kannte ihn, darum erkannte ich das. Christina schien sehr naiv, bemerkte meine Verwunderung nicht; sprach wie zu einem asexuellen, harmlosen Bekannten. Verliebtes Lächeln, während sie sprach: „Ja. Wir haben uns vor drei Tagen das erste Mal bei einer Diskussionsrunde über humanitäre Hilfe für die dritte Welt kennengelernt. Das war so schön... Wir haben am Ende des Abends ständig Hände gehalten... Er hat so eine gute Einstellung dazu, wie man den Menschen in der dritten Welt beibringen kann, richtig zu leben!"

Aussage zu Ende, erwartete offenbar Reaktion; was tun? Warf einen Blick zu Konstantin, Suchte Hilfe, doch er konnte nichts signalisieren. Er sprach wieder mit Edith, doch schien unkonzentriert, probierte wohl „Multi-Tasking"; fand mein Gespräch mit Christina wohl interessanter als seinen *alternativen* Smalltalk. Planänderung; meine war nicht mehr solo – was tun? Trank Schluck Sojamilch; Wä! Sauer, verzog Gesicht, gab mir Mühe, zu lächeln, Christinas Stimme. „Oh, du magst die Sojamilch? Die ist echt gut, und auch viel länger haltbar als auf der Packung steht! Die kriegen wir deshalb immer sehr günstig im Biomarkt..."

Gelebte Parodie; wäre es nicht so echt noch im Kopf, hielte ich es für schlechte Satire. Kopf schütteln, Fassung wieder finden; Konstantin in der Nähe gab Inspiration und Kraft durch seine Präsenz. Sprach wieder *nett* und *alternativ* mit ihr; fragte, ob es nicht ungewöhnlich sei, so schnell nach Händehalten schon „zusammen" zu sein. Richtige Frage, sie blühte auf, mochte es, zu antworten: „Na, gestern haben wir telefoniert, und wir verstehen uns total gut! Er hat mir erzählt, wie schwer es ist, als kreativer Mensch einen Job zu kriegen... Er ist 29 und hat bisher kein Glück gehabt... Aber wir können gemeinsam beginnen, mit meinen Ersparnissen eine Existenz in Indien aufzubauen! Da kriegt man ja alles viel billiger. Das wird so schön, er wird die Inder darin unterrichten, wie man ein erfülltes und erfolgreiches Leben führt!" Real-Life Stereotyp!?!? Gelebte Parodie!? Schüttelte mich durch, auch Konstantin verhaspelte sich bei seinem Gespräch mit Edith; fing sich wieder. Bedauerte ihn: Die schwerste Übung, ein langweiliges Gespräch zu führen, dabei aber einem viel interessanteren in der Nähe heimlich zu folgen.

Interesse an Sex ließ nach, fragte lustlos weiter nach; vielleicht wenigstens etwas unterhaltsam. Wieso ginge es denn so schnell, nach nur einem Treffen? Verliebte Antwort Christinas; seien seelenverwandt. „Und es ist eine karmisch sehr besondere Beziehung, denn ich bin seine erste Freundin. Es ist, als habe ein geistiges Wesen ihn dazu gebracht, sich für mich aufzusparen." Geistige, esoterisches Wesen? Steigerte Verwirrung im Raum bei Konstantin und mir; tat so, als ob ich wüsste, was sie meint. Thema wechseln, Treffen lohnenswert gestalten, aber wie? Taktik ändern, anpassen. Mein Vater sagte immer *„flexible response"*, Konstantin mochte das, als ich ihm davon erzählte; Begriff aus

US-Militärtaktik, flexibel auf alle Widrigkeiten reagieren, jetzt anwenden. Überlegen, Standard-Fragen zu Miteinander von Mensch und Natur stellen, „spirituelle" Themen, dabei doch noch nachdenken, wie ich sie dazu bringen konnte, sich körperlich mit mir einzulassen, trotz sinkender Motivation... Um später keine vertanen Chancen zu bedauern. Keine Motivation aus dem Hier und jetzt mehr, sondern nur aus fiktiver, ferner Zukunft, „wenn ich mal alt und grau bin". Dazu den Fraß essen. Konstantin würgte ihn auch nur mit Mühe runter, überspielte es aber gekonnt; wieder. Wir beide sind... bzw. Konstantin war bis zu seinem Tod... Vegetarier. Keine Grausamkeiten gegen Tiere, die sich vermeiden lassen; man kann ohne Fleisch leben? *So do it*; trotzdem waren wir genervt, so schlechtes vegetarisches Essen von lebenden Stereotypen. Dachte nach; unter Rauschen aus Stimmen und Sitar um mich. Dachte früher, dass ich jede junge Frau haben müsste, wenn sie hübsch ist, Versagen, sie nicht zu kriegen. Jetzt nicht mehr; alles egal, außer *ihr*; aber musste mich damals schon zwingen, Christina da vor mir zu begehren.

Stochern im Essen, Konstantin hatte offenbar genug davon, unterbrach übertrieben fröhlich meine Gedanken und Christinas Monologe über die dritte Welt, die sie mir ausbreitete: „Leute, ich hab' eine Idee! Lasst uns in den Park gehen! Es ist so ein schöner Tag!" Murmelnde Mädchen schienen angetan, Konstantin hatte Tonfall und Körpersprache, die ihnen gefielen; nicht seine eigenen, ihn damals

das erste Mal in so einer Rolle gesehen. Fuhren in Straßenbahn, dann S-Bahn; sonniger Tagesausflug beim Doppeldate. Konstantins Idee; versuchte Mädchen auf der Fahrt
zu begeistern, mit künstlicher, aber doch echter sanften
Stimme: „Wir gehen durch den Park bis zum Barockschloss, das ist ein wunderschöner Spaziergang. Kennt ihr
den Park gut?" Kopfschütteln, Konstantin fuhr fort: „Ich
finde, dass man als kreativer, naturverbundener Mensch
Spaziergänge durchs Grüne braucht, damit die eigene Seele
in den Schwingungen der Umgebung aufgeht..." Lachen
verkneifen! Schwer! Verdammt! Tat so, als ob ich niese.
Nicht überzeugend? Sie merkten nichts, Glück gehabt;
Konstantin blieb dagegen ernst, die Mädchen fixierten ihn
mit Sympathie im Blick, besonders Edith: „Ja, das finde ich
auch... Und du?" Christina nickte. Edith stand auf ihn, klar,
hatte es mal wieder geschafft in so kurzer Zeit; ein Kön-
ner.

Lächelnde Christina, leicht weggetreten, wusste sie, was los
war? Konstantin redete, wickelte sie um den Finger, gab
ihr in der Rede keine Wahl; entschied für sie: „Es wird so
schön. Im Park gibt es freilaufende Rehe, und danach
gehen wir zum Mini-Vergnügungspark hinter dem Barockschloss. Das ist witzig, eher was für Kinder, da gibt es auch
Babyziegen zum Streicheln!" Keine große Begeisterung bei
den Mädchen, das erste Mal schien Konstantin kurz etwas
unsicher; Tiere kein gutes Thema? Keine Tierfreundinnen?
Ich verstand seine Gedanken dafür besser; er und ich

mochten Tiere; Park eine *win-win* Situation; wenn Frust mit den Mädels, dann wenigstens Tiere streicheln. Albern? Zwei junge Männer gerne im Streichelzoo? Unmännlich? Nur, wer in Schablonen denkt, denkt so; zwei Männer, die Frauen aufreißen – männlich? Wenn sie gerne Tiere streicheln aber nicht? Nicht zu viel nachdenken, zurück zu dem Tag; Glück in der Erinnerung, in der Nacherzählung, nicht im Nachdenken.

Griff in seine Umhängetasche. „Schaut, ich habe für jeden von uns eine Packung Kekse dabei, die können wir an die Tiere verfütte…" Plötzlich lebhaftes Gebaren in Christinas Stimme, Schimpfen, rechthaberisch, keine Spur von Sanftheit. „Was?! Tiere darf man nicht füttern! Das ist gegen das Gleichgewicht der Natur! Und diese Kekse sind nicht aus biologisch angebauten Zutaten! Du willst so einen Schund doch nicht an die Rehe…" Quell der Vorwürfe; böse Worte sprudelten aus beiden Frauen auf ihn ein; böse Dusche; doch von Edith weniger, hielt sich zurück, mochte ihn wohl, wollte aber loyal zu ihrer Freundin sein. Sie *mochte* ihn? Beruhte sicher nicht auf Gegenseitigkeit, kannte ihn zu gut dafür, eigentlich schade. Diplomat, er war wirklich ein geborener Diplomat. Renkte es wieder ein, langsam, bestimmt. Legte mir derweil neue Taktik zurecht, war bereit, als wir beim Park ausstiegen. Eigentlich ein Vorteil, dass Christina „vergeben" war, würde mir einen One-Night-Stand sogar erleichtern! Lächelte vor Vorfreude, den Plan zu erproben.

Gingen durch den Park. Komisch, sehe es in der Erinnerung von außen, sehe uns vier, dabei habe ich es doch damals nur aus meiner Perspektive gesehen. *First-Person-View* uminterpretiert in *Third-Person-Adventure*? Erinnerung wandelt Eindrücke in Film? Close-Up, Totale, Cut, Zoomschwenk? Wir vier... Aber es war so, wie es in der Erinnerung ist, nur die Perspektive hat das Gehirn im Nachhinein schöner dargestellt; sehe mich von außen, wie Figur, Protagonist... Christina und ich vorne, Konstantin und Edith hinten, in „intensives" Gespräch über „Kreativität" verwickelt, langweilig, banal; begann jetzt wieder, Christina auf ihren neuen Kerl anzusprechen.

„Weißt du, es ist so schön, so jung schon die große Liebe zu finden..." Verliebtes Seufzen bei ihr; sehe es im Kopf in der Erinnerung sogar im *Close-Up*, filmisch? Thema schien ihr zu gefallen; kein *Liebesthema* im Hintergrund, der Kopffilm hat wenigstens keine Musik, meine Stimme erklingt in der Erinnerung doch nur über Naturgeräuschen: „Aber ich persönlich finde, es ist für die geistige Entwicklung vorteilhaft, wenn man etwas damit wartet, bis man sagt, dass es ‚offiziell' und ‚exklusiv' ist." Verwunderter, sanfter, fragender Blick begleitete ihre weiche Stimme: „Aber warum? Wenn man sicher ist, dass es der Richtige ist?"

Jetzt der Plan, kam ins Spiel, Kamera im Erinnerungsfilm zoomt an mich; sanfter Zoomschwenk, italienischer 70er-Jahre Film-Stil? Zoom, während ich spreche. „Na, es kann gut sein, dass er es ist, der *‚Richtige'*. Aber mir persönlich ist es einmal so gegangen, dass ich mit einem Mädchen sicher war... Aber irgendwie hatte ich zu Beginn der Beziehung eine kurze, unverbindliche Affäre mit einer anderen. Es war klar, dass das nur eine Nacht und ohne weitere Bedeutung wäre, aber es war angenehm und schön. Und das hatte meine Beziehung erst richtig gefestigt, die Affäre mit einer Anderen erst hat mich sicher gemacht. Na ja, das ist schon vier Jahre her, und jetzt bin ich solo, aber ich finde, das ist eine gute Taktik." Hatte ich das echt so gesagt, oder ist es erst der Erinnerungsfilm, der es so *smooth* und selbstbewusst werden lässt? Subjektiver Realismus, Surrealismus, Nihilismus?

Verblüffter Blick, hatte ich sie? Nein! Ihre Stimme klang plötzlich übertrieben nasal *tolerant*, Sprechen der Erzieherin mit einem dummen Kind; Romantik spurlos verschwunden, nie dagewesen: „Ja, wenn es für dich funktioniert, ist es wunderbar. Jeder Mensch muss das finden, was ihn begeistert..." Begann mir zu erzählen, warum ihr Treue wichtig sei, affektiert überheblich *tolerant* tuend, schien sich aber sicher, ihre Position sei die Richtige. Taktik fortsetzen, ihre Reaktion ignorieren, hatte ich mal von Konstantin gelernt; ihnen einfach dein *mindset* überstülpen, nicht aus der Fassung bringen lassen; sei stabil, und sie wird sich nach dir richten... Sprach weiter nett, romantisch, als Reaktion auf ihre Auslassungen zu Treue: „Ja, aber darüber könntest du ja nachdenken. Stell dir vor, wenn du einen Mann kennst, der Solo ist und mit dem du dich verstehst.

Dann könntest du doch mit ihm etwas Unverbindliches anfangen, bevor du ganz sicher und fest mit deinem Freund zusammenkommst. Dadurch kannst du die Beziehung zu deiner großen Liebe möglicherweise mehr festigen, als du gerade denkst. Hast du Simone de Bouvouir und Sartre gelesen? Dann würdest du anders denken." Autorität großer Namen in ekligem Bullshitschwall evoziert beeindruckt einfache Gemüter, ich fühlte mich zum Kotzen. Wenn jemand alles, was du sagst, um Frauen rumzukriegen, mal aufschreiben würde, würdest du es lesen wollen? Jeder Bullshit-Satz? Jede spontane Pseudo-Philosophie, die du in Worten aufbaust, um sie *intellektuell* zu überzeugen, mit dir zu ficken? Ich will es vergessen, Throw-Away-Aussagen mit Verfallsdatum, nur gültig bis zum Geschlechtsverkehr oder dem endgültigen Abwenden von der Frau, Mittel zum Zweck, nicht bewahrenswert und peinlich.

Christinas Gesicht, ernster Blick, ernsthaftes Nachdenken?

„Interessant..."?

Anstupser von hinten, Konstantin! Zeigte auf Rehe in der Distanz, tat so, als flüstere er mir etwas über die Tiere zu: „So ein Scheiß! Gut improvisiert!" Zurückflüstern; „Ja, man muss sich eben den Leuten anpassen!"

Mini-Lagebesprechung in konspirativem *Zweier-close-up* zu Ende. Standen, waren alle vier stehengeblieben beim Anblick der Tiere. Langsam kamen die Rehe näher, neugierig, harmlos, nett. Wieder Griff in Konstantins Tasche, *close-up* seiner Hand in meinem Kopf; wieso bloß immer all diese Perspektivwechsel in der Erinnerung, im Kopffilm? So oft erinnert, dass es so fest im Kopf verankert ist, dass sich die Gedanken Spielchen wie verschiedene Kameraperspektiven erlauben können?

Flüstern Konstantins deutlich in meinem Kopf, auch nach den zwei Jahren: „Die Rehe sind nett! Ich füttere sie, um wenigstens etwas Angenehmes von diesem beschissenen Date zu haben!" Lächelte sofort wieder zu Edith und Christina, nichts anmerken lassen. Die ersten drei Rehe kamen zu uns; er zog die Kekstüte aus der Tasche und öffnete sie. Hungrige Münder kamen gierig näher, *Nahe*, Spannung; Spannung aufgelöst, Edith entriss ihm die Kekse! „Nein, du sollst die nicht füttern! Das ist nicht gut für sie!" Stopfte das Gebäck in ihre Bast-Umhängetasche, unsere hungrigen, behuften Freunde merkten das, verloren das Interesse an Konstantin; näherten sich Edith. Sie schien eingeschüchtert, während sie von den drei Huftieren immer mehr bedrängt wurde. Schritt um Schritt, wich zurück, Christina schaute erschrocken zu; aber Edith zögerte zu sehr, hatte schnell drei neue Freunde, die ihre Köpfe in ihre Bast-Tasche steckten, Schmatz-Geräusche tief aus dunkler Tasche mit Rehen drum herum. Verzweiflung in Gesicht und Stimme: „Macht die Viecher weg! Weg!" Versuchte unbeholfen, einen ihrer neuen Verehrer wegzustoßen, er hob kurz den Kopf aus der Tasche, schnaubte, Kopf wieder rein, sie zitterte vor Angst. Mehr Rehe kamen dazu, Konstantins Einsatz! Griff in seine Tasche, nahm zwei weitere volle Tüten, riss sie auf; warf sie möglichst weit weg, die große Gruppe rannte hinterher, nur nicht die drei Tiere in der Basttasche; hatten Augen und Ohren nur für den dunklen Inhalt von Ediths Beutel. „Mach die weg, mach die weg!" Nur ängstliche und immer noch nachdenkliche Blicke von Christina, dachte scheinbar eher über meine Argumente als übers Schicksal ihrer Mitbewohnerin nach; keine Hilfe zu Erwarten. Konstantin zog seine letzte Tüte aus der Tasche, raschelte damit neben den Ohren der drei verbliebenen Rehe; hörten das Rascheln, zogen die Köpfe aus der wohl inzwischen leeren Tasche, schauten verwirrt und gierig auf, Fragezeichen über den Köpfen wurden zu Ausrufezeichen beim Anblick der vollen Tüte. Vergaßen Edith, folgten Konstantin, während er von uns weg ging, genoss es offensichtlich, die Rehe neben sich zu haben – wohl für ihn das angenehmste an diesem Tag bisher. Hatte es mir oft gesagt; er mochte solche unverdorbenen, ehrlichen Zeitgenossen mit Hufen lieber als die meisten von Konventionen und schlechten Gedanken korrumpierten Menschen. Merkte man ihm an, Kamera im Kopffilm fährt neben ihm und den Tieren sanft auf Schienen und zeigt sein Lächeln, obwohl ich ihn doch *real* nur aus der Entfernung sah. Fertig mit Füttern, seine Tüte war leer, zeigte den Rehen seine leeren Hände. Sie verstanden die Geste offenbar, machten sich langsam auf den Weg zurück ins Grüne, weg vom Weg. Mädchen und ich schauten ihnen nach, während Konstantin zurück kam.

Gingen weiter zum Barockschloss, Gespräche liefen langsam wieder an. Edith war plötzlich etwas unfreundlicher; nicht begeistert, dass Konstantin zwei Plastiktüten mit Keksen in die „unberührte Natur des Parks" geworfen hatte, um die Rehe zu vertreiben. Er schien nicht mehr so geduldig, eher genervt; *too much bullshit for one day*. Bot ihr genervt an, die Tüten gemeinsam mit ihr aus dem Rehgebiet zurückzuholen; sie verstummte. Tiere konnte sie nicht leiden und zu viel Angst vor den Rehen. Vorwürfe hörten auf, ging zurück zu langweiligen Schrott-Themen, denen Konstantin deutlich unbegeisterter folgte. Schwenk zu mir und Christina, Gespräch ging weiter, auch nicht mehr besonders interessant. Begann wieder mit „Toleranz-Gerede"; versuchte, mich überheblich zu analysieren, anstatt über eine Affäre nachzudenken. Scheiße, so oft schon gehabt, von Frauen analysiert worden, Küchenpsychologie, verlor die Lust, während ihre Stimme meinen *personal space* durchdrang: „Wenn es für dich gut ist, vor einer Beziehung noch eine Affäre zu haben, ist das total in Ordnung. Das sagt nur einiges über deinen Geist aus..." So ein Scheiß, Plan abbrechen, zu genervt, sie noch zu wollen; irgendwie den frustrierenden Ausflug lohnenswert machen, doch wie? Gehirnzellen starben durch das Zuhören ab; wäre am Ende des Tage bloß älter und dümmer, nichts weiter; zu viele solche Dates gehabt, ihr Gerede bereicherte niemand außer der Luft, die etwas erwärmt wurde: „...und du musst wissen, dass ich unbedingt einen Partner in meinem Leben brauche. Mein Traummann trifft sich in seiner Freizeit mit keinen anderen Menschen außer mir, damit wir gemeinsam wachsen, und uns viel geben können...“

Fuck this shit! Durchgeatmet, nochmal freundliches Gesicht aufgesetzt; sie vielleicht doch noch kriegen, letzter Versuch, letztes Aufgebot, letzter Kampf ums Prinzip; nicht mehr wirklich stark motiviert, direkt sein! Über Sex reden! Sex! Sex! Keine anderen Laberthemen! Fragte offen, während wir eine Straße zum Schloss überquerten. „Aber, ihr habt nur Hände gehalten? Oder hattet ihr auch mehr gemacht?“ Schweigen, sie zögerte; kritischer Moment! Konnte sein, dass sie darauf anspringt... Oder dichtmachen würde... Waren beim Schloss angekommen, da legte sie los: „Ne, Sex hatten wir noch nicht...“ Jetzt nicht lockerlassen, weiter fragen: „Hast du denn normalerweise früh in einer Beziehung Sex?“ Unentschlossenes Gesicht bei ihr; nicht abgeneigt: „Hm, kommt darauf an, was du unter Sex verstehst... Zunächst eher Oralsex!“

Flipperautomaten spielten Siegesmelodien im Kopf; im Erinnerungsfilm auch; geschafft! Oralsex, jetzt ginge es, das Gespräch offener zu führen, Einstieg in explizite Dinge! Edith hinter mir, hörte ihre Stimme kurz; erzählte über Soja-Anbau; stellte mir lächelnd vor, wie Konstantin bei Christinas Stichwort aufgehorcht hatte und krampfhaft beim Gespräch vor ihm mithören wollte; leichtes Zittern in meinen Händen, Aufregung, den Tag doch noch zum Guten zu wenden? Das Thema weiter vertiefen! Vielleicht Christina durch Gerede scharf machen; im Gebüsch mit ihr rummachen, Kopfkino, Film im Erinnerungsfilm läuft ab; redete sanft mit ihr... „Ah, ich finde Oralsex auch schön, fast intimer als ‚richtigen' Sex. Ich mag das sehr, sowohl als Ausführender als auch als Genießer..." Es würde klappen, war mir sicher, auch beim Erinnern fiebere ich noch mit, vergesse kurzzeitig, wie es ausging, denke nur Schritt für Schritt, erlebe es von Neuem. Christinas Gesicht, Körpersprache, nicht erregt, eher wie immer leicht abwesend lächelnd, aber würde das ändern, auf bestem Weg! Sie ergänzte zu meiner Aussage in normaler, hoher, sanfter Stimme: „Ja, allerdings mag ich es am meisten, wenn ich es beim Mann mache..."

Edith hinter mir stellte Konstantin eine Frage zu Soja, er bemühte sich nicht mal mehr; antwortete gar nicht, hörte offen uns beiden vor ihm zu, dachte vielleicht daran, auch bei seiner Begleitung mit dem Thema einzuhaken. Die junge Hippiefrau, harmlose Fassade, dahinter sexuell; mein Typ! Sie sprach weiter; ich lauschte andächtig, glücklich, erwartungsvoll. „...wenn ich es beim Mann mache. Ich kann seit ein paar Monaten eh keinen richtigen Verkehr haben, weil ich da gesundheitliche Probleme habe." Moment? Wie bitte? Unangenehme Wendung; begann, mir unangenehme Details zu schildern, medizinisch akkurat; präzise, unerotische Geschlechtskrankheit; verzog das

Gesicht, killte Verlangen, während sie naiv lächelte: „Aber der Arzt meint, dass das in ein paar Wochen weg sein müsste." Mitfühlende Gedanken in meinem Kopf? Nur Ekel, dachte „*Fuck this*! Ich geh' nach Hause!" Konstantin dachte wohl ähnlich; aber wir beide behielten diese Gedanken für uns.

Gingen langsam am Barockschloss vorbei in den Vergnügungspark zu den Ziegen, Konstantin und ich schwiegen, kein Interesse mehr an Konversation, so viel die Mädchen es auch probierten. Christina gab sich Mühe: „Was möchtest du denn so in Zukunft machen? Wo möchtest du später leben?" – „Möglichst weit weg von dir", wollte ich sagen, beließ es bei ein paar allgemeinen Floskeln, die Lust an langweiligen Gesprächen war mir vergangen; wollte sie nicht mehr; verdammt! Begann, wieder von ihrem Kerl zu erzählen; „Mein Freund ist ein echter Glücksgriff", freundliches Knurren als Antwort, zynisch in Gedanken: „Ja, schön für Dich, Pech für ihn! Loser! Idiot!" Wollte von ihr nichts mehr hören, keine betont sanfte Stimme, kein Dauergrinsen (ab und zu unterbrochen von rechthaberischer Fratze); wusste alles besser, sah sich als überlegen. Ich konnte in ihrem Weltbild – mit Glück – höchstens annähernd ebenbürtig mit ihr sein. Hörte sie mir überhaupt richtig zu, oder wollte sie sich nur reden hören? Kurzer Test. „Was hast du dann also vor, nach dem Studium zu machen?" Etwas Kryptisches auf ihre Frage antworten! Benutzte viele Fremdwörter, erzählte hochgestochen klingenden Nonsens, für niemanden verständlich, sie hätte nachfragen MÜSSEN, um mich zu verstehen; doch sie lächelte bloß. „Ah, interessant, verstehe..." Redete weiter auf mich ein; zuhören konnte sie nicht zu, die „Philoso-phin". Arrogant durch das Studium, Arrogant durch die Eltern, Arrogant durch ihre *Natur*? War doch nicht ihr Psychologe, interessierte mich nicht!

Sie begann wieder, von Indien zu reden, während wir den Eingang zum Vergnügungspark passierten; ihr Lieblings-thema, nervte bloß. „Ich freue mich so, mit meinem Schatz nach Indien zu fahren. Da werden wir den Indern so viele Tipps geben können... Weißt du, viele Menschen in sol-chen Ländern haben Post-Koloniale Traumen..." („Heißt das nicht *Traumata*?", dachte ich, aber sagte nichts.) „...die sind durch rassistische und hochnäsige Europäer aus der Kolonialzeit sicher voreingenommen gegenüber Weißen. Aber wenn wir dort sind, werden wir ihnen sicher zeigen können, dass wir es nur gut mit ihnen meinen und anders sind als die vor hundert Jahren: Wir helfen ihnen, ihr Le-ben gut zu gestalten. Mein Freund will da mit meinen Er-sparnissen eine Dorfschule eröffnen, und vielleicht bauen wir eine kleine Hochschule..." Nervte. Ging ihr wie in Trance voran, wir landeten – eher durch Zufall – in einer Schlange für kleine Boote, die in einem Kanal automatisch gezogen eine Runde durch den Park drehten. Gespräch flaute immer mehr ab je länger wir anstanden; Konstantin war inzwischen neben mich gekommen, um mir etwas zuzuflüstern, die beiden Freundinnen standen nun hinter uns und redeten miteinander. Eltern und Kinder überall, der sonnige Herbsttag hatte sie herausgelockt; stiegen einfach, als wir an der Reihe waren, in ein kleines, blaues vier-Personen-Plastikboot; merkten erst beim Ablegen, dass die Mädels durch drängelnde Kleinkinder etwas abgedrängt worden waren. So setzten sich zwei kleine Jungs – wohl Vorschulalter – uns gegenüber, einer etwas älter als der andere, wohl Brüder, und wir legten ab. Besorgte Eltern schauten uns nach, hatten wohl auch nicht geplant, dass ihre Kinder mit zwei Fremden in ein Boot stiegen, aber nichts zu machen. Fuhren um die Kurve, sahen noch, dass die Mädels wohl zwei Boote weiter hinten einsteigen würden, verloren sie aus den Augen. Endlich Ruhe. Endlich frei sprechen. Konstantins Geist schäumte über, Wut bahnte ihren Lauf, hatte sich angestaut, Schnellkochtopf voll Aggression durch sanftes Sprechen angeheizt. „Fick die Bitches!"

Der ältere Junge hielt seinem Bruder die Ohren zu; entsetzter Blick zu uns: „Das sagt man nicht!" Konstantin zuckte zusammen, fragte irritiert: „Welches Wort? ‚Fick' oder ‚Bitches'?" Aufgeregtes Gesicht beim Kleinen: „Na, das mit F!" Bereitwillig passte Konstantin sein Vokabular an, der Junge konnte seine Hände von den Ohren des Bruders nehmen. „Also: Vergiss die Bitches!" Zustimmendes Nicken der Jungs, Märchenszenen bewegten sich an uns vorbei, Frage an Konstantin: „Hast du Lust, die beiden... Äh, ja, die beiden Mädels wieder am Ausgang abzuholen?" Lachendes Kopfschütteln, hätte nichts anderes erwartet von ihm; waren schon fast am Ende der kurzen Bootsfahrt. „Ne! Die Rehe vorhin sind rationaler und klüger als die beiden Mädels! Keine Lust, meinen Kopf mit Scheiß-Gelaber weiter zu belasten, lass uns abhauen!" Vorwurfsvolle Blicke des älteren Jungen, während wir anlegten; ich ergänzte: „Äh, mein Freund meinte ‚Schrott-Gelaber'." Legten an; während die wartenden Eltern hinter uns ihre Jungs aus dem Boot holten, rannten wir befreit durch den Barockpark. Versuchten, rennend zu kommunizieren, schwierig, Lachen und schnell atmen; atemlos, wortlos, glücklich! Konstantin stieß lachend Wörter hervor, Gefühl von Freiheit: „Ja, Rehe sind klüger! Müssen ihr Essen selber finden! Gefahren aus dem Weg gehen! Keine Zeit für Schrott! Keine dummen Gedanken im Kopf! Nur auf Überleben ausgerichtet! Keine reichen Eltern, die sie durchfüttern!"

Weiterrennen, Witze beim Rennen machen, atemlos lachend kaum möglich, egal, rennen, rennen! Frust in den Beinen sammeln und austreten! Kamera rennt im Kopffilm wackelnd vor uns, *nouvelle vague*, atemlos, dynamisch! Rannten durch den Hof des Barockschlosses, über die Straße, Bushaltestelle; erwischten gerade so einen Bus. Setzten uns, hauten Richtung Bahnhof ab, lachten, Freiheit! Freies Bohème-Leben genossen, unbedeutendes Drama des Tages durch Rennen beendet! Schnell in eine S-Bahn Richtung Stadt; im Zug richtig durchatmen, Konstantin wurde ernster: „Diese pseudo-alternativen Tussis kommen sich so unglaublich überlegen vor! Es kotzt mich an!" Schaute ihn an, er schaute zurück und begann, theatralisch zu gestikulieren, während er die Sprechweise der Mädels imitierte. Ich lachte dabei befreit, er war lustig: „Oh, ich denke soo viel nach... Ich bin allen überlegen! Ich bin soo tiefgründig, ich helfe auch dir, dich selbst zu verstehen, indem ich von mir rede!" Er wurde plötzlich wieder wütend, sprach in ernstem Tonfall: „So tiefgründig, dass man sagen könnte ‚asozial'! Überheblich und unreflektiert!" Er stieß kurz auf und sein Magen grummelte: „Na, und dann setzen sie einem so einen Fraß vor. Elende postkolonial-westliche Chauvinisten!"

Atmete durch, saßen uns gegenüber; ich lächelte, er lächelte, alles wieder gut? Sein Blick auf die vorbeiziehende Landschaft, sprach leise: „Genau wie Julia in Ecuador!" Julia, muss ich einfügen; seine Ex-Freundin. Ich hatte sie nie getroffen, kannte ein paar Fotos; jung, hübsch, banal, unser Typ. Er hatte einige Ex-Freundinnen, aber sie hatte vor einem Jahr mit ihm Schluss gemacht, nicht anders herum, das war etwas Besonderes; und sie hatten nie Sex gehabt. Sie war Jungfrau gewesen, hatte warten wollen, und dann war sie weg. Sie war danach für ein freiwilliges soziales Jahr nach Ecuador aufgebrochen, hatte ihn hier alleine zurückgelassen; war zu seinem liebsten Hassobjekt aufgestiegen. Er *hasste* sie mit Lächeln im Gesicht, „Julia-

Bashing" schien eher sein *running gag* und deutete nicht auf tiefe Gefühle, dachte ich zumindest lange Zeit. Saßen jetzt still da, starrten auf die Landschaft; wir waren beide gerade 24 Jahre alt. Jugend im Gesicht, diffuse Trauer im Herzen, zumindest manchmal, kannte damals echte Trauer noch nicht? Doch, mein Vater war gestorben... Aber war danach nie ganz alleine gewesen, Konstantin an der Seite gehabt; Welt schien noch groß und spannend, es schien noch viel zu entdecken zu geben; alles war anders als heute.

Sprachen wieder über das Date, angenehmes Thema; einer der Hauptgründe, dass wir solche Dinge zusammen unternahmen. Komische Dates inspirierten; inspirieren mich immer noch, aber heute weniger und trauriger; damals inspirierten sie, fühlten uns durch sie lebendig, zwei Bohèmes, nicht in Korsett und Kettenhemd des *vernünftigen*, banalen Lebens gefangen. Ich wandte ein: „Aber immerhin, ein interessanter Tag. Bin froh, Christina kennengelernt zu haben!"

Er stimmte zu, frage nach der Zeit, er hatte seine Uhr vergessen. Ich zog das Handy heraus, um nachzuschauen; bemerkte, dass Christina mir eine Nachricht geschickt hatte: „Hi, wir haben uns wohl verpasst. Wo seid ihr? Wir warten am Eingang des Parks. HdL, Christina". Zeigte sie ihm; lachten beide auf; strenge Blicke der Zugreisenden. Lautes Lachen im Zug ist ungewöhnlich, Trübsal darin blasen ist akzeptierter? Im Job auspowern, dann keine Energie mehr für Lachen im Zug, wer trotzdem lacht, ist verdächtig, hat zu viel Zeit, zu viel Jugend, zu viel Energie? Lachten extra laut und viel. Konstantin und ich teilten die Einstellung, nicht die Trauer in der Welt, nicht die *Ernsthaftigkeit* zu vermehren, sondern sie zu zerlachen.

Konstantin sprach bester Laune: „Komm zu mir, es gibt Tiefkühlpizza! Endlich was *Richtiges* essen!" Ich stimmte zu; zog ihn noch etwas auf, indem ich Christina über Edith, seine heutige Verehrerin, erhob: „Ich glaube, anders als Edith kann Christina immerhin kochen!" Konstantin winkte ab, lächelte, Blick wieder auf die Landschaft: „Meine Mikrowelle kocht auch! Zeig ich dir nachher!" Stummes Lächeln; stiegen beim Hauptbahnhof dann aus, um zu Fuß zu ihm zu gehen...

Langer Abend. Aus der Erinnerung entschwinden in den Schlaf. Schönstes Erlebnis; die Erinnerung nicht abbrechen, sondern langsam ausblenden lassen. *Fade to Black*, der Film der Erinnerung geht sanft zu Ende in die Melodie der Leere. Leere. Traumlose Leere, Glück für ein paar Stunden.

Liebessucht

Im Herbst kam die Saat, im Winter die Ernte. Erntedank-
fest in meinem Bett – träume ich. Traumlos, wunschlos
glücklich, Glück mit dem Tüchtigen, tüchtig träumen? Seit
Monaten keine Antwort – heute ist es so weit. Weiß ich,
spüre ich, Spuren verfolgen. Hier ging sie oft entlang. Lange ist's her. Warten. Kommt sie vorbei? Es ist 13:30 Uhr,
sie hatte doch 14:00 Uhr immer dort zu tun. Sie muss
vorbeikommen. Einfach einmal reden. Kein Reden gegen
die Wand mehr. Mehrmals falscher Alarm, ist sie nicht, sah
von hinten nur ähnlich, ihr Hintern sieht anders aus. Renne einer hinterher; nein, wieder nicht sie. Sie sperrt sich
mir. Stand mir sperrangelweit offen, nicht reingegangen. In
ihr gewesen und doch nichts gehalten. Wären wir glücklich, wenn sie wenigstens reagieren würde, schreiben würde, antworten würde? Würdevoll bleiben, Würde bewah-
ren, sich nicht zum Affen machen, nicht zu oft schreiben.
Auf Antwort warten, Spielchen spielen, taktieren. Beim
Rausgehen immer die Hoffnung, ihr über den Weg zu
laufen. Laufend träumen. Ein Gespräch würde alles lösen.
Kann mich nicht lösen, ohne Worte, ohne Worte zu wechseln. Wortlos glücklich? Nur mit ihr, nicht so.

Affekt gerinnt zu Emotion gerinnt zu trüber Fettschicht
auf dem Gedankenbrei; alles zeichnet sich nur noch ge-
dämpft unter dicker Schicht ab. Gedanken, Gefühle, nichts
mehr definiert, nur noch leichte Erhebungen und Senkun-
gen im erstarrten Fett. Sie durchsetzt mich. Ich durchsetzte

sie, aber sie antwortet nicht. Verletzter Stolz. Unreif? Keine Ernte möglich?

14 Uhr. Sie ist nicht hier. Zum Affen gemacht. Schlage einen Baum; erschrecke, Hand zurück, er kann nichts dafür, Affekt! Zum Affen machen. Nein, erst so zum Menschen gemacht; Gefühle zugelassen, irrational; ausgebrochen. Stecke Kopfhörer in die Ohren, gehe weiter. Schuberts Winterreise. Wilhelm Müller schrieb den Text, war verliebt, unglücklich; schrieb es selbst in Briefen. Neulich Fachbuch gelesen; Germanistik; Literaturwissenschaft – Schaffte kein Wissen, nur Worte, nur Blabla. Schrieb, Müllers Gedichte beziehen sich nicht auf Frauen; seien Allegorie auf Politik, Trauer wegen zu wenig Demokratie, Müller wollte eine Republik. Gelaber. *Fuck me, baby, it's for democracy!* Sie ist nicht in Sicht.

Uni. Unipark. Warum nicht, setze mich auf eine Bank. Kälte; Studenten, Studentinnen, gehen vorbei, Winterreise in meinen Ohren. Stoppe bei „Wegweiser". *It's all about democracy.*

In die Wärme, ins Gebäude; sitzen, Winterreise pausieren. So tun, als ob ich lese, SMS auf dem Handy. Handlich. Guter Vorwand, Spielzeug, auf Partys oft verwendet. Nicht langweilig herumstehen. Nicht Langweiler sein. Handy in der Hand, spannend, kommuniziert, cool. Sozial akzeptiert, wichtig sein, bloß nicht einsam sein. Niemand ist einsam, wir sind glücklich, Glück ist *company*! Sie ist einsam, ich bin einsam, sie wird es nie sagen, ich es nie zugeben. Wir haben doch *Freunde*. Gut, dass es Handys gibt. Einsamkeit schnell im wahllosen Gedrücke auf Knöpfen gekillt, zumindest für Zuschauer.

Kauderwelsch um mich herum, Grüppchen steht in der Nähe. Gespräche um nichts. Viel Lärm um nichts, *much ado*? Hegel. Kant, Wittgenstein, Namen werden um mich geschleudert von jungen Studenten, hüllen mich ein in Wellen aus nichts. Nichts nützt, ergrauen im intellektuellen Gewichse. Sie studiert Philosophie, höre ich. Dreadlocks, alternative Uniform, klar. Handy wird nervös, Hand zittert, nicht von Vibration des Handys. Kein Anruf, keine SMS unterbricht meinen Schlaf im luftleeren Raum. Leere, Inhaltsleere, durch Namen und Fremdwörter aufgebläht. *It's all about democracy*.

An einem Tisch neben mir Soziologen, Politologen, sonstige -ologen. Diskussion, politisch korrekt. Übers nächste Land, das die Medien verdammen. Krieg, weit weg; der ist böse, der ist gut, wir müssen mit, Pazifismus überlebt sich, wir müssen weiter. Dunkle Wolken draußen, dunkle Wolken in den Köpfen. „Was kümmert mich der Krieg, wenn ich nicht in ihr komme", komme was wolle, alte 68er Sprüche neu gedacht? „Wir", im „Wir" gefangen; eine Nation, ein Volk; „wir" müssen kämpfen, in der Welt, Positionen halten; 69 war die letzte mit ihr. Danach nie mehr. Meldet sich nicht. Melde mich nicht zu Wort bei ihnen. „Wir" dürfen nicht tatenlos zusehen. Einhalt gebieten. Kein Aggressionskrieg, nur Beistand, wie immer, wie immer, wie je; Beischlaf lieber üben als Beistand. Selbstgefällige Wellen aus nichts. *It's all about democracy.*

Aufstehen, aufspringen; rein in den Haufen; Pazifismus hat sich überlebt, Fäuste, Worte, Panzergranaten, zeig es ihnen, wie brutal ihr Denken ist! Denke ich. Tu ich nicht. Nie. Dunkle Wolken überall, mir egal, bin in meinem eigenen Schatten gefangen, unter Fettschicht isoliert.

Aufstehen, weitergehen, nichts hält mich hier. Mal hier studiert gehabt, studierte Mechaniken, Strukturen der Uni mehr als Themen; spießige Menschen mehr als das Leben. Winterreise fortsetzen, gehe durch den Park in die Stadt. „Die Post" ertönt in Kopfhörern. Fröhliche Klaviermusik; Erinnerungen. „Die Post bringt keinen Brief für dich // was denkst du denn so wunderlich? // Mein Herz, mein Herz?"

Keine SMS, keine Nachricht, Nachrichten sagen Krieg voraus im fremden Land; bei meinen wird es nie eine Konfrontation geben. Kein Brief. Erinnert an modernen Song. „Looking for my messages". Vor Jahren gehört. Gleiches Thema. Wilhelm Müller sagte, was immer gilt. Kein Brief für dich. Wilhelm Müller, Fluch des generischen Namens? Kein Ludwig van Beethoven, kein Wolfgang Amadeus Mozart, Johann Wolfgang von Goethe... Nur Müller. Wilhelm Müller. Einer wie ich? Einer von „uns"? Aus dem „Volk", der Mann des „Volkes", das große „Wir"? War auch im Krieg, wie „wir" sein sollen, alle sagen es doch, gespeist von den Spitzen. Wir – nicht ich. Keiner von denen, die sich bei „Wir" angesprochen fühlen. Fühle mich nie angesprochen. Unterschied. Unterschiedlich glücklich, unterschiedlich traurig, *it's all about democracy, man!*

Hier ging ich einst mit Ihr. Erinnerungen lassen nicht los, losgelöst von der Welt, Schweben. Hier wäre ich gerne mit ihr gewesen. Sie ahnt nichts. Ich schrieb ihr oft, sagte es ihr, sie weiß es nicht. Nichts wissen. „Mut!" spielt, die Winterreise geht schnell weiter, außer ihr existiert nichts, die Stadt nur Bühne für szenische Aufführung der Winterreise in meinem Kopf. Menschen gehen durch mich hindurch. „Wir!" „Wir!" *It's all about democracy.* „Weht der Schnee mir ins Gesicht // Schüttl' ich ihn herunter!"

Was sie auch tut, Entschuldigungen dafür in meinem Kopf. Habe sie verletzt. Sie erzählt falsche Dinge über mich, wandten sich ab, Lügen; „sie war eben verliebt, dann verletzt", verziehen. Verliebte sind jämmerlich, bin jetzt jämmerlich. „Klagen ist für Toren!" Wilhelm Müller in meinem Kopf spricht, ich renne durch die Kälte, weg, weg, Park, Menschen, Straße, Wolken, alles verschwimmt unter Fett. Alles nur noch kalte Materie; verliert allen Inhalt; *sie* die einzige Rettung, die Bedeutung auflädt. Auto fahren? Münzen sammeln? Kreatives schaffen? Alles egal, alles kalte Materie, Emotion nur durch sie, sonst nicht, nur sie, sonst alles verloren, in geronnenem Fett nur mit ihrer Handschrift alles eingetragen; ohne sie nichts, mit ihr alles, ohne sie nur Klumpen aus Stein mit Biomasse belegt; keine Welt, alles ideenlos; kühl, verloren.

Die Winterreise geht dem Ende entgegen. Was jetzt? Ipod herausholen, welches Lied jetzt? Angst vor der Stille, Angst vor dem Nichts. Ohne Musik ist alles grau, nichts da, nichts real. Verschwommen unter Schicht. Noch 30 Sekunden geht die Winterreise. Don McLean, Vincent, Lieblingslied. Nein, nicht! Alles, was mehr als Klavier und Sänger ist, ist jetzt ordinär. In der Winterreise versunken, Klang des Klaviers ist der Klang der Welt. Sie meldet sich nicht. Winterreise von vorne beginnen, genau. Entspannt. Eine weitere Stunde gerettet. Gute Idee. Hand in der Manteltasche, immer noch die Zahnbürstenverpackung darin. Als ich sie das letzte Mal besuchte, nahm ich eine Zahnbürste mit; hatte die Packung einfach wieder in die Tasche gegeben... Es seitdem nie fertig gebracht, die Verpackung rauszunehmen. Erinnert an sie. Jetzt steht ein Plan. Nach Hause gehen, dort hinlegen, E-Mail an sie aufsetzen, Entspannen. Neuer Plan. Heimwärts unter Wolken in den Köpfen, nicht in meinem. Über mir schwebt nur sie. Und die Winterreise in Endlosschleife. Unter dicken Schichten aus Fett. Alles wird grau, alles wird sie, alles beliebig, *it's all about democracy.*

Einzug

Eingezogen. Schwanz eingezogen. Einzug der Gladiatoren. Kämpfen für andere – Brot und Spiele. Spielt sich heute ab, weit, weit weg, Medienbilder. Generalmobilmachung. Nicht unser Problem. Generell mobil, mobil, urban, modern, trendy, hipster! Verbündeter, verbünde dich, alle Menschen werden Brüder, wir werden mit reingezogen, Medienpanik; Panik bei mir, Treffen mit ihr. Gestern. Überraschend, in der Stadt über den Weg gelaufen, schöpfte Fettschicht von Gedanken, ersetzte sie mit Teer. „Hi, wie geht's? Sorry, ich wollte mich melden, hatte viel um die Ohren, ich schreib dir bald. Muss leider weiter, mach's gut!" Ihre Stimme, ihre Worte; all das Gewichse der letzten Monate, sich vorgestellt, mit ihr zu sprechen, die Wahrheit reicht den Ideen nicht das Wasser. Kein übereinander Herfallen voll Freude.

Trauer. Zu Hause geheult. Vermisst. Traurige Musik gehört. Dann Erwachen! Wach geworden! Vergiss sie! Wut! Du steckst alle Energie rein? Und sie, so respektlos, spielt!? Du willst spielen! Du spielst mit dem besten! Scarface gesehen, das Ende mit Al Pacino, gleiche Situation. Sein Haus zerschossen, er trauert über tote Schwester, bemerkt alles um sich herum nicht. Trauert. Sinnlos! Plötzlich merkt er, dass die Gangster in seinem Haus sind, dann WUT! Aufstehen! „You want to fuck with me?! OK! You're messing with me!? You're messing with the best!" Wut! Sie spielt! Ich spiele mit ihr! You want to play games?!

You're playing with the best!! Bin kein Spielzeug mehr. Spielte den Verliebten vor mir selbst, sie hat es nicht verdient, ich verdiene Schläge, wir alle, AUSBRUCH! Freiheit, Tanze durch die Wohnung, Beethovens große Fuge läuft, Musik voll schöner Hässlichkeit, Energie; alles, was Musik braucht! Emotionen! Sie ist weg! Aus den Gedanken; aus dem Sinn? Spieleabend der Gefühle; Spießer spielen Bettspiele nicht mehr, die Spiele spielen mit ihnen! Kein Hirn zum Wegsaufen vorhanden; Scherenschnittgestalten! Halten das Licht auf seiner Bahn auf, mehr nicht!

Rechner hochgefahren, E-Mail entworfen, gelöscht, schicke ihr nichts mehr heute. Sie will spielen? Sie soll spielen! Will mich kontrollieren?! Sie!? *You're messing with the best!* Schicke ihr nächste Woche was, ab jetzt ist es ein Spiel, sie ist vom Podest gestoßen, meine Stalin-Statue, meine Diktatorin, die jetzt gestürzt ist. Bin zurück im *game* – weg mit Gefühlschaos, gezielt agieren. Zynisch, emotionslos, alles vorspielen. Ziel vor Augen im Fadenkreuz; sie rumkriegen, cool bleiben, unemotional, sie verrückt machen, zielbewusst agieren, *flexible response*. Um 3 Uhr nachts eingeschlafen vor hellem Bildschirm. Erwacht in neuer Welt.

Bündnis wird aktiv. Freiwillige ins verbündete Land gesendet, sagt der Ticker auf der News-Website. Bereite mir Toast mit Marmelade vor, schnell, lese weiter. Bilder von traurigen Kindern, dreckverschmiert, Ziegelzeilen, die mal Häuser waren. Grammatik der Betroffenheit. Wir müssen hin! Sie überschlagen sich. Zieh mich an, gehe raus, auf die

Straße, kann frei atmen, keine Gasmaske aus Internetnonsens nötig, um den Kopf einzupacken. Sie erdrückt mich nicht mehr. Sehe sie nicht mehr. Auf den Straßen alles normal. Kein Krieg zu sehen. Alltag. Zeitung am Kiosk: „Wir müssen helfen!“; „Sammelt Spenden!“ Wir müssen. *Wir*. Immer *wir*. Konstantin hasste das „wir“ – auch das „wir“ von uns beiden – aber er mochte mich. Keine Kollektive.

You want to fuck with me!? News-Projektionen an U-Bahn-Haltestelle. Freiwillige werden angeworben; hilf, unsere Verbündeten zu schützen. Wo sind wir?! Spanischer Bürgerkrieg?! You're fucking with the best! Denken, sie können eine Reaktion kriegen; Krieg aufgebaut, weit weg, Medienereignis, Blockbuster, sprengt Dämme aus Gleichgültigkeit und Alltag. Abenteuer rumballern; auf andere zurennen mit Waffe im Anschlag. Anschläge werden gefürchtet; Panik vor Terror wird geschürt. Rahmen geschaffen, jetzt ist es in Ordnung, Triebe auszuleben für *gute* Sache; gewalttätige, it's all about democracy. „Gerechter Krieg“, „Verteidigung“, jeder verteidigt sich, Angriff ist die beste Verteidigung? Seit Jahrtausenden. Julian gegen die Perser 363 nach Christus, brachte uns die christliche Kirche, mit Julian hätten sie es nicht geschafft. Starb bei Verteidigung nahe der persischen Hauptstadt. Verteidige dich gegen jeden Kriegswahn.

Fahre zum Bahnhof, alles wie immer. Sie kann mich mal, sie können mich mal! Alles Dreck! Das Ziel genommen –

sie. Zumindest für heute. Gedanken kreisen wieder um sie, negativ, aber kreisen. Aasfresser, sehen Gedanken an anderes, stürzen sich drauf, zerreißen sei, tauchen im Blickfeld auf. Wenn sie mich lieben wird, werde ich sie lieben, auch wenn ich sie jetzt nicht mag. Lichte Momente immer wieder; Mut! Sehe sie von außen, Schattenriss; Röntenbild; Liebe weg, nur noch kühler Blick, Analyse, interessant. Meist Abends, kurz, schnell wieder versunken in triefende Schicht Gefühl. Dann verschwindet das Verlangen – bis zum nächsten Morgen.

Zu ihr, zu mir; diene ihr? Diene dir! Deinem Land? Marschieren in den Tod, für alle, frei? Besatzungsregime. Kriegsrecht. Was nützt's? Leid, Tod, egal. Freiheit, egal. Freiheit Gesetz, Gesetz ohne Freiheit; volle Freiheit? Rauben, Morden, Brennen, Ficken, Scheiße! Freiheit. Ausziehen, Defilieren, Deflorieren, elender Dreck! Freiheit. Fahren zu ihr? Zum Bahnhof, Gang durch die Stadt, Leben der Muße, Luxus des Erbes, von dem ich seit einigen Jahren zehre. Sparbücher fast aufgebraucht, dann geht es ins *echte* Leben. Echtes Leben... Echtes Leben bedeutet für fast alle etwas zu tun, das man nicht tun will, um Geld dafür zu haben, in einem Bruchteil der Lebenszeit etwas zu machen, was einen vom *Alltag* ablenkt. Warten auf Rente, auf Tod; dieser hoffentlich nach dem Rentenalter, damit man davor noch wenigstens ein paar Jahre „Freiheit" mit schmerzendem Körper und erstarrtem Geist zugestanden kriegt. Konstantin hatte nicht gewartet. Ich warte auch nicht.

Nihilistisches Manifest? Keine schlechte Idee; bin in Stimmung. Schreibmaschine habe ich zu Hause; Retro-Revoluzzer, Schreiben, verteilen, Manifest gegen Kriegshetze? Oder doch nur wirken wie ein alter Salonkommunist?

Ein Alter mit Flugblättern geht vorbei, ich nehme eins. Salonkommunist. Anti-Imperialistisches Flugblatt, gegen Krieg. Der Feind meines Feindes ist mein Freund? Nein, er ist auch nur in einem strikten Gedankensystem gefangen, vorgefertigt, komplexe Maschine; anders als der Mainstream, aber doch Maschine. Das Endprodukt kann mir in diesem Fall gefallen, aber dafür darf ich keine Maschinen unterstützen. Geschicktes Leben nur als Konventionsmaschine: Informationen nur durch Konventionen, Sitten, Moralvorstellungen gefiltert, der Mensch bloß Prozessor, aus Bauteilen zusammengesteckt. Und je kleiner die Bauteile, desto eher ist der Mensch ein Mensch; nicht das große Modul „Standard-Ideen", oder „Politische Gesinnung xy", oder was auch immer eingefügt. Jeder Gedanke ein Modul. Überdenken, in Gedanken versinken, Flugblatt in der Hand, nichts bewirken. In Gedanken fliehen, wenn die Wahrheit schmerzt.

Konstantin III

Reise in die Vergangenheit, wieder, schmerzhaft; ein Traum, eine Blase, die am Ende zerplatzt. Wohlgefühl darin wird über den Schmerz, wenn man sich bewusst wird, dass es uneinholbar vorbei ist, aufgehoben, ins Gegenteil verkehrt; lohnt sich die Reise dann?

Die Zeit vergeht grausam und rasant. Seit einer Minute vorbei, seit einem Jahr vorbei, seit einem Leben vorbei. Man kommt ihm nicht näher. Und „seit einer Minute vorbei" ist gleich weit weg wie „seit einem Jahrzehnt", es schmerzt nur noch nicht so sehr, Schmerz wird mit der Zeit immer stärker, reifer, erwachsener, trauriger.

Konstantin und ich hatten viele Abenteuer, aber das mit den beiden Hippiemädchen ist immer noch ein Anker, an dem ich meine Erinnerung an ihn festmache. Die Party mit Robby davor und der Heimweg danach stehen für alles, was wir jemals durchgemacht hatten. Zu allen anderen Erinnerungen finde ich darin Verweise. Wie wir nach dem Date mit den beiden Mädchen zu ihm gingen...

Sein Stadtteil gefiel mir; ruhige Straßen, viele Bäume und andere Pflanzen überall, an diesem hellen Frühherbstabend Idylle, euphorischer Gang. Konstantin neben mir, redeten über unser Hippie-Girl-Erlebnis, hörten plötzlich eine Violine aus einem offenen Fenster. Caprice von Paganini, holprig gespielt, jedoch schon vielversprechend, würde mit

Übung wohl schnell besser werden. Mein Freund signalisierte, still zu sein, wir lauschten. Etwas kratzig, nicht schlecht, ab und zu ein paar Fehler, bestätigte meine erste Einschätzung; noch etwas Übung, dann bald perfekt. Musik unterbrach ständig, setzte immer wieder von vorne an, meine Geduld war schnell weg. „OK, schön, komm, lass uns weitergehen!"

Er wollte sich nicht fortbewegen, ging näher an den fünfstöckigen Altbau mit offenem Fenster heran, näher zur Musik; flüsterte zu mir. Die Violine spiele sicher eine hübsche, junge Frau, 18-20. Machte es an Bogenführung, Phrasierung fest, weiblich und jung; er war bezaubert und sicher. Ich legte seiner Schwärmerei Steine in den Weg; könnte doch auch eine alte oder hässliche sein, oder sonst nicht sein Typ, selbst wenn es eine Frau wäre. Ließ sich nicht davon abbringen; er träumte gerne. Träume selbst gerade gerne; schlafend vor *ihr* entkommen, doch neulich von ihr geträumt. Es war im Traum für immer Schluss; wusste ich plötzlich deutlich, Panikattacke im Schlaf. Erleichtert aufgewacht; erstmals. Kein feuchter Traum, feuchtes Erwachen, sich einen runterholen auf nicht so trostlose Realität. Real keine Ahnung, wo sie ist, was sie macht; schlimme Sicherheit im Traum nur ausgedacht; Gedanken zurück zu Konstantin, damals noch gelacht.

Ließ sich sein Bild der Violinistin nicht ausreden; da oben unerfahrene junge Frau, nicht älter als 23, sicher. Immer *sicher*. Konstantin gab Sicherheit in Dingen, die er nicht wusste. Hätte mich wegen ihr heute getröstet; mir gesagt, was los sei mit ihr, obwohl er es nicht wusste; humorvolle und doch aus Lebenserfahrung gespeiste „Sicherheit". Hätte in Prozent umgerechnet, wie wahrscheinlich, dass es noch klappen würde. Durch nichts belegt als durch sein Auftreten; half immer, heute nicht mehr. Male mir aus, 80% sicher, dass sie mich noch will; nein, 90? Wirkt unecht, wenn ich mir die Zahlen ausdenke. Konstantin war echt; ließ alles *echt* wirken; nahm dem Leben die Schwere.

Schwierig für ihn. Er ging vor dem Haus auf und ab. Wenn er sie nur kennenlernen könnte; war sich sicher, dass sie ihn mögen würde, junge, unerfahrene Frau. Er hatte mal zwei Freundinnen gehabt, besser gesagt, eine Freundin und eine Affäre, offene Beziehung. Trotzdem wollte er immer noch mehr, sein Erfahrungsschatz der Vergangenheit reichte nicht, es mussten ständig neue her, „ein Mann braucht Abwechslung", sagte er immer. Immerhin, er belog nie eine, versprach nichts, was nicht stimmte. Er war anständig in seinem „unanständigen" Leben, von Spießern verdammt, von mir verehrt. Nun verzweifelte er an einem Gedanken: Wie glücklich die schüchterne Violinistin wäre, wenn sie ihn als Zuhörer sehen würde; wenn sie wüsste, dass ein Mann sie verehrte, wenn sie mit ihm reden würde, würde er sie kriegen, er war sich sicher.

Musik hörte auf, wir schauten zum Fenster; es schloss sich, nicht erkennbar, ob Männer- oder Frauenhände; Konstantins Theorie wieder nicht widerlegbar. Erschuf immer wieder *Schrödingers Dinge*. „Sie wird zu 90% sicher mit dir schlafen wollen", sagte er mir mal vor einem Date. Konnte in dem Moment nicht beweisen, dass er unrecht hatte, auch nicht, dass es stimmt; also beides wahr, glaubte dann lieber ihm; wurde nie widerlegt, er hatte Talent. Wir lachten beide; wir waren oben wohl gehört worden, bevor sich das Fenster schloss; was die Violinistin (sofern es wirklich eine Frau war) wohl dachte? Gingen lachend weiter durch Straßen, an den Seiten von Altbauten beobachtet.

Konstantin ging täglich ein paar Stunden die Straßen entlang, war es sein Sport, oder Flucht in Langeweile? Immer Kopfhörer in den Ohren, wenn er alleine war; Realität vergessen, Musik in den Beinen erlebbar machen; Beethovens siebte gehend erkunden. Beim Gehen wird das Gehirn angeregt, sagte er. Eine Sinfonie sitzend zu hören kam nicht in Frage. Hören intensiver, wenn man sich bewegt, tanzt, springt, rennt! Nicht bildungsbürgerliches Hochkultursitzen; Konstantin hasste klassische Konzerte, liebte klassische Musik. „Muss sie in jeder Faser des Körpers spüren", meinte er, „Geist muss Flammen schlagen", meinte Beethoven. Habe es von ihm gelernt, übernommen, er lebt darin in mir weiter.

Wir schauten die Gebäude an, schöner Tag, trödelten auf dem Weg zu ihm. Er schwärmte, klang dabei aber frustriert; es gab sicherlich so viele 18-20 jährige Mädchen in den Gebäuden um uns, nie berührt, und er hätte Chancen bei ihnen, wenn er sie bloß kennenlernen würde; würden ihn aber nie kennenlernen. Verzweifelte an der Gemeinheit des Lebens; so viele Möglichkeiten, doch nie alle erlebbar. Unterbrach ihn: „Sieh doch mal, was du hast, nicht immer, was du nicht kriegst!" Er lachte; er war 24, zu jung, um sich zu beschränken. Sagte er. Ausprobieren, alles, den Geist, das Leben nicht in Fesseln legen; doch die Zeit beschränkt die Möglichkeiten. Das Leben, das vor einem liegt; eine große Masse. Konsumierbar, essbar, nährt den Geist. Man wir darin vorwärts getrieben, kann niemals stehenbleiben oder umkehren; mit jedem Moment, den man seinen Tunnel darin vorwärts treibt, stellt man sicher, dass man andere, parallele Routen nie kennenlernen wird. Man kann abbiegen, mal eine andere Route kennenlernen; aber nie alle gleichzeitig. Je geradliniger man sich darin bewegt, desto weniger wird man vom *Ganzen* kennenlernen; und alleine die Tatsache, dass man die Bewegung nach vorne nicht stoppen kann, sorgt dafür, dass niemand je *alles* erleben wird. Der eine Tunnel kann ein Lebensweg als Künstler sein; wer sich auf dem Pfad durch die Lebensmasse frisst, nimmt die Erfahrungen als „Künstler" in sich auf. Die Erfahrungen als Banker, als Bauarbeiter, als Hippie-Dropout, die in unendlicher Masse neben meinem Tunnel sind, kann ich nicht wahrnehmen, nicht aufnehmen. Jede Entscheidung versperrt unendliche Erfahrungen; ich kann höchstens mal von meinem Lebensweg abweichen, eine andere Erfahrung ausprobieren, aber immer nur ein Weg zur Zeit. Jetzt, heute, in diesem Moment bin ich in meinem Tunnel in der großen unübersehbaren Lebensmasse. Habe meine Erfahrung. Kann andere nur erahnen. Was wäre, wenn ich vor Jahren xyz anders entschieden hätte? Wenn ich heute in Ort/Land ... wohnen würde? Dann wäre ich an einer anderen Stelle in der Lebensmasse – gleich weit drin, aber an einem anderen Punkt. Wenn man jung ist, scheint die Masse an möglichen Erfahrungen im Leben so groß, der Weg voran so unendlich lang; es wirkt nicht einschüchternd. Man kann doch jederzeit mal vom Weg abweichen, möglichst viele Erfahrungen mitnehmen, viel erleben, *anders* sein als die Spießer um einen herum. Doch die Zeit ist grausam. Je weiter man sich in die Masse gräbt, desto kürzer der Weg vor einem. Und irgendwann merkt man, dass man auf keinen Fall auf dem immer kürzer werdenden Weg vor einem alle Erfahrungen noch machen kann. Mit 60 zum Hippie werden? Ganz anders als wenn man es mit 20 macht; alter Mann in Kommune geduldet, junger dagegen von den Mädels dort verehrt. Wer jung ist, kann die meisten Erfahrungen machen – aber die Zeit versperrt es, zu viele machen zu können. Sich wünschen, wie die Leute zu sein, die ihren geraden Weg zufrieden durchmampfen bis zum Schluss. Schauen sie wohl manchmal nach links und rechts? Spüren sie diffus durch die undurchdringlichen Seitenwände des Tunnels, was parallel auf sie warten würde? Gibt es manchmal eine Sehnsucht? Sind sie zufrieden, oder auch nur *Illusion*?

Lege mich hin, kann nicht mehr stehen, denke an Konstantin, raubt mir die Energie; will alle Energie für die Erinnerung aufbringen. Denke über ihn nach. Komplex, erstaunlich komplex, der komplexeste Mensch, den ich kenne. Erlebte Widersprüchliches, was ich kaum mit einer einzelnen Person zusammenbringen kann. Manchmal voller Energie, überschwänglich, brodelte aus ihm heraus; an anderen Tagen in sich gekehrt, unsicher; die einzige Konstante war, wenn andere dabei waren: Sein Auftreten war dann sorglos, unbekümmert, als nehme er nichts in der Welt ernst; wozu andere betrüben? Sagte mir das auch öfters. In allem könne man etwas Lustiges, Lächerliches finden; jede menschliche Interaktion genau betrachtet sinnlos, absurd. Je mehr ich ihn kannte, desto weniger Mühe gab er sich, vor mir locker zu bleiben; aber an dem Tag nach dem Doppeldate war er glücklich. Frauen kennenlernen machten ihn immer glücklich, je komischer, merkwürdiger, desto besser; inspirieren ihn, sagte er. Mich nicht mehr. Seit *ihr*.

Gingen in ein Restaurant bei Konstantin um die Ecke; ging auf ihn, er hatte reich geerbt, anscheinend. Sagte er mir zwar nie explizit; doch keine Eltern, große Wohnung, Sparbuch, keine materiellen Sorgen; deutete er immer an. Während des Essens wurde er immer stiller und nachdenklicher. Versuchte, ihm lustige Fragen zu stellen, Geschichten zu erzählen. Half nichts, irgendwann unterbrach er mich. „Ich hatte heute Nacht einen merkwürdigen Traum, mich beschäftigt das schon den ganzen Tag." Nachdenkliche Augen, trüber Ausdruck. Hörte ihm zu, wie er mit leiser werdender Stimme erzählte:

Hatte geträumt, zum Arzt zu gehen; Diagnose Demenz, trotz jungen Alters. Fühlt sich fit, erinnert sich an alles, Gedächtnis funktioniert, fühlt selbst keine Probleme; Arzt hat es aber gesagt, Autorität! Zweitmeinung? Nein, wird entmündigt; in Heim gesteckt. Dement. Fühlt sich fit, erinnert sich an alles; alles, was er sagt, wird nicht ernst genommen. „Ja ja, Herr (...), sicher, so meinen wir das; jetzt essen wir schön das Frühstück." Ausgestoßen, niemand redet ernsthaft mit ihm. Seine Ex-Freundin Julia besucht ihn, er gesteht seine Liebe, sie nimmt ihn nicht ernst. „Frau ..., in seinem Zustand sind solche starken Gefühlsaffekte durchaus normal." Niemand nimmt ihn ernst, weil Ärzte das sagen. Autorität hat ihn entmündigt, seinem Mund entströmen für sie nur noch wirre Ströme; sie nimmt seine Worte nicht mehr ernst, weil ihr das gesagt wurde. Ernst; *sie* meinte das auch bei mir immer, zu wenig *ernst*. Wurde ernster, half nichts; sie liebte den lustigen, wollte den ernsten, verlor die Liebe, hier steh ich. Zurück zu Konstantins Traum, mein Leben, beides vereinigt, wusste es damals noch nicht. Zurück zum damaligen Tag.

Konstantin war zusammengesunken, das Erzählen nahm ihn mit. Autorität der Ärzte, entmündigt, machte ihn krank im Traum; Bauchschmerzen beim Erwachen an dem Morgen, dann schnell aufgerappelt fürs Date mit den beiden

Alternativen. Versank nun, nach der Erzählung, in Selbstmitleid, vermisste Julia, seine Ex, starrte sein Wasserglas an. Schüttelte den Kopf, interpretierte nun für sich selbst seine Verfassung; Julia höre ihn nicht mehr an, nehme ihn nicht mehr ernst. Er sei bei ihr aus der *ernsten* Sphäre in die des *Mitleids* gerutscht; Stimme verloren, entmündigt als der lächerliche Verliebte, dem „man" nicht zuhört. Ich wusste nichts Genaues über sie, er hatte sie bisher nur ein paar Mal am Rand erwähnt. Ex-Freundin, jetzt in Südamerika, war vor acht Monaten aus seinem Leben geschieden. Fragte nach Details, er schwärmte; echtes Lieblingsthema, offenbar gerade gefunden. Funkeln in den Augen.

Sie war 19 gewesen, unerfahren, unverdorben, jungfäulich, intellektuell; Konstantins Geschmack. Hatte nichts sexuell mit ihr gemacht; hatte respektiert, sie wollte warten. Sie machte Schluss fürs Auslandsjahr und hatte darauf bestanden, dass sie es extra nur mit *Rücksicht* auf ihn tat, damit er in dem Jahr nicht so einsam wäre. Miese Taktik, feige. Oft erlebt. Sich einreden, ihm etwas Gutes zu tun. Er begann beim Erzählen zu zittern, unterdrückte Wut, die Geschichte wohl sein wunder Punkt, Siegfrieds Lindenblatt-Stelle. Hatte ihr gesagt, wie es ihm ging, wollte sie überreden, sie nahm ihn nicht ernst; wollte selber Spaß haben dort, gab es aber nicht zu. Er hatte seitdem nur im Social Network Bilder von ihr gesehen, mit Männern in Südamerika. Belastete ihn, schaute aber doch noch immer ihr Profil an, sie hatte ihn nicht de-friended. Schwäche meines Freundes kennengelernt; schwiegen uns an.

Frage von mir. „Warum magst du sie dann noch?" Das erste Mal, dass er die Fassung verlor und ich es mitbekam. „Das verstehst du nicht!" Erschrak vor sich selbst wegen seines Tonfalls. Damals verstand ich ihn wirklich nicht, heute alles geklärt, klar, Klarheit im Geist und doch umklammert von *ihr*. Weiß, wie er sich gefühlt haben musste. Kein Hollywood-Happy-End.

Begann, wieder normal zu sprechen. Stimme fester, ohne Probleme; Analyse seiner selbst voll Selbstvertrauen. Sie hätte gut zu ihm gepasst, ja. Und war Jungfrau gewesen, das war ihm wichtig, so wie mir, konservatives Element unserer Flickenhüllen. Plötzliches Lächeln auf seinem Gesicht; wahrscheinlich würde sie ihn nach zwei Wochen nerven, wenn er sie *hätte*; das Nicht-Haben machte ihn fertig. Ich lachte mit, merkte mir das Argument, trage es in meinem Kopf seitdem; klar, klärt den Geist, sprengt aber nicht die Umhüllung, Einkesselung, Ummantelung durch *sie*, lindert nicht den Schmerz. Sprengt's nicht in Fetzen. Fetzenhülle.

Stießen mit Wasser an, guter Schluss, Ende gut, alles gut? Nichts war gut, wie nie; gutes Ende nur größere Fallhöhe zum nächsten Tief. Nicht gewusst damals. Lachte mich an; er habe viele Mädchen, die ihn mochten, alles egal, Prost, Wassergläser klirrten. Andere Themen hielten Einzug;

unser Lieblingsthema, neben klassischer Musik und Frauen, klassische Geschichte. Konstantinopel. Römische Stadt, Antike hielt bis ins Mittelalter, Metropole, 1204 von den Kreuzrittern kaputt gemacht obwohl christlich; teils wieder aufgebaut, dann 1453 von den Osmanen eingenommen. Wie sie wohl kurz davor aussah? 250 Jahre nach der Plünderung von 1204 war sicher einiges wiedererrichtet, repariert worden, aber waren vieles Ruine, abgetragen? Oder gab es bewohnte „Inseln" inmitten bewachsener Ruinen? Es gab Reiseberichte aus den 1420er Jahren, nicht detailliert, aber nichts über die Jahre danach bis 1453. Ruine? Spekulation, zerstörte Schönheit, zerstörtes Alter; Progressiv; alles abreißen. Gespräche im fortgeschrittenen Abend, Konstantin lebt. Noch. Für immer.

Schnellzug

Generalmobilmachung. Jetzt. Müssen helfen, nicht freiwillig, alle. Brief bekommen, Erschütterung in der Zeit. Die Zeit ist verrückt, alles, was stand, vom Platz verschoben, Korridor in Werte gefräst, gepflügt, eingebrannt. Der Verrückte wird zum Normalen, das Verschobene zur Norm, was war „normal"? Normen verschoben; doch nicht, wie *ich* es mag; sondern wie *sie* es mögen, die „Massen", massenweise neue Werte, das große „*wir*". Kriegslust? Lieber Status Quo erhalten; konservativer sein als die Konservativen, Zeit in Konserve festhalten, gute alte Zeit, altert schnell, überaltert, vergilbt.

Willenlos werden, Hamlet, Außenseiter werden. Ernst genommen? Wozu, wer, *ich*? Kritische Geister unerwünscht. Konformer Geist stößt ab. Laertes – Dies, über alles, dir selber sei treu... Dies, über alles, dir selber sei treu. Rhythmus des Herzens im Rhythmus der Worte. Ausgelebt, ausgeliebt, alles ausgemacht; jubelnde Mengen, jubelnde Medien, jubelnde Geister, miteinander ausgemacht. Nicht abgeholt werden die Devise. Wahnsinnig werden, den Sinn der Zeit in Wahn verkehren, Wahn mal Wahn, Minus mal Minus, in Sinn verklären, ausgießen, gieße die Pflanze des Wahnsinns stärker. Einberufung, nicht hingehen, geholt werden? Hingehen und schreien? Verrückt spielen? So tun, als sei ich geistig krank? Wenn sie es nicht glauben? Würde das Simulieren vergessen? Bestraft werden? Wer es glaubt? Glauben, nicht wissen, glauben, normal zu sein. Welcher Verrückte gesteht sich den Wahnsinn ein? Glauben, Normal zu sein, es nicht sein können, könnte klappen.

In die Anstalt kommen? So verrückt sein, dass sie mich nicht nehmen, doch so normal, dass sie mich heimschicken. Harmloser Fall. Nicht im Trommelfeuer fallen, im weichen Zimmer siechen, enden, vergehen. Stunden vergehen. Hölderlin lesen, Scardanelli werden. In seinem Wahnsinn versteckte er sich im Turm, ließ die Welt vorübergehen; Napoleon, Kriege, alles egal im Turm. Winter kam, Sommer kam, Frühling „mit Unterthänigkeit", alles vorüber, im Turm. Unterschrieb irgendwann nur mit „Scardanelli", dazu Fantasie-Datumsangaben, „Hölderlin", der Name hatte aufgehört zu existieren, für sich selbst, für andere? Turm des Geistes, Turm des Gefühls, türmen aus dem Wahnsinn in den Wahn. Der Bürger, der „Mann von der Straße", Lassen sich steuern, zahlen Steuern um angeführt zu werden. Was macht die Führer so mächtig? Unterstützung. Alle unterstützen, keiner schert aus. Macht *man* so! *Man!* Ich nicht! Mann! Sie zensieren, defilieren, deflorieren Geister, pflanzen Samen aus Ideen, spritzen Samen darin ab, lassen alles in sich vergeh'n. Niemals genesen, ist nichts gewesen. Du musst. Wir müssen! Kämpfen, dann Küssen – Untertan, verstecken! Alle verrecken! Niemals geschehen – nichts mehr gesehen?! Im Wahnsinn versteckt – Seele verdreckt.

Strohhalm im Wind, biegen, Position waren; das Meer bei Sturm, die tiefen Schichten ziehen ihre Bahn unbeirrt. Das Äußere verwildern lassen; Inneres unberührt; verrückt aussehen bei der Musterung, in einem Tag hinkriegen nicht möglich! Starre die Fingernägel an. Kommt! Wachst unkontrolliert zu Klauen, lasst mich verwahrlosen, wild aussehen! Alten Müll kaufen – Wohnung wie ein Messie herrichten. Einer, der nicht zur Armee *kann*. Können! Eine Fähigkeit hat jeder – mit `ner Knarre dem Feind entgegenrennen. Kanonenfutter werden, gefuttert werden, die Gier der Oberen füttern. Gierig verschlungen von verfressenen

Spießern, ihr Projekt werden, ihre Tinte, mit der sie sich unsterblich schreiben wollen. Nur noch Spur sein. „Große" Leute. Geschichte von „großen" Menschen, wer ist „groß", was ist „groß"?! Haben ihre Namen ins Gedächtnis geschrieben, Millionen Körper zermatscht zu Tinte im Geschichtsbuch; zu Schellack geworden, gemahlen, gepresst, zu „Heldentaten" geformt. Defätistisch. Werden sie sagen. Bin ich doch auch. Aber nicht mehr! Niemals mehr! Wer ist das denn?! *Ich*? Werde zu Scardanelli. Zu Hölderlin im Turm. Bin der schweigende Geschichtsschreiber, der Chronist, Chronik des Todes, des Wahnsinns, im Wahnsinn verfasst, nur in meinem Kopf, nie veröffentlichen.

Körper zerkratzen, den eigenen, aussehen wie suizidal. Nein, werden sie mit Drill rausprügeln wollen. In den Untergrund gehen. Modewort, rebellisch. „Untergrund". Was ist das? Weiß ich nicht, würde ich gern wissen. Pass wegwerfen, von Pilzen im Wald leben? Unterirdischen Bunker, undokumentiert weitab in der Wildnis, hätte ich bauen müssen, nicht im Stadtapartment in der Präsentationsvitrine sitzen, starren, enden. Verrückt werden. Sie werden meine Wohnung nehmen, mich einsperren in Gummizelle; Gebe meiner alten Nachbarin die Wertsachen zur Aufbewahrung. Alter ändert alles nicht. Sie ist alternativ. Großartig. Lernte sie damals in Berlin kennen; als sie ihre Miete nicht mehr zahlen konnte, verschaffte ich ihr das billige Apartment neben mir. Sie trägt die Maske des Alters; konservative Oma. Gab mir immer Tipps, wie ich möglichst viele Frauen kennenlernen könnte. Trieb mich an, als ich damals nach Konstantin den Antrieb verlor. Lange nicht gesprochen, sie ist nebenan, aber keine Zeit für sie gehabt; die Welt erkundet, mich vergraben darin; versteht sie, klopfe, Gespräch.

So, meine Habseligkeiten gesichert. Wozu sichern? Kriege kein Pharaonengrab voll Dingen, alles bleibt hier; nicht bei mir, in der Seele. Wandel der Welt begutachten, Betrachter sein, an nichts hängen, Materielles egal? Eine dünne Schicht trennt „Zivilisation" von Chaos, unser Land von „*Failed State*". Glück nicht von dünnen Schichten, Häutchen abhängig machen, Heulen beim Schälen der Zwiebel, defloriertes Land. Wahnsinn ergreift Gedanken, aus dem Fernseher die Hymne. Ergriffenheit. Jetzt dürfen wir weinen, patriotisch sein. Lebe in interessanten Zeiten; doch bloß Neuaufguss, *re-launch*, Geschichte Staffel für Staffel das Selbe, nur modernere Sets, Dr. Who des Lebens.

Hölderlin. Die Reu' und die Vergangenheit in diesem Leben // Sind ein verschied'nes Sein.

Nicht Hölderlin, Scardanelli schrieb dies! Bereue nicht, etwas gehabt zu haben. Hänge nicht daran. Nur Chronik schreiben. Wer gibt *ihnen* eigentlich verdammt nochmal, das Recht, mein Leben so zu ändern?! Es zu riskieren?! Verdammte Machtmenschen, Strukturen zerbrechen, zerschlagen, ausschlagen; Zähne ausschlagen, ihre Zähne; nicht mitmachen bei ihren Plänen. Niemand folgt ihnen, und sie sind nur jämmerliche, krallenlose Gestalten. Strukturen. Alles nur in Köpfen. Wahnsinn. Nicht bei mir, in der Welt. Zeichen für Wahnsinn. Scardanelli.

Durchatmen, du musst atmen, alles was zählt. So lange Atem in dir ist, ist alles gut. Alles andere nur Verzierungen der Torte. Wahnsinn spielen? Dann sediert in der Anstalt vor sich hingammeln, den Ärzten ausgeliefert? Krieg zu Ende, trotzdem sediert weiter vor mich hinstarren, im Schrittempo dem Ende entgegen. Nein. Dann sind alle Chancen weg. Chancen haben. Kriegsberichterstatter werden. *Gottbegnadetenliste.* Als unabkömmlich gelten, nicht an die Front. Geschickt navigieren, lavieren, Kriegsberichte schreiben? Fürs Oberkommando schreiben? Wie hinkriegen? Gemustert werden, Ausbildung machen, einschmeicheln? Wie? Handschmeichler für die Regierung sein. Lege den ersten Satz von Beethovens siebter auf, springe vier Minuten vors Ende; per Aspera ad Astra, Lieblingsstelle! *Danach* den Geist ausrichten. Energie! Mut! Springe hinweg! Chronik schreiben, sich mitreißen lassen in dem Strudel der Zeit, sich selber treu bleiben, fester Baumstamm, schwimmend im Wasser, Halm im Wind, Position fest oder in sich fest? Keinen Wahnsinn simulieren! Sich verstecken hinter Mittelmäßigkeit; Mitläufer sein. Wie viele Mitläufer sind in Wahrheit Gegner? Alle? Alle wollen keinen Krieg, keiner gibt es zu? Glaube ich nicht. Wahnsinn der Welt. Wahnsinnige Einfälle für nichts. Nichts geht mehr, alles gesetzt. Gehe morgen zur Musterung. Guten

Eindruck hinterlassen, im System schwimmen, Ausgänge suchen. Desertieren? Gefangennehmen lassen? Von feindlichem Pöbel erschossen werden mit erhobenen Händen. Nichts geht. Alles geht. Das Leben entscheiden lassen. Das Leben lieben. Nur noch das Leben, und sich selbst.

Scardanelli, 16. Juni 1894.

Beutezug

Schlangen, Menschen, nackte Körper auf dem Fließband präsentiert; einige aussondern, den Rest aussuchen. Gemustert werden; doch nicht getraut, krank zu tun. Menschen kommen herein, werden erbeutet, Formulare kommen heraus. Name, Konfession, Alter, Größe; Körper gesund, vermessen – Seele ignoriert. Ignoriere *sie* – zur Zeit – so gut es geht; geht nicht, gehe einen Schritt vor; der Nächste wird vermessen. Beutezug; Beute, gezogen von Konventionen, „man" geht hin, wenn man eingezogen wird, gezogen. Nicht geschoben. Versuche zu bremsen, dann wirst du zerbrochen; deine Füße bleiben am Boden kleben und der Körper schleift über den Asphalt. Asphaltierte Straße der Mechaniken, kein Entkommen, es wird an die Front gehen; es *wird* eine Front geben, nach dem Einzug, kein Zurück; Mechaniken laufen immer. Nichts läuft. Wird nur bewegt, gezogen. Nackte Männer vorne und hinten, Scham abgelegt; Untersuchung. Pflicht; warum Scham? Warum Kleidung? Schon oft überlegt, besser, jeder wäre immer nackt, immer, alle gleich, keine äußeren Geheimnisse mehr voreinander? Egalité? Der Anblick mancher hat mich immer davon abgebracht; manche will ich nicht nackt sehen. Alberne Gedanken, albernes Leben; alberne Situation. Begrabscht von Ärzten, in Kategorien eingeteilt, Gedanken egal; sehen nur, „er macht hierbei mit, also macht er keine Probleme, problemlos erziehbar"; alles andere egal, Innenleben zählt nicht. Zähle ab, wie viele hier drinnen sind. 55? Hab mich verzählt? Draußen vor der Tür noch viel mehr. Alle durchs Nadelöhr getrieben, untersucht; werden uns untersuchen, doch nicht zu genau suchen, möglichst viele sollen durchpassen. Keine Kunst, genommen zu werden. Ich trage eine Brille; kein Problem für sie, aber wie soll es gehen, bebrillter Nahkampf? Unscharf im scharfen Feuer? Albern. Alberne Wortspiele, aber zu viel Ernst um mich herum; sehe Schild oben hängen, fordert zu ernsthaftem Verhalten beim nackt Schlangestehen auf. Schlängeln uns zum Nadelöhr; begrabscht werden. Werde doch dabei nicht anfangen, zu kichern; oder doch? So tun, als ob mich Anfassen anmacht, peinlich berührte Blicke des Arztes provozieren? Witze machen?

Nein, lieber nicht; kein Humor im Krieg, kein Humor im Leben, sieh doch den *Ernst* darin! Werde *erwachsen*, Junge, sitz lieber mit Langweilern zusammen und unterhaltet euch darüber, was für ein Regal du dir kaufen willst; für zehn Minuten, eine halbe Stunde, den Rest des Lebens; trink ein Bier, um am Leben zu sein; für ein paar Minuten Leben in deinen vertrockneten Geist zu gießen; falsches, gärtrübes Leben, doch wer das echte nicht kennt, vermisst es nicht. Lebendig sein; jetzt besonders, bald nicht mehr? Reihe geht voran, voran an die Front? Wie lange hat jeder wohl zu leben? Hab mich das oft gefragt, wäre interessant: Sprechblase über jedem Kopf, Countdown; Minuten, Stunden, Tage bis zum Tod darin geschrieben. Wäre hilfreich – oder nicht? Dadurch intensiver leben – oder die

Zeit absitzen? Sagen, xy zu tun lohne sich nicht mehr, da man weiß, dass einem zu wenig Zeit dafür bleibt? Mich um *sie* bemühen? Habe nur noch drei Tage, wozu also? Lieber sinnvolleres anstellen mit der kurzen Zeit? Würde dem Leben mehr Sinn geben, oder gerade nicht? Sinn entleeren, alles planbar machen? Andere Vorstellung: In gleiche Sprechblase schreiben, ob schon mal Sex gehabt oder nicht, und wie lange es her ist. Nicht nur hilfreich dabei, Jungfrauen zu finden, sondern auch allgemein interessant. Korrektester Mensch, Professor, CEO, geschniegelt, *businesslike*, nicht nackt und schnaufend vorstellbar; Vorstellung durch geschriebene Tatsachen erzeugen, künstliche Ordnung durch Sprechblasen sprengen? Sprenge gerade wieder die Konventionen, was man als ‚anständiger Mensch' zu denken habe? Wenn ich vor ihren Freunden so sprach, mochten sie mich nicht, ganz besonders Omega schien unbegeistert. Omega... Immer korrekt, grabschte korrekt, weil ja angeblich desinteressiert und zufällig; begrabschte alle zufällig, nur keine Männer. Die Ärzte grabschen korrekt, dürfen sie, Pflicht, etc. Wenn ich nur sagte, dass ich Sex mit einer wollte, nicht einmal grabsche, dann galt es als Katastrophe bei ihnen; nicht korrekt; darüber spricht *man* nicht, sie sahen auf mich herab. Außerhalb der Norm. Normale Gedanken? Haben sie keine solchen Gedanken, oder nur Angst vor dem, der sie ausspricht? Mitleid mit dem, der sagt, was sich jeder denkt? Mitleid. Immer das gleiche. Sie sagte mal, sie habe Mitleid, weil ich sie liebte; herablassend. Immer auf die anderen herabsehen, sich erhöhen auf Podest aus brüchigem, verdünntem Gips. Die Woche davor hatte sie es mir noch selber im Bett zugeflüstert, sie liebte mich immer wenn wir zu zweit waren. Grashalm im Wind; bewegte sich mit anderen Meinungen, mit der Gruppe; mit dem, was sie oder die Gruppe für die Gruppenmeinung hielt, der man als Gruppe gruppenweise zu folgen habe. Irgendwie hatte ich sie manchmal an der Wurzel gehalten; Wurzel nur für den zu finden, der auf den Grund ging, nicht für die, die bloß der wechselhaften Spitze folgten. Gespräche nur an Spitzen ausgerichtet; immer, in den Kreisen der ewigen Freunde – täglich gesprochen, nichts gesagt. Eingelullt in langweiligen Wortwellen, Angst vor dem, der auf den Grund geht. Wie soll der Geist denn Flammen schlagen, wenn ihn nichts mehr berührt!?! Wenn Leute wie sie jeden Tag bei den immergleichen sitzen; das gleiche reden; Hülle an Hülle reibt, niemand in die Tiefe geht!? Sie sich bloß an das Plätzchen anpassen, das die Herde frei lässt, bei Bierchen und ewig gleichen Oberflächlichkeiten abends jede Ambition ersticken; das Leben erreicht nicht einmal bloß die Spitze des Grashalms: Nein, es erreicht die durch Alkohol und Konventionen aufgeweichte Spitze, noch weniger Reibung möglich!! Keine Tiefe. Was ist das für ein Leben, wenn einem die eigene Tiefe peinlich vor den anderen ist? Persönlichkeit ins Korsett aus Zwängen gesteckt wird, bloß nicht anecken, „sie sind meine Freunde", Scheiße! Freunde deiner Hülle, nicht deiner Selbst! Beethovens siebte erreicht bei mir den Geist, verhakt sich, schlägt darin

Funken bei der Reibung; erzeugt Energie. Wenn der Geist mit Bierchen und Smalltalk geschmiert ist, prallt so was ab, sorgt nicht mal mehr für Wärme, kalte Treffen im „Freundeskreis", Idiotie der Welt! Scheiße, aufhören! Tiefenpsychologisches Gewäsch, abstellen!!!

Werde wieder traurig... Anderes denken. Nur noch ein paar Meter, dann werde ich begrabscht; wenn schon nicht von *ihr*, dann von dem älteren Typen da vorn, immer wieder durch die sich öffnende Tür kurz sichtbar. Brille, Langeweile im Gesicht, betatschen wie eine Ware; abgehakt werden, auf Liste auftauchen; Lebensziel – das Auftauchen in Listen. Immer, überall, Liste der Absolventen, Liste der Angestellten, Liste der Steuerzahler, Liste der Rentner, Totenscheine; immer verschriftlicht werden, sonst Dropout; Rand der Gesellschaft ist analphabetisch, nicht erwünscht, nicht verschriftlicht, nicht in Listen geführt. Tauche weiter in die Gesellschaft ein; habe selbst Polygonhülle um mich, verstecke mich; geht es jemandem hier wohl auch so wie mir? Oder nicht? Wer weiß es, alle versteckt unter ihren Hüllen? Unsere Hüllen? *Ihre* will ich endlich zerreißen; sie soll sie nicht mehr bloß in seltenen Momenten mit mir alleine ablegen. Solange nackt alleine mit mir – alles gut, heile Welt. Sobald angezogen, draußen, propre Hülle übergestreift, fiel alles weg. Nichts mehr möglich. Weg! Fort! Wegdenken – nicht Omega, nicht sie, nicht Konstantin! Will auch nicht mit Gedanken bei ihr sein während der Beschau durch den Mann da vorne; noch zwei vor mir. Geschlossene Tür, geschieht hinter verschlossener Tür, er öffnet sie immer nur kurz und ruft den nächsten. Keine Zeit, bei ihm im Raum auszuziehen; zu viele; nackt herein – nackt und auf Liste heraus. Anonyme Gesichter, kenne keinen, werde ich wohl jemanden kennenlernen? Nachher, oder verstreut im Felde? Im Feld in Splitter gerissen? Wie viele von denen hier wird es in drei Monaten noch geben? Keine Sprechblasen über den Köpfen; keine Zahlen.

Namen... Alles benennbar, alles kategorisierbar. Vorstellen mit Namen... Wozu? Kannte ihn in der Schule zwei Jahre, dann zog er weg; ging in die Schule neben meiner, hingen immer wieder miteinander rum, seit wir nach der zehnten Klasse Pausen auch außerhalb des Geländes verbringen durften. Trafen uns am Kiosk neben der Schule, unser Treff; er trank Kaffee, ich Wasser, Dropouts. Nie seinen Namen erfahren; er wollte nie nach der Schule heim gehen, ich erzählte ihm nie von meinem zu Hause, was war wohl seine Situation? Weiß ich nicht, werde ich nie wissen; unsere Gespräche ohne Anknüpfung an reale Umstände, Situation, ohne Namen, abstrakte Themen, immer. Was ist wohl mit ihm passiert? Er sagte beim letzten Treffen, dass er im Norden studieren wolle; nie genauer nachgefragt. Fragte, wie wir in Kontakt bleiben können, er gab mir E-Mail-Adresse, kein Name darin, Pseudonym, das auf nichts Reales schließen ließ. Schrieben uns ab und zu, verlief sich, Spuren verlieren sich, Zeit wehte Düne darauf. Kein Name. Bester Freund, den ich damals hatte. Metal, Gothic; so was in der Art war er wohl, keine Ahnung. Ahnungslos über ihn, aber kannte mich besser als viele, kannte ihn besser als viele, beide Außenseiter. Gut kennen, damals, mit Verfallsdatum, Zeit treibt auseinander, keine Fehler gemacht. Fehler bei *ihr*? Was machte ich bei ihr falsch? Zugegeben in Brief, dass ich sie liebte? Fehler? Uninteressant geworden, Ende von *Last Tango in Paris*? Kein Geheimnis mehr da, Karten offengelegt, Spannung weg, Anziehung weg? Musste es tun, letzte Chance, sie zu kriegen, letztes Aufgebot; Ende der Coolness, musste es tun, es zugeben. Aber dafür sämtliche Spannung zerstört. Die Anziehung mit. Zu ehrlich gewesen, Vegetieren im Smalltalk aufgelöst in Finale aus Gefühl und danach Leere.

Nur noch einer vor mir; wird reingerufen. Jetzt ich vorne in der Schlange; Schlange an Gedanken im Kopf, wird nicht kürzer, immer länger; Düne aus Sand, aus Zeit, aus Vergessen – über der Realität, aber nicht im Kopf. In der Realität schrieben wir uns nach einer Weile nicht mehr, vergaßen es nach der Schule – er blieb aber doch im Kopf. Wohl mein Problem, kann nicht vergessen. Nicht sie. Nicht Konstantin. Nicht Omega. Nicht meinen namenlosen Schulfreund. Niemals vergessen; will doch schon jetzt vergessen, dass ich je hier war. Nicht mehr erinnern. Tür geht auf, Arzt winkt mich rein; müder Blick, gehe hin, Schlange rückt hinter mir nach. Wohl endlos? Drehe den Kopf nicht. Tür zu, aufstellen, Fragen beantworten, müder

Typ in der Ecke schreibt auf Zettel; fragen nur nach Körper, nicht nach Geist, also leicht zu beantworten, nicht
intim.

Warum immer das Problem mit Körper und Nacktheit?
Zu intim? Was genau? Anschauen? Inzwischen doch
mainstream, mit dem Anblick keine Probleme zu haben,
oder zu behaupten, dass man keine habe? Intime *Gedanken*
aber immer Problem, wollen es nicht zugeben, haben sie
wohl auch keine? Gedanken nur über Alltag, Alltag hat in
Köpfen Einzug gehalten oder war immer schon da. Nur an
Organisation und Grenzen des Handelns denken: Kindisches Spielen mit zehn abgestellt; wilde Zeit wie Millionen
andere gehabt als Teenie, mal hier, mal da gebumst, feste
Beziehungen aber immer im Kopf, weil *man* ja sowas irgendwann haben sollte! Wie verrückt! Sich besoffen, wir
sind doch verrückt, intimste Gedanken weggespült? Keine
wahren Gedanken, die die Welt erschüttern, bewegen; den
Denker erschüttern, bewegen? Oder zeigen sie es nur
nicht? Wer weiß es, niemand? Sprechen immer das gleiche;
bin in ihrer Anwesenheit unsicher. Kann nicht banal reden,
ohne mir dumm vorzukommen; denke, ich langweile sie,
tue ich nicht, schocke sie eher durch offene Worte. Nur zu
sagen, dass es mir nicht gut geht, weil lange kein Sex gehabt, ist schon Skandal für manche. „Sagt man nicht",
warum nicht? Immer Wahrheit verstecken hinter Maske
aus spießigen Zetteln? Zettel, quadratisch, keine Fetzen;
immer in Formen gepresst werden, Runde um Runde im

Leben immer gleich, neue, gleiche, ältere Fragmente in die Pressform, vorgefertigt. Runde um Runde. Alles schon durchgekautes Pappmaché.

Fragerunde vorbei, es geht ans Grabschen. Berührungen von Arzt, mir egal; Körper abgestellt, Gedanken kreisen zu viel, Anweisungen gehen durchs Ohr zu den Muskeln; folge seinen Befehlen, dringen nicht in mich ein. Manierismus. Das ist es. Warum stehe ich noch auf sie? Bin selbst in den Alltag der Gedanken abgerutscht! Liebe – Anfangs verrückt, Eruption. Aber jetzt, nach Monaten, nur noch Masche, Gewohnheit, Alltag; kann nicht abrücken. Sie tut mir nicht gut, sagten alle, denen ich von ihr erzählte; macht mich kaputt. Wenn es mir gut geht, zwinge ich mich, an sie zu denken; geht dann wieder schlecht; warum? Eine Art Ehrgefühl; wie bei Konstantin, aber in diesem Fall dumm. Immer am Leben erhalten im Kopf – aber sie lebt ja, liebt mich, gibt es nicht zu, macht mich zum Wrack. Ohne mich existiert Konstantin nicht mehr, ihn deshalb in Gedanken am Leben halten. Sie ist aber immer noch da; warum also an sie erinnern? Wenn ich sie nicht liebe, liebt sie keiner? Ehrgefühl; auf dem Feld der Ehre gefallen? Hoffentlich werde ich nicht zu den mit höchster Stufe gemusterten gezählt; je gesünder, desto wertvoller, desto trauriger die oberen über deinen Verlust; zur Ware werden, zum Werkzeug werden; er begrabscht mein Ding, wozu? Stellt dadurch fest, ob billig-China-Werkzeugkoffer oder Teuerteil? Perversionen. Teilte alle Perversionen mit ihr; passten zusammen, Sex als Basis – auf ihrem gipsernen Boden? Möglich; vielleicht, nein; fertig mit Anfassen? Weitergehen, tauglich, gute Klasse gekriegt; glücklich? Schnell gegangen. Aus Tür raus, nächster kommt rein, zurück zur Kleidung. Jetzt bestimmt Teil des Krieges. Anziehen; Manierismus. Wie Anziehen ist die Anziehung zu ihr nur Alltag geworden; schlecht fühlen wegen ihr nur Normalität; zur Polygonhülle meiner selbst geworden! Ablegen! Ablegen! Mit der Zivilkleidung auch sie ablegen; Platz für Konstantin lassen. Sofort! Angezogen. „Sie werden von uns hören". Werde ich. Gemustert. Tauglich, eine Waffe in die Hand zu nehmen und auf Leute zuzurennen. Glücklich, Ziel erreicht, Goldmedaille? Egal. Alles egal. Außen vor bleiben, auch wenn ich drinnen bin; versuchen, heraus zu kommen, auf legalem Wege. Kein Scardanelli werden, aber entfliehen. Werde ich. Keiner denkt, dass es ihn im Krieg erwischen wird, jeder im Kopf potentieller Überlebender, so auch ich, nicht weniger als andere. Krieg überleben, sie überleben, Denken überleben.

Ausgesehen

Aufgewacht; schlimmes Erwachen, einer der schlimmsten Träume seit langem. Weiterschlafen nicht möglich; Herzklopfen. Der Traum war schlimm, weil er geendet hat; bloß ein Traum war. .

Ging mit ihr in einen Zoo, wir verstanden uns wie damals. Schauten die Tiere an, glücklich; sie ist offen, aufgedreht; Hände haltend. Gehen in eine Richtung, zielstrebig; der Zoo ist komplett überdacht, wie riesige Gewächshäuser. Wir gehen durch; kein Durchkommen nach Draußen. Erzähle ihr von der letzten Zeit; ohne Trauer, fröhlich: Amerikareise, lustige Anekdoten aus meinem Leben, die Tiere bei Pier 39; alles lustig. Schenke ihr im Eingangsbereich ein Buch über Katzen, das sie mal im Internet gesehen hatte, hatte es ihr aus den USA mitgebracht. Sie freut sich, ist aber zugleich auch etwas traurig: „Als wir zusammen waren, hatte ich es mir gewünscht, und jetzt erinnerst du dich noch daran... Obwohl das so lange her ist...“ Nehme sie in den Arm, sagte ihr, dass wir doch wieder zusammen sein können. Sie ist glücklich; Kuss; weiter Händehalten. Gehen aus einem Gewächshaus durch einen Übergang ins nächste; darin ein Pumagehege; Baby-Pumas. Sehen aus wie schwarze Katzen, genauso groß. Es ist ein komisches Gehege, Traum-Logik: Sowohl katzengroße Frösche als auch Baby-Pumas darin, alle kommen nah an die Besucher ran; man könnte sie streicheln, kein Glas trennt uns, nur minimale Absperrung aus Draht. Viele strecken die Hände aus, wollen die Pumas streicheln, doch niemand kommt ran, irgendwie bleiben sie immer ein Stück zu weit entfernt. Wir beide versuchen es nicht einmal, sind bloß glücklich beim Anblick der glitschigen Frösche und flauschigen Minigroßkatzen. Gehen weiter in den nächsten Raum. Plötzlich ist es nicht mehr *sie* neben mir, sondern Konstantin; gehen nicht Hand in Hand, sondern nebeneinander; wie früher, es geht ihm gut. Freude übermannt mich. Plötzlich weiß ich sicher, dass er doch überlebt hatte; sage es ihm freudig noch einmal: „Wie schön, dass du damals nicht gestorben bist!" Er freut sich auch, sagt mir aber, dass er aufpassen muss. So einen schwere Unfall überlebt zu haben schwächt den Körper. Ich kriege auf einmal große Angst, weiß mit einem Schlag, wie fragil sein neu erlangtes Leben ist; wenn der Körper von so etwas gebrochen wurde, wird er nie wieder stark. Schaue ihn an: Er ist empfindlich, sicher, aber auch am Leben. Angst um seine Zukunft trübt Freude.

Mein Zahnarzt geht unerwartet an uns vorbei; wir sprechen ihn an, Konstantin will auch mal zu ihm. Zahnarzt... Wieso kam ich im Traum auf so was? Unlogische Logik des enthemmten Unterbewusstseins? Er sprach im Traum mit mir, mit Konstantin; versicherte meinem Freund, dass er ganz normal weiterleben würde; das sei bei solchen Dingen kein Problem. Der Körper regeneriere sich und sei nach einer Weile wieder stark wie zuvor. Freude; wir beide, Konstantin und ich, tanzen vor Glück. Ich habe Angst, dass er durch das Tanzen sein Herz zu sehr belastet – der Körper zerbrechlich, Angst trotz Versicherung des Zahnarztes, wie lange dauert Regeneration... Doch Freude überwiegt. Alles wirkt logisch in dem Traum. Mein Vater kommt lachend durch eine gläserne Tür zu uns, einen bescheuerten Hund an der Leine; Foxterrier, nett, hechelt, begeistert; Freude bei allen, tanzen am Gehege entlang. Glück. Logisch, oder? Lächeln im Traum.

Erwachen in dem Moment, in der Kaserne. Kahle Wände, Etagenbetten, stumpfe Schlafgeräusche um mich. Schlimmstes Erwachen. Allein; niemand, dem ich es erzählen könnte, alles im Traum geblieben. Allein unter Menschen. Alleine.

Personenzug

Spinnen – gutes Beispiel für Spezialisierung: Im Netzbau gut, im Smalltalk schlecht. Schlechter Witz. Wie unser Feldwebel; spielt beiläufig eine Rolle in diesem Krieg, ein Rädchen, von dem man nicht einmal weiß, ob es irgendwie wirklich ins Getriebe integriert ist – aber drehen kann es. Ob irgendwas sich durch sein Fehlen ändern würde? Unklar, dreht vielleicht ins Leere – drehe gleich durch. Entlässt uns; abends eine Stunde frei, danach schlafen. Kommt sich wichtig vor; ist es nicht; will es sein, wird hier in seiner Sicherheit sicherlich überleben, während seine Zöglinge zerhäckselt werden. Grober Baumstamm wird eingespannt in die Maschine; er drechselt ihn mit viel Fleiß und Geschrei, bringt ihn in Form, schaut nur die eine Stelle darauf an, die er bearbeitet, nie das ganze Werk. Kaum fertig, kommt der nächste, und der bearbeitete wird außerhalb des Gesichtsfelds geschreddert; recycled; Helm und

Waffe einsammeln, reinigen, wieder ausgeben, die Front ist hungrig. Vielleicht irgendwann ausgegraben und wiederbelebt werden sobald der Nachschub ausgeht, wie in Brechts Gedicht? 1918?

Alle hier so gut gelaunt, wieso? Verstehe jetzt die Bücher aus den 30ern über den ersten Weltkrieg; Krieg als Abenteuer; sie können nur nach Regeln leben, hier die Regeln anders, nicht so streng; können hier auch ohne Besaufen mal abseits von geordneten Bahnen fahren; Abenteuer ohne Kotzen und Kater danach, höchstens Arm ab, Bein ab, Leben ab. Wenige denken nach; mach mit! Integrieren, interagieren, guten Eindruck machen, Mustersoldat. Schießübungen, schieße gut, sagt er, sehr natürliches Talent mit der Waffe. Lobende Worte, Lächeln bei mir; kurzzeitig echter Stolz, merke dann, dass es mir egal ist. Abends zusammen mit den anderen, vor dem Schlafen; langweilige Geschichten ausgetauscht; wird nicht spannender, nur weil man Soldat ist. Belanglosigkeit hier, Belanglosigkeit da, Kommunikation im Code von Belanglosigkeiten. Sehe in den ersten Momenten alle solchen Runden – seien sie Kolloquium an der Uni oder Beisammensein in der Kaserne – als Inspiration, bin nicht genervt davon, genauso ging es Konstantin. Gemerkt, dass es spießig und langweilig wird? Empfinde Glück, inspiriert für meine Werke, kreative Energie wird frei, glücklich im Frust der Langeweile. Alles inspiriert. Alle. Farben der Luft, der Menschen, Farbe: Frustriert im spießigen Kreis, die Wellenlänge empfinde ich gerade. Wie immer. Wird nach ein paar Minuten zermürbend, kein Spaß mehr; müde am Abend durch Mühle von ödem Smalltalk gequetscht werden; in der Uni bei einem Bier – das ich nie trank, sondern an den Nebenmann weitergab, unauffällig – in der Kaserne mit leichtem Gerede. Der da, jetzt, kommt sich schlau vor, sagt Weisheit über Frauen; lässt Idiotie ab, die anderen haken ein; Frauen wenigstens spannender als anderes. Immer gleich. Als ich damals wöchentlich in der Gruppe saß, Banalitäten wichtig besprochen wurde und ich immer frustrierter wurde; hatte einmal meinen Block hervorgeholt und geschrieben, wirkte auf sie toll, er schreibt mit? Protokolliert? Wie fleißig, protokolliert hunderttausend Mal gesagte Sätze in hunderttausend Mal erlebten Situationen von Menschen, die hundert Millionen mal existieren?!? Wozu! Nein, skizzierte Kurzgeschichte, handelte über Frust; war gerade bei einer Schlüsselstelle angelangt und notierte „Ich will nicht mehr leben", als die Nebensitzerin hinüberschaute, meine Notizen betrachtete. Ich verdeckte eilig den letzten Satz, aber nicht schnell genug; irritierter Blick bei ihr, sie drehte den Kopf sofort erschrocken wieder weg. *Ich will nicht mehr leben.* Satz durchgestrichen, durch Hölderlin-Zitat ersetzt, klingt besser. „Ich lebe nicht mehr gerne!"

Lächeln bei der Erinnerung. Interessant, was die damals neben mir danach wohl gedacht hatte? Egal, lasse die Vergangenheit sein. Klinke mich immer mehr hier in der Runde ein, will doch beliebt werden, schaffe es, hasse mich dafür. Verleugne mich, zeige meinen wahren Charakter nicht, passe mich an, Chamäleon. Wie ich es bei *ihren* Freunden und *ihr* machen müsste, wenn ich hier mal rauskäme.

Nächster Tag, versuchen, sich weiter beim Feldwebel beliebt zu machen; gemerkt, dass es nichts bringt. Das Ziel ist es nicht, die besten auszusieben, sondern die ganze Masse so schnell es geht rauszuhauen. Etwas trauriger geworden; bei Schießübung kompensiert. Schießen gefällt, das G36 liegt gut im Anschlag, macht Spaß; kleinen Partikel durch kleine Explosion ein langes, innen gerieffeltes Rohr entlangzupressen, er fliegt rasant voran, eigentlich banal, für viele aber interessant; Verlängerung einer Lanze, jeder von uns wird so eine führen, potentiell ein paar hundert Meter lang. Papierziele hier in Menschenform; Ziel nur, irgendwann einem anderen Typen Metallpartikel durchzustoßen, um ihn kaputt zu machen. Ob das eine Lanzenspitze zwei Meter von meinem Körper entfernt oder eine Kugel in 300 Metern ist, ist egal, alles egal, mir wird es egal. Empfand die Kaserne zunächst als Gefängnis, keine Chance, *sie* zu sehen, ihr zu begegnen, auch nicht durch Zufall; sich einpassen, Befehle vom Rädchen befolgen, nur folgen, Gedanken sind frei? Bei den meisten nicht, von Haus aus, von zu Hause aus gefangen in Schranken, hier ändern sich nur die Schranken, nicht die Gefangenschaft, nicht die Gedanken.

Erzähle der Runde abends meine Taktik zum Frauenauf-
reißen, bringt allgemeines Gelächter; gute Laune, bin einer
von ihnen, denken sie, denken alle, die Rolle wird zu mir?
„Geh einfach zu einer hin und erzähle ihr, dass sie besonders sei, dass sie anders sei – ohne zu elaborieren, inwie-
fern oder wieso." (Lachen) „Das bringt's doch immer!
Dann noch leichte Berührungen an den Händen; wenn
sie's mag, ist man dem Ziel schon riesige Schritte näher
gekommen, wenn nicht, einfach sagen: ‚Du, tut mir leid,
das kam einfach so über mich, ich bin verrückt nach dir!'
Dann wird sie es auch mögen, und alles ist gut." Gelächter.
Einer klopft mir auf die Schulter, sie mögen mich. Fahre
fort: Die, bei denen es nicht klappt, seien doch alles Lesben. Noch mehr Gelächter, ich werde beliebt; Konstantin
hatte mir die Aufreiß-Taktik mal erzählt, Witz, harmlos?
Oder auf Englisch gesagt *offensive*? Egal. Lache mit, Lachen
steckt an, kurz alles im Lachen vergessen. Vergesse, wo ich
bin, wer ich bin, wer Konstantin war, was kommen wird,
dass sie existiert; alles.

Denke an Hölderlin vor dem Einschlafen. Bald geht es an
die Front. Gedicht von 1811, aus dem Turm, der „Wahnsinnige" schrieb es in Gefangenschaft vor der Welt. Vor
der Zeit als Scardanelli, ich glaube, als er noch Hoffnung
hatte, einmal rauszukommen; für einen geplanten Ge-
dichtband, den niemand veröffentlichen wollte, niemand
ernst nahm:

Das Angenehme dieser Welt hab ich genossen,
Die Jugendstunden sind, wie lang! wie lang! verflossen,
April und Mai und Julius sind ferne,
Ich bin nichts mehr, ich lebe nicht mehr gerne!

Einschlafen, vergessen.

Konstantin IV

Wieder zu Konstantin, dem Ende zu. Versuche, an den Anfang zu denken, an unbeschwerte Zeiten zurückzudenken, aber es fällt schwer. Muss eine große Klippe überwinden, die Klippe seines Endes. Es ist näher, es ist stärker als der Rest. Gestärktes Laken der letzten Erinnerungen deckt die Gedanken zu. Habe gelesen, dass man nach Jahren das Ende vergisst, das Gesamte überblicken kann, ohne Trauer über den Schluss, die deutlich in den Kopf eingebrannt ist. Weiß nicht, ob ich noch Jahre haben werde; wird dramatischer, was passiert außen? Bin von der Welt herumgeschleudert. Ist seit zwei Jahren nicht weniger geworden. Gedanken an ihn; der Schluss überragend, überstrahlt den Rest seines Lebens. Lässt mich den Rest vergessen, lässt alles Gute blass erscheinen, fügt Trauer zur Freude bei angenehmen Gedanken an schöne Zeiten hinzu. Während das Leben fließt scheint es unendlich, alles möglich; Freiheit. Erst das Ende begrenzt; aus einem Konglomerat an potentiellen Möglichkeiten wird eine abzählbare, endliche

Menge von Aktionen, Dingen, Taten, Worten. Keine neuen kommen mehr dazu; feste, katalogisierbare Menge an Ereignissen, die ein Leben ausmachen. Bin selber mit schuldig am Ende; Schuld ist Blei auf dem Schädel, drückt mich herunter in Tiefen von Trauer und düsterer Welt.

Konstantin war nicht immer so gut gelaunt, wie ihn die meisten erlebten. Merkwürdiger Anruf; einige Tage nach unserem Abenteuer mit den Mädchen: „Kannst du bitte vorbeikommen? Ich brauche dich... Nichts hat einen Sinn... Ich bin alleine... Bitte...“

Begann, mir am Telefon trauernd sein Leben zu schildern; sei alleine, schlimmes Gefühl; übliches Programm des Down-Seins, sei sicher nicht so schlimm, dachte ich. Wollte ihn aufmuntern; er solle sich lustigen Film anschauen, PC-Spiele spielen, ablenken; „einfach“ glücklich sein. Schlechte Laune schlug mir entgegen. Ablenken bringe nichts, er brauche mich; ich solle vorbeikommen, er schaue dumme Filme, dumme Trauer im Herzen: „Scheiße, das bringt nichts! Ich bin genau wie Chuck Norris in dem einen Film, in dem er einen Vietnam-Veteranen spielt... Kennst du den? Der sitzt dort depressiv in einem billigen Apartment vor einem Fernseher, in dem ein Cartoon läuft. Bringt ihm auch nichts! Er hat dann dauernd Flashbacks... Vietnam-Szenen, in denen er mit einem M16 ohne nachzuladen mindestens hundert Schuss abfeuert und alles explodiert, während ich eben an die vergangene Zeit mit Julia denke. Genau die gleiche Situation!“

Keine Möglichkeit, ihn zu trösten, abzulenken; Julia war seine Trauer, seine *sie*; jetzt erst weiß ich, wie er sich damit fühlte. Abhängiger auf Entzug, *sie* dem Zugriff entglitten. Witzige Bemerkungen am Telefon – sinnlos; Witz ging auf mich, kein Lachen. Es war ihm egal. Keine Stimmung für lockere Reden, nur Trauer und Julia. Versuchte, ihm schlechte Momente mit ihr in den Kopf zu rufen; brachte nichts, bringt nie was, erinnerte sich nur an schön gefärbte Gedanken, schob sich selbst die Schuld an allem Schlechten zu. Wie bei mir heute seit Monaten mit *ihr*. Hatte es damals nicht verstanden, ihn nicht ernst genommen. Sagte mir, er habe alles mit ihr falsch gemacht. Nicht genug Geduld mit ihr gehabt. Verzweifelte, gebrochene Stimme; ich sei sein einziger Freund, wolle nicht für immer alleine sein, Tränen in der Stimme; ich erschrak, so hatte ich ihn noch nie erlebt. Grund seiner Trauer? Unerklärlich. Erklärte ihm, dass ich komme, legte auf, packte lustige Bücher ein, Laune heben?

Rotbraune Blätter, Sonne, warmer Herbsttag, Familien an der Straßenbahnhaltestelle; Ausflüge in Zoo, Park, Natur; glücklich. Konstantins tödlicher Ausflug – kam bald darauf, er kam danach nie wieder. Hätte es nie geahnt an dem Tag, durch sonnige Atmosphäre beschwingt, fröhlich, schien alles nicht schlimm, Konstantin übertrieb sicher. Lustig reden, zusammen in den Herbsttag gehen; Frauen finden, Glück gefunden, Trauer verbunden; ins Leben zurückholen sei leichte Übung, wäre gegangen; damals, heute nicht mehr. Hätte ich ihn verstanden? War unmöglich, heute erst mit jetzigen Kenntnissen könnte ich es; Frustration, mit heutigen Fähigkeiten hätte ich damals alles besser gemacht…; stopp! Keine Was-wäre-wenn-Szenarien im Kopf spinnen, machen nur fertig.

Klingelte an seiner Haustür; Summen des Öffners ohne Nachfrage. Stilles, bedrückendes Treppenhaus; keine streitenden Familien wie sonst, diskutierten Probleme heute wohl in der Sonne aus. Spaltbreit offene Tür zu seiner Wohnung. Sonst erwartete er mich immer davor; an dem Tag aber niemand in Sicht. Aufgedrückt; hinein in seinen Flur, hinter mir schließen, Dunkelheit. Alle Fensterläden geschlossen, Licht ausgeschaltet; aus dem Wohnzimmer gedämpfter Schein gedimmter Lampe; rötlich, warm. Farbe der Trauer in einsamer Wohnung. Rief betont fröhlich ins Halbdunkel hinein, ich sei da. Keine Antwort, stickige Luft rührte sich nicht. Ging in Richtung Lampenlicht und betrat das Wohnzimmer; dabei mulmiges Gefühl, was war los? Hatte er sich was angetan? Erste Angst, schnell gelegt, danach, paar Wochen später, durch Tod in Sicherheit gewandelt; erst richtig entflammt und verglüht zugleich.

Im Wohnzimmer, leicht beschienen von stark gedimmter Stehlampe, saß er auf seinem Sessel; halbdunkel, stummer Fernseher mit Quizshow leuchtete vor ihm. Drehte seinen Kopf zu mir, kurz, dann wortlos wieder Blick in Leere vor sich. Durchatmen; versuchte, fröhlich zu sprechen: „Mach doch die Rollläden auf! Das hebt die Laune. So ein dunkles Zimmer feuert doch nur traurige Gedanken an."

Keine Antwort; zeigte bloß auf zweiten Sessel neben mir, entfernt von ihm, Blick weiter geradeaus; nur leichte Armbewegung, sonst regungsloser Körper. Ungutes Gefühl, auf Nachfrage zeigte er nur noch einmal hin. Setzte mich, Blick zu ihm. Sein Profil im Schatten gegen Wand sichtbar; geplant? Theatralisch? Sie können oft nur theatralisch leben; Gefühle nur ausdrücken in Rollen, mitbekommen aus Fernsehen, Internet, allem möglichen, nur nicht aus sich. Ich sprach mit ihr, ein Rollenmodell antwortete, das echte *ich* nur aus Blicken zu erraten; war für sie wohl bequemer, einfacher. Sprechen untereinander nur in Rollen gepresst, wie immer, Wahrheit bleibt außen vor. Flexibel denken? Nicht möglich, nur Gedanke, welche Rolle als nächstes gespielt wird akut. Selber denken darunter verstecken, sprechen untereinander ist vorhersehbare Langeweile der Rollenkonventionen, spielen Theater. Verstehe, warum sie trinken jeden Abend. Kommen sonst nicht aus den Rollen heraus. Das Bier am Abend die einzige Möglichkeit, aus der Rolle kurz zu entkommen – oder so zu tun, als ob; meist doch nur in Rolle „angetrunkener Spießer" geschlüpft. Werde wieder sanfter in Gedanken, denke zurück zum letzten Tag mit Konstantin. Im Wohnzimmer. Saß vor mir; Schattenriss, keine Details erkennbar; rötlich angestrahlte Wand, keine Gesichtszüge, Colonel Kurtz aus *Apocalypse Now*; war wohl keine bewusste Referenz seinerseits, nur Zufall, war zu deprimiert für Inszenierung. Er sprach aber so dramatisch wie Marlon Brando in Richtung Boden.

„Es wäre für einen Mann besser, niemals Sex gehabt zu haben." Erwartete keine Antwort, Satz stand im Raum zwischen uns, dramatische Pause. „Sobald ein Mann einmal Sex gehabt hat, wird sein ganzes Leben viel unproduktiver!" Drehte den Kopf zu mir, schaute in meine Augen, immer noch im Halbschatten. Verwirrung in meinem Blick erwischte glänzende Augen und Gesichtszüge; seine Klage ging weiter: Sobald es ein Mal mit Sex klappe, wisse man, wie es sei; wisse, dass es möglich ist, sowas zu „bekommen". Verlangen nie wieder stoppbar danach, oder höchstens mit viel Mühe zu unterdrücken. Verglich es bedeutungsvoll mit bekanntem Kartoffelchips-Werbespruch, verhaspelte sich aber; Stimme verstummte, er war unsouverän an dem Tag. Theatralischer Auftritt vermasselt, weiter Schattenriss vor heller Wand, doch jetzt leiser, gebrochener. Theater. Was ist Theater? Jeder spielt Theater; Rolle spielen, vor sich selbst auch, ist diese Erkenntnis Weisheit oder Plattitüde? Wer ist wie? Steuerfachangestellter sieht sich als geilen Stecher, im *wahren* Leben großer Spießer; warum aber „wahres" Leben? Das „wahre"? Das „echte"? Was ist das *Echte*? Die Rolle oder der Mensch? Wenn der Mensch wie er „ist" nur für sich selbst sichtbar ist, die Rolle nach außen nie durchbrochen wird, wird der Mensch zur Rolle, so einfach ist das. Sagte mein Sportlehrer immer: „So einfach ist das". Trainingsanzug, einfaches Leben; alles erklärt, um sein Selbstbewusstsein beneidet, damals, als ich mit 15 schüchtern in der Sporthalle saß und zuhörte.

Konstantins leise Stimme: „Du weißt doch, was ich meine?" Schulterzucken bei mir, ja, vielleicht, Abwinken bei ihm, alles sei irgendwie doch OK. Fragte ihn endlich, was der Monolog solle; sollte unser letztes langes Gespräch sein, wussten es da aber beide noch nicht.

Frustriert über Julia, klar, seine „einzige". Konstantin dachte immer an sie, gab er plötzlich zu; alles andere, „coole", sei immer nur gespielt. Negativ gedacht; ich dachte, er übertreibt, sagte, er könne sie doch einfach wieder treffen, sobald sie aus Südamerika zurück sei. Seine Antwort geistert bis heute in meinem Kopf. Bitterkeit in der Stimme, Trauer in den Augen. „Ach was? Nein! Sie ist sicher verdorben! Als sie mit mir Schluss machte, war sie wie Konstantinopel im Jahr 1450: Schön, kultiviert, aber ihr Fall war abzusehen!" Seine Stimme wurde weinerlich: „Wo finde ich je wieder eine faszinierende, tiefgründige, schöne, unverdorbene wie sie? Irgendeiner da drüben hat sie sicher gehabt! Scheiße! Oh Gott, Julia..."

Trösten unmöglich, weiß jetzt, dass er alles Recht zur Trauer hatte; geht mir jetzt genau so, war mir damals noch nie so ergangen; Liebe damals noch nicht selbst so erlebt gehabt, glücklicher junger Werther. Machte Witze; sagte, dass sie nicht so perfekt gewesen sei; etwas langweilig, hatte er mir doch erzählt. Tränen in seinen Augen. Sie sei schön, unschuldig, nett; er wäre der Erste gewesen bei ihr; doch war er zu zurückhaltend gewesen, es wirklich zu sein; hatte ihre Grenzen respektiert, bis sie Schluss machte, sie nie viel angefasst. Alles hätte man passend machen können; liebte sie immer noch. Jämmerlich. *Awkward* – peinlich. Heulender Konstantin; ich wusste nicht, wie damit umgehen. Sein Kopf in seinen Händen. Versuchte, ihn aufzumuntern; ließ Licht herein, fragte, ob wir schwimmen gehen sollten; Frauen im Badeanzug schauen, eine unserer Lieblingsbeschäftigungen. Wollte seine Gedanken ändern; wusste nicht, dass Gedanken im Hirn eingebrannt werden können; Werden Kanäle, durch die sämtliche Wahrnehmungen fließen müssen, alles nur noch in Bezug auf feste Gedankenspuren gesehen. Heute bei mir, damals bei ihm; hatte es damals nicht gewusst; Vorwürfe heute. Mache mir oft Vorwürfe, wenn ich früher etwas nicht konnte, was ich heute kann, und deshalb in der Vergangenheit etwas vermasselt hatte; hätte ich es nicht auch damals wissen können? Als ich mit ihm lustig sprach, obwohl er Ernst brauchte, hatte ich es nicht gewusst; hatte aufmuntern wollen, doch er hätte Einfühlung gebraucht. Fühle es heute, war das auch der Grund für Schluss mit *ihr* gewesen? Weiß nicht, im Nachhinein gesehen war ich nicht strategisch genug mit ihr. Dachte, wir seien sicher zusammen; keine Vorsicht mehr bei Gesprächsplanung, stabilen Status Quo angenommen, Soldat außer Dienst. Soldat, der denkt, es sei Waffenstillstand, nicht bereit, Kriegsinstinkt nicht geschärft. Überraschenden Angriffen von außen nicht gewappnet entgegengetreten.

Konstantin wollte keine Schwimmer beobachten; nicht raten, wie Mädchen unterrum frisiert waren, unser gemeinsames Hobby. Nur Julia im Kopf, und Spekulationen, wie sie wohl gerade zu Gange war. Ich versuchte, seine Gedanken abzumildern; warum nicht einfach Schwimmen als Sport sehen, Anstrengung ließe keine Energie zum Trauern, let's go; seine feuchten Augen ließen mir die Worte ersterben. Anstarren, ruhig. Sonnenlicht blendete ihn, ließ mich Rollläden wieder ein Stück schließen. Drehte die Kurbel, drehte meine Gedanken zurück, Konstantins Pariser Bekannter? Ich hatte spontane Idee gehabt, ich raubte ihm das Leben. „Fahr doch nach Paris!" Er zögerte, hatte aber zu Hause keine Verpflichtungen, wie bei mir heute, Leben als Bohème; also andere Gedanken in anderem Land finden. Schlage mich, kneife mich, wenn ich zurückdenke, will Ich in der Vergangenheit bestrafen, warnen, gelingt nie, fest verankert in Erinnerungsschicht, wird erst mit mir verschwinden. Trauer um sie und ihn vermengt mit Hass auf mich.

Er ging an den Rechner, schrieb seinem Freund in Frankreich; blieb geheimnisvoll, woher kannte er den? Wer war das? Suchten zusammen Mitfahrgelegenheit aus für die Hinfahrt, aufregender Trip. Leben kehrte beim Pläne schmieden leicht in ihn zurück; letztes Aufbäumen. Eigentlich hatte Konstantin den Zug nehmen wollen, doch ich ermordete ihn, überredete ihn; Mitfahrgelegenheit – Abenteuer, du weißt nie, wen du im Auto triffst. Hübsches Mädchen am Steuer, Affäre auf dem Weg? Zu Konstantins Mörder geworden durch Hoffnungen auf fiktive Frau im Auto und aufregende Reise; wusste es aber nicht, war an dem Tag optimistisch gewesen. Konstantins potentielle Abenteuer in der Fremde, Paris, glücklich; guter Gedanke. Wussten es beide nicht besser; Zukunft nur im Rückblick sichtbar. An dem Tag optimistisch. Alles würde gut werden. Sich unter Schmerzen zwingen, nicht weiter zu denken.

Bin jetzt nicht mehr der von damals. Bin zum Töten ausgebildet worden, Kämpfen, das im Kopf lassen; das ist jetzt wichtig. Denke an *sie*, Liebeskummer ist besser als Todeskummer um Konstantin. Gleich oder besser. Gehe zurück in den Alltag der Front. Zeitreisen mag ich nicht in jene Zeit; aus der Todeszeit der Erinnerung in die wahre Todeszeit des Jetzt, Konstantins Tod käme heute nicht mehr in meinen Kopf.

Panzerzug

Discos. Nie gemocht; früher gedacht, es liege an meiner Persönlichkeit; weiß jetzt, dass Nüchternheit mein Problem war. Langeweile darin, sich vergiften, um sie zu ertragen; Alkohol; saufen, marsch marsch. Langeweile. Wie im Krieg. Lange Perioden rumstehen; Zeit totschlagen, unterbrochen von interessanten Momenten. Adrenalinrausch, von hinten angetanzt, nach vorne rausgepisst, alles verpisst; nie wieder da. Discokrieger, Tinitus und Fettleber als Kriegsversehrte. Versehrte kommen zurück von der Front, an uns vorbei; wir warten, zerstörte Gebäude um uns. Die Stadt einnehmen? Nächstes Ziel. Habe mich mit ihm angefreundet. Jung, 22, etwas jünger als ich; hinterfragt viel; leicht introvertiert. Werde zu Konstantin, zur Konstanten für ihn in unruhiger Welt. Seit Tagen; jeden Tag Gespräche, Sprechen und Aufpassen, keine kritischen Bemerkungen zu laut äußern; Verbindung der Geister; war zunächst noch in Konventionen gefangen, doch wird lockerer; werde ich sein Konstantin? Soldatenromantik?

Gewehr zerlegen; jede Schraube, jeder Hebel; alles erfüllt Funktionen; Werkzeug, Reinigen, Gespräch dabei. Dachten beide immer, es sei etwas Besonderes; anders. *Krieg.* Doch nur die gleiche Langeweile; Regelwerk, „nur mit Wasser gekocht". Alles einfach; einfachen Leuten einfache Disziplin eingetrichtert, neues Regelwerk aufgestellt; Töten, Ballern, Explosionen. Zum Werkzeug geworden; Gewehr das Werkzeug des Werkzeugs. Du bist nichts, die Sache alles, Befehl, Mission, Pflicht; Werkzeug der Anderen. Orden, Brimborium, Eide, Tradition; schleifen, renovieren, ölen; werde besseres Werkzeug. Nicht aus der Reihe tanzen. Tanz der Geister der Giselle; Ballett der Regeln,

Geister hier geformt, tanzen gleichförmig, absurd, Brimborium; sein Geist nicht. Weniger einsam inzwischen; Gespräche. Feldwebel kommt, Themenwechsel, schnell: Mädchen. Harmlose Dinge, Geschichten, harmlos gesprochen, Stammtischniveau. Der Vorgesetzte geht weiter. Erzähle ihm jetzt von *ihr*, Verständnis, er versteht. Reden macht es nicht besser; leider. Er hat noch keine wie sie getroffen; erzähle ihm mehr davon, wie es sich anfühlt. Seine existiert schon, sicher, schon geboren, irgendwo; sobald er sie trifft, wird er mich verstehen. Versteht er, sagt er, und doch verstehen wir einander nicht, niemals, jederzeit. Für immer, im Discofieber.

Güterzug

Sah auf dem Weg zur Wachablösung eine Nacktschnecke auf einem Pfad; kroch in gleißender Sonne, ein Fühler eingezogen schon, kurz vor dem Austrocknen. Nahm sie auf ein Blatt, gab sie in schattiges Beet, übergoss sie mit Wasser aus der Trinkflasche; nur so viel, dass sie nicht ertrank. Fühler ausgefahren, kroch weiter ins Dunkel, entkam so dem sonnigen Tod. Leben behalten, durch Zufall; zufällig zusammengewürfelt, ihr und mein Pfad, unwahrscheinlich, dass sie sich schneiden würden; trat trotzdem ein. Eingetretene Türen, zufällig ins Schussfeld geraten, tot. Zufall, Roulette, nicht planbar; bist du geschickt, gut, dann agierst du nur auf einer anderen Ebene des Zufalls; ungeschickte fallen schneller, Zufall negativ modifiziert, aber nie in Sicherheit. O Fortuna?

Der Battalionskommandant; gestern bei Artilleriebeschuss geplatzt durch Volltreffer. Jahrzehntelange Erfahrung, jedes Jahr vorbereitet; all die Jahre am Ende egal; Zufall regiert. Fallen oder stehen bleiben; nicht vorhersehbar, Mensch gefüllt mit Erfahrung platzt genauso schnell bei Treffer. Sehe das verbrannte Dorf; verbrannte Erde, verbrannter Stein. Wache stehen, bewachen, wach bleiben. Geist eingeschlafen, ermattet, außer in Gesprächen mit ihm. Reizüberflutung? Nein, normal geworden; langweilige Welt aus Schüssen, zerbröselten Mauern und kalten Menschen am Boden. Alles wieder nur kaltes Material, Erinnerung bloß von Menschen eingeimpft; Menschen verloren –

Erinnerung verloren; erkaltet. Kalte Erinnerung. Erinnere mich an die Party damals, mit Konstantin, eins der ersten Treffen; er erzählte mir von Franz Xaver Süssmayr, seinem Lieblingskomponisten; malte ihn in allen Farben aus, im Gespräch entstand das organische Bild des Komponisten, seiner Werke, der Kunst; voll Leben. Danach alleine zu Hause im Internet nach Süssmayr gesucht, Lexikonseite gefunden; kalte Informationen: Geboren xy, gestorben yz, Übersicht über Werke, Daten ohne Leben, kalt, ordentlich aufgelistet. Alles wird geordnet; das Feuer der Werke im Werkeverzeichnis im Lexikon im Regal. Das Feuer der Artillerie im Bericht in den Nachrichten im Kriegslexikon in der Zukunft – sofern es nicht vergessen werden wird. Vergessen ordnet alles; was vergessen ist, kann nicht chaotisch werden. Chaos im Kopf, Ordnung in den Beinen, Kriegsdienst.

Stehen, aufpassen; Wache. Er ist nicht da; ist nicht in der gleiche Schicht. Wir lösen einander ab, wechseln dabei kurze Sätze; verschworen, einfach, codierte Sprache. Subversiv die Ordnung untergraben, im Graben liegen und denken. In die Büsche, auf die Wiesen starren; Rand des Ortes, kalter Blick, Helm auf dem Kopf. ‚Billigster lieferbarer Helm‘, geht mir im Kopf herum; billig eingekauft vom Staat; ein Leben von uns ist wie viel wert? Wie viel kostet die Ausrüstung? Wenn ein Angriff kommt, bin ich das erste Opfer, der lebende Alarm; Schuss, Wache tot, alle alarmiert; Dienst, zum Werkzeug geworden, in Denken und in der Tat. Nur auf Augen; Bildverarbeitung im Kopf; auf das Schreien bei Sichtung oder Tot kommt es an. Alles andere unwichtig für sie, andere Gedanken, alles Fühlen, nur Ballast. Bei den meisten nicht vorhanden, haben sich freiwillig zum Werkzeug gemacht; Werkzeug der Gesellschaft, des Krieges; des Menschseins, wie es „erwartet" wird. Im Alltag, definiert von Außen: Studium, Beruf, Karriere, Freunde; nie das eigene Menschsein erkundet.

Hinter mir reden verbündete Soldaten; verstehe ihre Sprache nicht; oft schon passiert: Wenn ich die Sprache eines Menschen nicht verstand, ihn oder sie oft für anders, tiefsinniger, gehalten. Damals in Rom, besuchte den alten Regisseur zu Hause; hörte auf den Straßen so viel Gerede, saß in U-Bahnen sprechenden Gruppen gegenüber; verstand nichts, sie schienen so außergewöhnlich, so tiefgründig, zu reden. Lernte mit der Zeit italienisch; desillusioniert. Gleiches Geplapper wie bei uns; immer gleich, nur mit Wasser gekocht. „Schau mal, mein neuer Schrank." Foto auf Handy; „Mein neuer Schuh", „er hat sich einen neuen Becher gekauft" – „Nein?! In der Farbe?!" – „Wie kann er nur?" Illusion verflogen. Italien; denke daran zurück. Anfangs immer auf der Straße angesprochen worden; als Tourist erkannt, jeder Händler sprach mich an; „kauf dies Souvenir, kauf jenes Ramschprodukt"; wurde unsichtbar, als ich begann, in Supermärkten einzukaufen, mit vollen, billigen Plastiktüten umherzugehen; war so kein Tourist mehr, unsichtbar. Kein Essen an überteuerten

Ständen gekauft, Camouflage aus Plastik. Camouflage an unserer Stellung wirksam? Wirkt künstlerisch; Sprenkel rot und Sprenkel braun, schwarz, gelb... Künstlerisch.

Kannte ihn; Künstler, hatte Kunst studiert, oder begonnen und abgebrochen; keine Ahnung. Ahnungslos vom Leben, nie einen Gedanken geäußert abseits der ausgetretenen Pfade der Masse; Künstler, um des Anders sein Willen. Hatte Kunst studiert, gab sich alternativ, hatte offizielles Diplom oder nicht einmal das, elaborierte es im Gespräch nie. Schaffte wenig; kein Feuer, kein Elan; Notizbuch in der Tasche, Langeweile in der Stimme, Coolness, Idiotie; beeindruckte abends bei Bierchen die Ahnungslosen durch pseudo-künstlerisches Gerede. Respektierte ihn als Künstler nicht, er fand mich dagegen verrückt; Gegenseitigkeit. Gegenseite meldet sich heute nicht. Kein Lärm, nichts, Stille des Krieges ist schlimmer als Lärm des Krieges; Crescendo des Nichts, Spannung steigt; nie ist klar, wann das Fortissimo kommt.

Scharfer Ausblick. Aufklärungsdrohnen, Thermalsicht, Satelliten; trotzdem wird einem einzelnen Mann überlassen, in die Büsche zu starren. Panzer rollen hinter mir, Adern des Krieges laufen; wir rasten hier nur. Bald Offensive? Wissen wir nicht, haben wir nicht zu wissen, ist aber zu denken. Denken denen überlassen, die vordenken, uns als Symbol verschieben auf einer Karte. Karte auf Tisch und Holzklotz für uns? Veraltetes Bild. Heute eher Icon auf Computerbildschirm? Wenn Elektronik ausfällt, ist alles verloren; bloß nicht daran denken, wird nicht passieren. Zeitalter der Verluste, ohne Strom erhält sich nichts. Stromversorgung hier bei uns ist gekappt, die Stadt eine Ruine, ruiniertes Leben? Wenn man keine Dateien mehr lesen kann, ist alles, was nicht unmittelbar für uns lesbar gespeichert ist, verloren; magnetisierte Festplatten sinnlos, DVDs nur noch glänzende Scheiben, bloß Papier, Steintafeln und Filmmaterial bleiben; Festplatten zu Frisbees umfunktioniert; die heutige Zeit ist besonders der Illusion des Bestandes erlegen. Erinnerungen in den Rechner ausgelagert, in zehn Jahren verloren, vergessen bloß vertagt. Fotos von allem machen; den Kopf entleeren, *outsource memories to your smartphone,* Spaß haben, um es online zu zeigen. Erlegte Gegner, was passiert mit ihren Social Network Profilen? Keine Likes mehr; Like in Love like in war, *like bullshit!* Aussitzen, ausschwitzen; beschissen zerrissen! Beißen, verheizen! Sehen – Verstehen?! Niemals gewonnen! Leben zerronnen! Ausgestoßen – von den „Großen"! Rein ins Feld – wir zahlen Geld – den Lieferanten; gut unbekannten. Helme, Panzer, Schere, Licht, teuer ist das alles nicht! Dein Geld bezahlt deinen Staat bezahlt deine Uniform bezahlt dein Ende? Defätistische Gedanken! Aus!

Kopfschütteln, Konzentration aufs Feld, Grünes Meer des potentiellen Todes, Abzugsfinger am G36; doch bloß nicht direkt am Abzug, nicht aus Versehen drankommen; aber bereit dafür sein. All das bereits seit Jahrzehnten gleich; Jahrhunderten, Jahrtausenden; Technik modernisiert, Menschen nicht. Grüne Lunge vor mir, Lungendurchschuss jederzeit möglich; fühle plötzlich beim Gedanken ungutes Gefühl in meiner Lunge; Angst. Angst vor allem, Angst vor jedem; Angst, zu leben. Leben, denke wieder an *sie*; selbst jetzt. Wird sie trauern, wenn es mich erwischt? Wohl ja; würde es nie zugeben, nie zeigen; *darf* mich nicht mögen. Denkt sie. Verrückte Liebe, verrückte Zeit. Dachte immer, Werther sei verrückt; Leiden des jungen Werther, alles bloß eingebildet in seinem Kopf, dumm. Seelische Krankheit wiegt weniger als körperliche; dachte so, so lange eigene Gedanken noch nicht befallen waren. Will *sie* aus dem Kopf herausschneiden. Gestern den Sanitäter gesehen, schnitt einem jungen Mann 'ne Kugel heraus; trotzdem starb der Verwundete, Blut überall. Mal in einer Ausstellung gesehen; Witwe aus Vietnamkrieg, bekam Kugel, die den Mann tötete, von einem Kameraden per Post; Souvenir? *Sie.* Sie war damals in der Ausstellung mit mir; sie ist mit der Erinnerung, dem Bild im Kopf verknüpft, Ausstellung verknüpft mit ihr, alles verknüpft; Knotenpunkt der Gefühle, Knotenpunkt des Krieges.

Mehr und mehr Kriegsmaterial steht versammelt in dieser ehemaligen Stadt. Offensive kommt bald, sicher. Hätte bei ihr offensiver sein sollen; Schlachtplan vergangener Schlachten leider nicht änderbar, keine Zeit für Planspiele. Nicht in Vergessenheit geraten, sich immer wieder einfach melden, als sei nichts; die Taktik wäre besser gewesen. Wenn ich wieder Heim gehe ausprobieren? Jeden Tag dann eine kurze Nachricht an sie, positiv, wird es ihr gefallen; „gefällt mir" geklickt? Aber werde sie privat schicken, nicht öffentlich, niemand kann klicken; soziales Netzwerk außen vor, asoziale Zeiten. Soziale Gruppe hier knallt soziale Gruppe dort ab, „Gott" mit jedem. Jeder überlebt; jeder erwartet, die Ausnahme zu sein, die überlebt und danach vom Krieg erzählen wird. Überleben. Über-Leben. Übermäßig gelebt, sagt er mir manchmal bei unseren Gesprächen, will mir helfen; zu viel erlebt in kurzer Zeit, der Kopf brennt durch, denkt er, hier an der Front. Vielleicht. Lieber normales Standardleben leben, unbeeindruckt? Viel dafür geben, damit glücklich zu sein.

Konstantin sagte es öfters: Wenn er damit glücklich sein könnte, jeden Tag (oder zumindest jeden zweiten) bei einem „Bierchen" mit Langweilern zusammenzusitzen und über ihre Einkäufe sowie die Marotten ihrer Vorgesetzten zu reden, würde er das tun. Vor lauter Schranken im Kopf nicht die Schranken des eigenen Lebens zu sehen; glücklich in der Blase, der Polygonhülle in der Leere. Unmöglich für ihn, wer einmal dahinter geschaut hat, kommt nie mehr hinein. Ich hätte mich nicht zu *ihr* in die Hülle zurückziehen können; sie doch auch nur darin gefangen, ohne es selbst zu merken. Polygonhülle um Polygonhülle; döse, wache auf, merke, dass ich mich an die letzten Minuten gar nicht erinnern kann. Wenn ein Feind im Busch gewesen wäre, hätte ich ihn nicht gesehen, nur Tagträume im Kopf. Von mir, von ihr, von allen, nicht vom Feind. Im Tagtraum an sie erschossen werden – besser als beim Starren auf Gebüsch? Im Moment des Todes an sie denken romantischer als Gedanken an grüne Wiese. Doch sie würde nie erfahren, was passiert ist; Teil einer Statistik, mehr ist mein Leben nicht. Einer von xy Überlebenden oder Toten. Er hier wäre aber traurig; werde sein Konstantin, allmählich; bin zerrissen im Inneren, doch souverän nach außen. Souveränes Land verteidigt sich, Ehre! Vielleicht abkratzen vor ihm, wird meine Reste vom Boden kratzen, trauern; dadurch aber für immer in einem Leben, einem Kopf bleiben, wie mein Konstantin bei mir? Überleben! Schulde es Konstantin! So lange ich da bin, ist er noch auf der Erde, geht mit mir, denkt mit mir, *existiert* in mir. Ketten knirschen am Boden hinter mir; Panzer manövrieren, halte mein Gewehr weiter im Anschlag. Anschlag an der Häuserecke, Regeln für Verhalten im feindlichen Land, beim Hinweg vorhin gelesen. Feindliches Land. Land ist ganz feindlich; sagen dir, das ist der Feind, alle hier beäugen dich misstrauisch.

„Traue keinem an der Macht", Spruch stand über Wahlplakat bei mir zu Hause an der Ecke gekritzelt letztes Jahr, stand eine Weile da, aber existiert nicht mehr; das Plakat, die Stadt; oder doch? Niemand weiß es, Schrödingers Katze meiner Stadt. Schrödingers Stadt. Weiß nicht, wie sie aussieht, wie viel kaputt ist, was noch steht; gleichzeitig intakt und kaputt für mich bis ich es weiß. Warum nicht einfach das Geheimnis belassen, es niemals erfahren? Immer intakt im Kopf behalten; Realität entsteht im Kopf, äußere Realität egal werden lassen. Könnte mir einfach vorstellen, *sie* liebt mich noch, wartet auf mich, denkt zu Hause an mich. Wo ist das Problem? Ob es stimmt oder nicht? Egal; einfach vorstellen, macht hier keinen Unterschied. Vorstellen, dass alles Sinn ergibt, alle Sinne darauf schärfen. Unscharfe Gedanken, leider. Alles, was nicht real ist, nur eingebildet, durch Unschärfe deutlich im Kopf erkennbar, hebt sich zu sehr von äußerer Realität ab; Kopfarbeit dagegen leisten.

Werde abgelöst, er kommt dran; Beine müde, Geist müde. Wiesen gesehen, wenig Input, aber viel gedacht; Kopf frisst Energie, Seele frisst mich auf. Zurück ins Schlaflager, Entkommen. Für den Tag genug gesehen, in den rasenden Schlaf entfliehen. Der Wirklichkeit entfliehen, dem Leben entfliehen, bis zur Offensive. Kampf des Lebens. Leben, um es schlafend zu vergessen. Sein neuer Konstantin werden, nach außen souverän sein, hilft mir, Konstantin zu verstehen. *At last*, oder *leider*? Je mehr ich ihn verstehe, desto weniger mystisch scheint er in meinem Kopf. Verstehen abstellen; schlafen, jetzt, vom Denken entfliehen, Konstantin als Luftwesen behalten für immer. Meinen Konstantin.

Betonzug

So spannend ist jemand, den man nicht kennt. So spannend, so interessant. Kennenlernen; was die Person sagt, erzählt; ohne bekannten Kontext Spannung pur. Ein bei Freunden des Gegenübers altbekannter, harmloser Tick: Für den Fremden bei den ersten Treffen noch auffällig, spannend; in Gedanken viel analysiert. Sie war heute nicht so freundlich? Warum? Kennst du sie, weißt du, dass es normal bei ihr ist; nicht bedenkenswert. Triffst du sie das erste Mal dagegen; fragst du dich, ob es an dir lag. Die eine in der Vorlesung; saß immer neben mir; Studienkollegin. Spannendste Frau der Welt, mal hier gelebt, mal dort, ließ immer Details fallen; erfuhr von ihr nur einzelne Fragmente; so lange keine Chronologie in meinem Kopf, war ihr Leben ein Abenteuer für mich. Felder aus Gedanken schwimmen im Raum, schwimmen in halb gedachten, halb echten, geheimnisvollen Leben der Person gegenüber; Lücken gefüllt mit Geheimnissen. Am Ende des Semesters länger getroffen, alles erfahren, Spannung verflog, Wolkendunst löste sich auf in Ordnung. Ordnete Daten und Orte im Kopf, chronologisch, erst dies, dann das, hier, da, dort; Ordnung nahm Spannung, sobald ich sie kannte. Sie ahnt wohl nicht, wie spannend sie in der Fantasie je erschienen war. Kein Platz für Fantasie. Fantastische Aussicht auf den Wald vor uns, Konstantin nickte müde. Müde mit der Welt, *worldwide player*, damals alles in Ordnung... „Ordnung"... Zerstört Spannung, aber doch bloß Illusion eines Systems auf kochendem Gestein. Verbrannter Stein, schäumendes Öl, Fett, in Dampf ungeordnet beendet...

Querschläger schlagen Stein in Stücke, Luftwaffe lüftet Schutz der Wolkendecke, Sicherheit in Brand getauscht; verkapptes System. Zählbar. Nicht unendlich viele Soldaten. Nicht unendlich viele Kugeln, Hülsen, Splitter, Panzer, Flieger; alles geordnet, registrierbar; registriere seinen Tod nicht, nur sein Hirn, das mir in feuchten Fragmenten gegen die Waffe schlägt. Flug seiner Gedanken, das erste Mal wirklich. Wollte sein Konstantin werden, doch trage ihn zu Grabe, am Visier meines G36. Nehme Taschentuch, Hirn abwischen, stecke es in seinen aufklaffenden Schädel. Alles beieinander lassen. Will trauern, kann nicht, muss los; Befehl, Deckung; er bleibt im Loch. Welt endet für ihn, ich bin nur noch Illusion, existierte in seinem Kopf, ins Taschentuch geschnäuzt.

Pfeifen. BUMM! Weg ist das Loch, weg ist er; Fetzenleben, Fetzengeist, im Tode in der Gegend zählbar, in chaotischer Ordnung. Unteroffizier flucht, befiehlt: Angriff auf der linken Flanke, flankieren den Gegner.

Ich hätte sein Konstantin sein können; habe meinen überlebt und jetzt ihn. Flankiere, sorge dafür, dass andere keine Konstantins mehr werden oder ihren finden – oder selbst krepieren. Mord, nein, Pflicht, hier heilig. Schlechtes Gewissen? Defätist, Schwächling, pass dich dem Korsett an, jetzt, bald, immer; zwäng dich in Regeln, Stiefel, Uniform, ohne Umschweife.

Umweg durch zerstörten Wohnblock. Links und rechts fehlt die Wand, unten brennt das Stockwerk. Ordnung geht in Chaos über; Zimmer, spießig eingerichtete Ecke übrig, der Rest in Schutt vergangen; vergangenes Leben, eingedampft, eingesehen; Löwenkopf am Trümmerberg, ewige Wiederkehr des Gleichen, Nietzsche. Der Rest ist Schweigen; Hamlet, Shakespeare, Bildungsgetue, intellektuelle Hirnwichse.

Splitter über Köpfen, Knallen; sie haben uns entdeckt, Deckung hinter Tiefkühltruhe. Streifschuss, Blut am Arm des Unteroffiziers; er lächelt, suggeriert Sicherheit, sichert uns vor Panik in dem geordneten Chaos. „Sperrfeuer durchs Fenster!" Automatikschüsse schwirren durch die Luft, niemand hört oder sieht den Feind; der sieht uns nicht; die, die Befehlen, sehen uns nicht; Leben wird umgewandelt in Zahl auf Statistik für Minister. Sturm mit x Feindtoten, y eigenen; Erfolg, Frust, gleich. Defätist. Gehe mit dem Unteroffizier ein Stockwerk hoch. Höchste Spannung, brechende Treppe, Staubquellen entsprudeln der getroffenen Wand; taufen unsere Körper. Schleichen hoch; von oben auf verschanzten Feind feuern, Sperrfeuer von unten lenkt die ab. Gute Taktik? Schlechte Taktik? In Taktikschule gelernt, improvisiert, an Regeln gehalten? Keine Zeit, den Vorgesetzten zu fragen. Ich sei ein guter Schütze, meint er. „Gezielt ausschalten!" AUSSCHALTEN!

Kaputter Lichtschalter an der Wand, UMLEGEN? Lege den Schalter und den Menschen um? Umsonst denken, tun, oder sterben, ehrliches Leben. Sehe sie unten. Schwarze Körper, Waffe im Anschlag, plane Anschlag auf sie; in ‚normalem' Leben Morde; jetzt aber erlaubt, Heldentat. Oder sonst eher Notwehr? Wer wehrt sich? Sie? Wir? Alle? Wenn du sie nicht kriegst, kriegen sie dich. Sagten sie immer. Immer. Krieg sie im Krieg zuerst. Heißt es „Krieg" von „kriegen"? „Kriege" sie? Feindliches Land aneignen, „kriegen"? Amateurwörteretymologe; Denken enden, Abdrücken, Leben enden. Keine großen, roten Fontänen; Blut in Kleidung aufgesaugt, gehen zu Boden; 3-Schuss-Spritzfeuer, akkurat; zerreißt Arterien, Leben, Gedanken, Polygonhüllen, Leere; demokratisch. Unten rücken erste vor; Chaos drüben, ein paar leben, rennen panisch. BAM-BAM! Von unseren erschossen. Ich schieße daneben, jetzt egal; ihre letzten Gedanken nur vage Angst? Ich habe nur ein paar umgelegt. Nur? Vielleicht darunter der eine, der dachte wie ich, ihn nie getroffen außer mit 5,56 mm Geschossen? Ins Erdgeschoss, zum Rest; Sieg, das eine Gebäude gehört uns! Das nächste in greifbarer Nähe; greifen gleich an. Und dann das nächste, und nächste, und nächste, in Ewigkeit; wer stirbt, erlebt nie das Ende; Kreislauf ohne Ende, gefangen darin; im Leben nie ertragen, geseh'n – gescheh'n.

Konstantin V

Zeit verschwimmt, wird komprimiert, hätt's nie geglaubt. Zwei Wochen, zwei Jahre? Kein Unterschied, nie gewesen? Konstantin für mich die Konstante, zeigt die alte Welt für mich, Symbol. Alte Welt, gute alte Zeit, für jede Generation das Gleiche, Nostalgie. Alles vor dem Krieg – für mich die schöne Zeit mit Konstantin. Starb Jahre davor, spielt aber keine Rolle mehr; Zeit rollte langsam ins Fade-Out mit seinem Gehen; Krieg eine harte Zäsur, zerschnitt sanfte Abwärtskurve brachial. Letzte Woche gehört, Kurzmeldung: Angriff auf meine Stadt. Nichts weiter erfahren; Gedanken werden zensiert, dürfen Kämpfen, nicht wissen; Telefon, Zeitung, Internet, Handy? Nichts für uns. Unwissend. Meine Wohnung noch da? Zerbombt? Wie das Haus, in dem wir gerade kampieren? Steht sie noch? Die Stadt? Wie viel noch da? Weg? Verschwunden? Erinnerungen nicht mehr mit Existenz des Ortes verknüpfbar; ein Trümmerfeld nur noch, nicht mehr der Ort des ersten Kusses, der ersten Freundin, des Lebens. Alles nur noch im Kopf, Gedankenfelder, so wie Konstantin. Fettschicht der Erinnerung ohne Stein darunter. Alles nur noch weich, mit jedem, der stirbt, ein wenig dünner, durchsichtiger. Durchsichtige Panikmache mit Atomkrieg, immer, Bullshit. Atomzeitalter ändert nichts; nur Kleinigkeiten, Global Players wollen den Gegner nicht ganz vernichten. Nur soweit kaputt machen, dass er einen Nachteil hat, nicht soweit drängen, dass seine Lage ganz hoffnungslos ist. Ich bezahle es. Wir bezahlen es. *Wir...* Das *Ich* hasst das *Wir*. Die anderen. Liege angezogen, seit Tagen nicht umgezogen; Gestank um mich; vermoderte Wände, Körper, stinkende Schwänze, Scheiße, seit Tagen nicht gewaschen. Sind teils ernst, teils machen sie Witze, Abenteuer Krieg, danach ins zerstörte Haus zurück? Witze als Ablenkung. Sitze da, würde wohl als nachdenklich beschrieben werden; Gedanken zu Konstantin, zum Ende, bloß nicht mehr die glückliche Zeit davor erstehen lassen. Ort gestorben, Zeit gestorben, reise nun ans Ende der Zeit.

Die Mitfahrgelegenheit war kein Mädchen gewesen. Ein zufälliger Baukastentyp, nichts Besonderes; „pseudokreativer Hipster" hatte mir Konstantin noch per SMS geschrieben. Schriftliche Äußerung, letzte rekonstruierbare seines Lebens; hatte sie auf meinem Mobiltelefon gespeichert gelassen, ausgedruckt, mehrfach, immer wieder angeschaut. Seine *echten* letzten, gesprochenen Worte nicht zu erraten; Langweiliger Fahrer, also wohl banaler Smalltalk, vielleicht auch viel Stille. Smalltalk, gehasst von Konstantin, gehasst von mir, oft erlebt. Omega hatte sich ein neues Müsli gekauft, erzählte *ihr* vor mir lang und breit davon; zehn Minuten, Interesse dafür? Floskeln und banale Themen? Omega, Teil der alten Welt? *Sie?* Lebt *sie* noch?

Wohl ja, keine Ahnung, fühle es, greift mir ans Herz. An Konstantin denken, hatte Konstantin am Morgen der Abfahrt nicht gesehen, am Abend davor per Telefon verabschiedet, nur drei Wochen Paris, würde ja wiederkommen.

Wiederkommen, immer selbstverständlich bis einmal dann nicht. Erfuhr es per Telefon. Unfall, Autobahn, LKW; beide tot. Zettel in Konstantins Brieftasche, nie davon gewusst; im Todesfall mich benachrichtigen. Wusste davon nichts, als ich ihn noch nach Gründen hätte fragen können, danach schon. Trauerfeier, fast leer, „Gemütliches Beisammensein"? Ein paar versprengte Gesichter im Saal; Studenten, Studentinnen; keine Verwandten. Er existierte einfach; keine Vorfahren, als sei er nie entstanden. Trauerfeier, organisiert von mir, ohne mich nichts mehr. Geld gezahlt für Begräbnis; Leute eingeladen, Kommilitonen, mit denen er manchmal rumgehangen hatte. Hatte scheinbar nur mich gehabt; die anderen flüchtig bekannt; immer zwischen ihnen geschwommen; nur bei mir angelegt. Sogar ein Testament verfasst, vermachte mir seine Wohnung, sein Geld; er hatte gut geerbt, war alleine. Dazu ein Notizbuch, mit unfertigen Gedanken gefüllt. Sichten. Suchten. Auszüge, Auszuleben; ausleben, zu Ende gelebt, zu Ende gesiegt. URL im Notizbuch, darunter Nutzername und Passwort. Schaute es mir online an, ein Forum? Aufreißerforum. Forum für Männer, die Frauen kennenlernen wollen? Sich über Methoden austauschen? Dazu Unterforen; besonders aktiv: Eins für Männer, die auf Jungfrauen standen. Nicht vulgär, bezog sich auf Studentinnen und andere Frauen über 18, harmlose Vorliebe. War überrascht gewesen, als ich es sah. Loggte mich ein, mit seinen Daten. Tausende Beiträge, von Konstantin verfasst; er hatte nicht nur Tipps gegeben; sondern sich mit Menschen angefreundet. Private Nachrichten an ihn und von ihm an viele Teilnehmer. Freunde. Lange Gespräche, für mich erstmals nachlesbar; hatte ihnen bei Liebeskummer geholfen. Seufze bei Erinnerung: Jetzt könnte er mir helfen, heute, mit *ihr*, aber er ist nicht mehr da. Tote alte Welt. Half bei Kummer in anderen Lagen; war Psychologe, Freund, Vater, für Menschen mit verschiedensten Usernamen. Sah die Nachrichten an Robby, den gescheiterten Lehrer. *Community*. Postings von Robby nach der Nacht; wie gut Konstantin und ich als *wingmen* gewesen seien; dass wir ihn ins Hotel gesteckt hatten. Erklärte einiges; er war für seine Online-Familie da gewesen, jetzt verstand ich es. Konstantins Freund in Paris; Username: „*Jules, The Seducer*". Fand in privaten Nachrichten Fotos von ihm, er hatte Konstantin nach Kleidungsstil, Styling, etc. gefragt. Dicklicher Nerd, stereotyp Informatikstudent; kein *Seducer*. Fragte in mehreren Nachrichten, wo Konstantin denn bleibe. Ob alles in Ordnung sei. Unbeantwortet, bis ich sie las.

Durchatmen, erschlagen fühlen. Konstantins Freunde. Konstantins Leben. Die ganze Nacht schreiben; öffentliche Nachricht fürs Forum, schickte sie von Konstantins Profil ab. Erklärte, dass er tot war; wer ich war; wie es passiert war. Ging offline. Nicht daran denken, Trauer für mich. Alleine. Konstantin; immer für mich alleine da gewesen, zog mich zurück, in meine Gedanken.

Nach zwei Tagen nicht mehr ausgehalten; Ablenkung; ging wieder online, Forum. Glücklich, überrascht. Virtuelle

Trauerfeier, hunderte Beiträge; Erinnerung an virtuellen Konstantin. Hatten sie auf der Website organisiert. Postete von seinem Profil, beteiligte mich, Erinnerungen austauschen. Einen ganzen Tag und eine Nacht vor dem Rechner verbracht; nicht geschlafen, Beiträge auf Englisch aus aller Welt; war nicht mehr allein. Nicht nur ich war alleine. Alle waren alleine gewesen; sie alle frustriert von der Welt, vor dem Rechner, hatten im Licht des Displays Antworten erhofft. Er war für sie alle da gewesen; Heiliger der Frustrierten; sein Fehlen hatte ein Loch gerissen. Nie wieder gestopft, keiner kam nach. Wollte sein Werk fortführen, schrieb mit manchen von Konstantins Profil aus, verlief sich im Sande. Viele Einladungen in alle Welt, „besuch' mich doch mal", aber nie eine angenommen. Ich war kein Konstantin, würde kein Konstantin werden, niemals. Die alte Welt war tot. Die neue Welt egal. Kreislauf, irgendwann käme ein neuer Konstantin, ein neues Ich, ein neuer Krieg. Kreislauf durchbrechen. Zu viel Dunkelheit gesehen. In die Dunkelheit eintauchen und vergessen. Zu Konstantin. Jetzt, besser jetzt. Zurück zu ihm.

Auszug

Es wird mir klar. Jede Kunst strebt zum Krieg. Krieg; Politik – die Krönung der Kunst. Keine Worte manipulieren, Gedanken manipulieren! Menschen manipulieren! Erde manipulieren. Wenn alles vorbei sein wird, gehe ich in die Politik, denke ich kurz. Die wahre Performance-Kunst. Bringe andere dazu, Dinge zu zerstören! RATA-TATA! Das Haus ist in Trümmern! Bumm! Wärmesicht von oben, wie die Rakete einschlägt! Nieselregen aus Trümmern und Staub; Blut und Darmgeruch in der Nase; die einzig wahre Performancekunst. Verändert die Menschen. Verstümmelt die Menschen. Beendet die Menschen und ihre Existenz. Hat Einfluss auf das *wahre Leben*. Wenn ich überlebe, werde ich Politiker. Keine Kunst mehr Schaffen, Welt formen, neue Ordnungen schaffen! Wenn ich überlebe, neu schaffen? Schaffe es nicht, den Gedanken im Kopf zu halten. Schüsse neben mir, Köpfe platzen; zu weit rausgestreckt; zwei junge Kameraden.

Im Loch liegen, nachts; Hauptkampflinie. Nahkampf? Fernkampf? Alles verschwommen, Konstantin und sie verschwimmen mit Omega, Sternen, Geschossen, zerrissenen Köpfen neben mir.

Glück. Splitter schlagen ein, zerreißen Sandsäcke, Glücklich. Nachthimmel erhellt im Sperrfeuer; Leuchten. Blitze! Sehe *sie* noch einmal. Negativbild, erscheint im Sekundenbruchteil gegen das Licht; Röntgenbild durch jede Facette ihres Charakters. Wollte nur spielen mit mir; Leben mit ihr ein Gefängnis, hätte Lebenszug gebremst, gequält ins Ziel gebracht; wäre nicht mehr ich gewesen. Manipulierbar, Matrone, andere für sie wichtiger als ich. Nichts für mich. Glücklich! Granattrichter ejakulieren Staubfontänen, Männer schreien; Orgasmus des Krieges. Deckung gesucht, wurde gedeckt; nie mehr! Springe auf.

„Bleib unten, was willst du?!"

Rennen. Losrennen. Stärke. Volle Geschwindigkeit gegen die Lebensmauer. Nicht bremsen. Alles gelebt, alles geliebt, Ende im Granatfick. Alles, alles, alles! Renn, renn, renn! 30 Schuss im G36, Magazine am Gürtel, alles raushauen. Treffer am Arm, egal! Es fließt heraus, Schüsse in Richtung Gegner, Spritzfeuer geben, Mähfeuer, Magazin leeren! Nur kurz Pause, neues rein! Feuer! Feuriges Ende. RATA-TATATA! Durchschuss. Kriechen. Leben spüren. Schlamm, Dreck, das ist also das Grab. Feuchter Moder vermengt sich mit warmem Leben, fließen ineinander, vereinigen sich. Schmerzen; Sex ist Schmerz, Orgasmus schmerzt die Seele, fickt sich aus. Ende ist aus. Glück. Glück zerschießt Leben. Gelebtes Glück – glückloses Leben. Glückliches Ende. Sterne im Himmel, weiße Leucht-granatensamen vermengen sich mit Punkten, dumpfe, scharfe Schüsse über mir. Leben, Liebe. *Sie* ist weg. Nie mehr. Weiß nicht, wo ich bin; mir ist es egal. Alles egal. Unscharfe Sicht. Unscharfes Gefühl. Arm unbeweglich, arm dran? Unscharfes Leben? Scharf geschossen gegen alle, stumpf im Boden versunken? Linke Hand geht, schar-fe Granate vom Gürtel nehmen, Ring ziehen. Nicht jetzt langsam enden. Nicht abbremsen. Im Knall vergehen. Ring gezogen. Fünf Sekunden. Revue passieren lassen. Alles gelebt, alles geliebt, alles gesehen. Alles gewesen. Alles wird passieren, ich habe mich ausgeklinkt. Klang der Granaten, Feuerwerk zum Ende. Ein Ende ohne Schrecken. Ein Ende in warmer Erde. Ein Ende im stinkenden Glück, in weichen, feuchten Armen aus Lehm. Amen.

ENDE

Kritik - Rezension

Fetzenleben; geboren, leben, vergehen? Ernst gemeint?
Fehlt der Ernst, dann fehlt alles. Alles pseudointellektueller
Bullshit; Sichten, Suchten, Idiotie. Instabiles Leben be-
schreibt stabile Welt; Impressionen, kein Vorankommen;
dann Hollywood; eins zwei drei vier; lang, länger, besser?
Schlechter. Spuren von Handlung, handeln von Banalitäten, Gedankensplitter, in nihilistischer Wollust gelöst; Erinnerung an Konstantin reine Wunschwelt. Asozialer denkt
über Asozialen nach, vermisst ihn, in Gesellschaft nicht
erwünscht; wünscht ihn sich zurück, wir wünschen beide
weg. Sie akzeptieren die Gesellschaft nicht, doch ohne uns
würden beide nicht existieren; Existenz zerredet.

Humorlos, gefällt der Kritik; Lachen – wo, in separatem
Raum? Nur mit Konstantin in irrationalem, dummen Pen-
nälerleben, zwei Jahre her? Pennäler; antiquiertes Wort,
warum benutzen, Floskel? Kriegsgeschichte floskelhaft,
wehrhafte Demokratie zerredet, Strukturen zerredet, alles
zerredet, zerdacht, zerkocht, Brei an Gedanken. *Sie...* Liebe? Zu viel Liebe, primitives Bild, sterben an Liebe ist für
Träumer, unvernünftig. Vernunft? In der Realität eher
Liebe in Gleichgültigkeit übergehen lassen, alles gleichgültig werden lassen. Emotionen zähmen; keine dummen
Trauerfantasien. Ende in Explosion – Sieg der Unvernunft.
Unvernünftiges Buch: Ode an lebende Emotion; nicht an
vernünftig gestorbene, flach gewordene, dem Leben erge-
bene, Amen.   Scardanelli, 14. Juni 1634

Nachwort des Autors

Fetzenleben liegt mir besonders am Herzen. Ich schrieb den Roman ‚in einem Rutsch' im Herbst 2014 parallel zur Arbeit an meinem Film *Timeless*. Beide ergänzen sich: In *Timeless* wird der Roman zitiert, während *Fetzenleben* einige Gedanken aus *Timeless* aufnahm. Oft sind Kapitel von Musik beeinflusst, welche ich beim Schreiben hörte, teils im Text verarbeitete und manchmal sogar direkt erwähnte. Die meisten Kapitel entstanden spät nachts ‚am Stück', ohne Vorarbeiten oder Pausen. Besonders bin ich meinen Freunden dankbar, die auch zu später Stunde erreichbar waren, wenn ich aufgeregt anrief um ein neues Kapitel vorzulesen. Aus der meist nächtlichen Arbeit entstand mein bisher radikalstes Werk: Ein Ausbruch an Gedanken und Emotionen, roh und ungefiltert.